ANDREAS DUTTER

Camp der drei Gaben

Diamantenschimmer

im.press

© privat

Andreas Dutter, geboren 1992, lebt in Österreich und hat Kultur- und Sozialanthropologie an der Universität Wien studiert. Er arbeitet im Social Media Bereich und unterhält mit seinem Bücher-YouTube-Kanal (Brividolibro) seine ZuschauerInnen. Außerdem hat er immer wieder Auftritte im Fernsehen, Radio sowie in der Presse. LovelyBooks wählte Ihn zum »Besten deutschsprachigen Debütautor 2015«.

Für Paprika-Tanja

Prolog

Wo bin ich?

Meine keuchenden Atemgeräusche dröhnten laut in meinem Kopf. Sie klangen ungesund, als wäre ich krank. Alles war in Rot und Orange gehüllt, obwohl meine Augen geschlossen blieben. Da fiel es mir auf. Nicht nur, dass ich meine Lider nicht öffnen konnte. Nein. Ich fühlte *mich* nicht mehr. Wie paralysiert und festgefroren. Ich stellte mir fest vor, wie ich meinen Arm hob oder mit den Beinen strampelte. Es half nichts.

Wo bin ich?

Erinnerungen liefen in meinen Gedanken ab. Ich erkannte lediglich Bruchstücke, als hätte ich eine Filmrolle zerschnitten und zusammengeflickt. Immer wieder fehlten Teile. Schwarze Flecke, die meine Unwissenheit verhöhnten. Was verbarg mein Innerstes vor mir? Plötzlich blitzte ein Mädchen auf.

Fleur!

Ihr Name hallte durch meinen Kopf, noch ehe ich ihr Gesicht scharfgestellt hatte. Die Zeiger der Uhr drehten sich rückwärts. Die Zeit spülte sich in meinen Gedanken zurück und alles prasselte wie ein Funkenregen auf mich nieder. Mein Vater, der mich aufgegeben und das Rudel, das sich gegen mich gestellt hatte. Der Verrat und die Schmerzen, die in Fleurs Gesicht gezeichnet waren. Aber auch die schönste Zeit in meinem Leben: das *Agony Grove Camp.*

Das Schlagen meines Herzens spürte ich in meinem Inneren und ein warmes Gefühl breitete sich in meiner Magengegend aus.

Endlich nahm ich meinen Körper wieder wahr. Dieser Lichtblick hielt nicht lange. Ein schwarzer Schatten der Scham legte sich über ihn. Mein doppeltes Spiel, das ich durchgezogen und mich im Camp nie frei hatte durchatmen lassen. Der bittere Geschmack der Untreue und der Lügen legte sich erneut auf meine Zunge. Es schmeckte nach fauligem Fleisch. Anstatt es jedem recht zu machen, hatte ich alles verloren.

Der Käfig!

Endlich fügte sich das fehlende Puzzlestück ein. Ich war nicht tot. Ich schwebte im endlosen Saft der Gefangenschaft. In der Trumpfkarte meines Vaters. Sofort schossen mir seine Worte ins Ohr. Erst leise wie ein Federnstreich über eine Triangel. Das steigerte sich zu einem ohrenbetäubenden Trommelschlag.

»Ist sicherer als Fort Knox«, hatte er gesagt.

Dieser Erkenntnis verdankte ich es, dass mir bewusst wurde, wo ich im Moment verweilte, ohne es zu sehen. Dadurch schaffte ich es, meine Augen zu öffnen.

Wasser!

Zumindest fühlte es sich so an, als blinzelte ich unter Meerwasser. Nur, dass die Rot- und Orangetöne blieben. Ich atmete nicht, brauchte aber auch keinen Sauerstoff. Ein Blick nach unten zeigte mir meinen nackten Körper. In Embryostellung waberte ich im roten Meer meiner Gefangenschaft. Und hier würde ich auf ewig bleiben. Meine Familie würde mir meine Abtrünnigkeit niemals verzeihen. Wer sollte mich sonst retten? Fleur, der ich das Herz gebrochen hatte? Oder die anderen im Camp, die ich getäuscht hatte? Wohl kaum.

Die Stille, die mich umgab, erschuf zumindest ein Trugbild, das mich glauben ließ in Sicherheit zu sein. Deshalb wog ich mich in ihr und gab mich nach und nach auf.

Eigentlich habe ich es nicht anders verdient. Den Schlussstrich auf diese Weise zu ziehen erlaubt mir eines: zu glauben die gerechte Strafe erhalten zu haben.

Als ich das nächste Mal an mir hinunterschaute, löste ich mich in dem roten Meer auf. Ich tat Buße. Für dich. Für euch. Für mich. Lebt wohl.

Dunkle Erinnerungen

Ich bin blind!

Dachte ich, als ich meine Lider öffnete. Die Welt hatte sich für mich in Weiß gehüllt. Ich rollte mit den Augen, massierte sie krampfhaft und blinzelte wie wild. Nach und nach bildete sich ein in Graustufen gehaltenes Kaleidoskop an Dunkelheit. Punkte flimmerten wie erloschene Glühwürmchen vor mir umher.

»Was zum ...«, stöhnte ich.

Meine Stimme klang, als wäre ich eine siebzigjährige Kettenraucherin, die seit vier Jahren nichts mehr getrunken hatte. Angewidert von mir selbst räusperte ich mich mehrmals.

Jetzt erkannte ich die Holzdecke, roch den Duft des Waldes und streckte mich. Knochen knackten. Mein Haar fiel um mich, als ich mich aufsetzte. Die Sonne glitzerte auf meinen hellblonden Strähnen.

Was für ein schöner Tag.

So ausgeruht hatte ich mich seit Ewigkeiten nicht mehr gefühlt, seit ... jenem Moment! Mein Geist wurde unruhig. Ich atmete schwer. Mein Herz drohte sich aus der Brust zu pressen, so schnell pochte es. Dann kamen sie: die Bilder. Mein Körper reagierte auf die Erinnerungen, die mein Unterbewusstsein noch vor mir verborgen hatte. Dafür schlugen sie nun mit voller Wucht auf mich ein. Ein längst vergessener Bumerang aus verdrängten Gedanken, der mich erwischte.

»Fabienne, Piper, die Wandler, Harry ...« Mein Atem stockte. »Theo.«

Ehrfürchtig wisperte ich seinen Namen. Aus Angst davor, was er, einmal ausgesprochen, anrichten würde.

Panisch kämmte ich mit einer Hand mein Haar zurück. Machte mich völlig frei von allem, was mich zu erdrückten drohte. Mein Kopf wurde schwerer und kippte kurz zur Seite. Bald würde ich wieder ohnmächtig werden.

Nein! Reiß dich zusammen, Fleur.

Ich fixierte einen Punkt vor mir. Einen Riss im Holz des Fensterrahmens. Er bot mir Halt. Ich zwang mich langsam zu atmen.

Einatmen. Halten. Ausatmen. Warten. Einatmen. Halten. Ausatmen.

Ich traute mich nicht mehr meine Lider zu schließen. Zu sehr verängstigten mich die Schwärze und die Bilder der Vergangenheit. Eine Träne schlich sich schüchtern auf eine Wange.

Theo, der sich in einen Puma verwandelte, blitzte auf. Sein silbernes Fell und sein nach Blut gierendes Maul. Die Tür flog so plötzlich auf, dass ich aufschrie, bevor ich überhaupt realisierte, was vor sich ging.

»Fleur!«

Ich wollte mich schlafend stellen, doch bis ich diesen Gedanken fassen konnte, hatte er mich schon sitzend im Bett entdeckt.

»Wie geht es dir?«

Ich schluckte.

»Du erinnerst dich?«

Ich nickte. Alles in mir spannte sich an. Verschloss sich vollkommen vor der sich mir nähernden Person.

»Hab keine Angst.«

Ich lachte. Also innerlich. Äußerlich war ich ein Wrack. *Ich sollte keine Angst haben?* Nachdem ich von allen Seiten und jedem verraten wurde? Wem konnte ich noch trauen?

»Du hast uns alle gerettet, Fleur«, nuschelte er.

Seine roten Haare wirkten dunkler. Nicht mehr so hell, freundlich und strahlend wie früher.

»Ich schleudere dich bis nach Ägypten, wenn du näher kommst, Seth.« Meine Stimme klang wieder mehr nach mir.

Er lächelte.

»Wenn du schon wieder frech sein kannst, geht's dir nicht so schlecht, wie du tust, Fatma.«

Die Sache mit den falschen Namen würde wohl für immer unser Ding bleiben.

»Dir aber auch nicht, Salvatore.«

Der Moment der Leichtigkeit verschwand und seine ernste Miene kehrte zu ihm zurück.

»Ich muss dir etwas sagen.«

»Spuck's aus.«

»Dein …« Ihm wurde das Wort abgeschnitten.

Laute Schreie drangen von draußen zu uns herein. Seth murmelte etwas und biss sich auf die Unterlippe.

»Wo ist sie?«, brüllte jemand wie ein wild gewordener Stier.

»Das ist unmöglich«, sagte ich mehr zu mir selbst.

Ich sprang auf. Meine Füße knickten weg, doch ich fing mich und humpelte weiter.

»Lasst mich zu ihr oder ich fackle euer Sektendorf nochmals ab!«

Seth wandte sich von mir ab und ließ mich vorbei. Ich lehnte mich gegen den Türrahmen. Die Sonne blendete mich und erst als ich mich an die Helligkeit gewöhnt hatte, gab sie den Blick zu ihm frei.

»Fleur!«

Seine Stimme riss alle Dämme in mir nieder. Die Vertrautheit, die mitschwang, packte mich und täuschte mir vor in Sicherheit zu sein. Ich schluchzte unkontrolliert auf. Und als er endlich alle Stufen zu mir hochgesprungen war, fiel ich ihm in die Arme.

»Josh!«, winselte ich und vergrub mein Gesicht in seine breiten Schultern.

Der für ihn typisch süßliche Grasduft stieg mir in die Nase und beruhigte mich. Sein muskulöser Körper hielt mich fest und endlich verflüchtigte sich das Gefühl, zu fallen. Ihn hier zu haben fühlte sich richtig und falsch zugleich an. Wie hatte mein bester Freund es bis hierher geschafft? So viele Fragen, die ich stellen wollte. So viele Geschichten, die ich erzählen wollte. Aber sie alle mussten warten. Denn dieser Moment gehörte nur uns beiden.

Mittlerweile stand ich nicht mehr. Meine Beine hatten vor einigen Minuten nachgegeben. Einzig und allein Josh hielt mich aufrecht. Er schottete mich von allem ab. Und ich weinte. Weinte mir einfach den Frust von der Seele. Wohlwissend, dass sie alle um uns standen. Sie, diejenigen, die mich verraten oder im Stich gelassen hatten.

»Du bist eine Zauberin und sagst mir einfach nix«, flüsterte er mir nach einer gefühlten Ewigkeit ins Ohr.

Ich lachte, weinte und hustete.

»Weißt du noch unser Codewort, das wir ausgemacht haben?«, lautete seine rhetorische Frage. »Wenn das jemand sagt, müssen wir dem anderen glauben, was er erzählt, egal, wie abstrus die Geschichte ist?«, hakte er trotzdem nach.

Ich nickte in die Mulde zwischen seinem Hals und seiner Schulter.

»Erdnussbutterwurst. Ich habe magische Fähigkeiten«, murmelte ich, doch mein bester Freund verstand mich.

»Erdnussbutterwurst. Deine Eltern haben mir alles erzählt und ich bin mit deiner Mutter hier.«

Ich stieß mich von Josh ab und taumelte ein paar Schritte zurück.

»Mom ist hier?«

Tatsächlich standen unzählige der anderen, auszubildenden Enchanter um uns verteilt. Sie gingen zur Seite. Als bildeten sie eine Rettungsgasse. Dann sah ich sie.

»Fleur.«

»Mom.«

Meine Hand legte sich wie von selbst auf meinen Mund. Wie lange war ich bewusstlos gewesen? Ich drehte den Kopf nach links und rechts. Der Wald um uns begrüßte mich mit umgeknickten Baumstämmen, verbrannten Tannen, kaputten Ästen und verwelkten Blättern. Doch das Camp schien heile. Bis ich den verkohlten Boden und Brandlöcher erkannte. Sie befanden sich bereits im Aufbau?

»Fleur, es tut mir so leid.«

Nachdem sie diesen Satz, der ihr auf der Seele brannte, ausgesprochen hatte, fiel jegliche Scheu von ihr ab. Sie stürmte auf mich zu.

»Es tut mir so unglaublich leid. Wir wollten dich nur beschützen. Dein

Vater und ich ... Wir waren uns so sicher, dich beschützen zu können«, plapperte sie drauflos.

Josh trat beiseite und Mom packte mich so fest an den Händen, dass ich dachte, sie bräche mir gleich beide Gelenke.

»Hätten Dad und ich gewusst, dass sie dich so oder so finden würden, hätten wir dich darauf vorbereitet. Wir hätten dich alles gelehrt.«

Ohne Punkt und Komma quasselte sie auf mich ein. Sie wollte alles loswerden. Am besten auf einmal.

»Wollten nur das Beste.«

Ihr Griff wurde fester.

»Du bist so stark.«

Sie starrte mich an. Ihre Augen waren eingefallen und tiefe Ringe zierten sie. Fahle Haut, abgemagert und krauses, wirres, braunes Haar. So kannte ich sie nicht. Sie strahlte ständige Kontrolle und Perfektion aus. Jetzt nicht mehr.

»Sieh dich an.«

Langsam ließ sie von mir ab, um mir meine Haare hinter das Ohr zu streichen.

»Bitte, bitte, bitte, hasse uns nicht. Du bist das Wichtigste auf der Welt. Wir ...«

»Mom!«

Meine Stimme stoppte sie und rührte sie gleichzeitig zu Tränen. Ihr Blick wurde glasig und ihr Kinn bebte. Sie hatte vermutlich noch eine Million Sätze auf Lager, die sie mir alle sagen wollte, damit ich wusste, wie sehr die beiden sich dafür hassten, was mir passiert war.

Und ja: Ich war verdammt noch mal sauer. Und ja: Es war mir scheißegal, wie kindisch das rüberkam. Trotzdem liebte ich meine Eltern und ich erkannte, wie sehr sie die Schuld zerfraß.

»Es ist okay. Wir haben andere Probleme als deine Schuldgefühle und meine angeknackste Psyche«, erwiderte ich und nickte. Mehr um mich selbst zu versichern, dass ich es ernst meinte, als um meiner Aussage Nachdruck zu verleihen.

»Du bist so stark geworden«, kam es von meiner Mom.

Zumindest ließ sie von mir ab. Für eine Sekunde. Dann umfasste sie meine Wangen und drückte darauf herum.

»Es geht dir gut?«

»Na ja, ich lebe.«

Sie küsste mich auf die Stirn, ehe sie mich losließ. Ich nahm Joshs Hand und wackelte mit ihm und meiner Mom zum Lagerfeuerplatz.

»Wo ist dein Freund? Und Greta? Und Dad?« Drei von einer Million Fragen abgearbeitet.

»Zu Hause. Sie helfen deinem Vater Enchanter zu finden. Sie sollen hierherkommen, um zu helfen. Dabei müssen sie aber darauf achten, dass die Städte trotzdem noch genügen Leute zum Selbstschutz haben«, erzählte Josh mir.

Mit gerunzelter Stirn und offenem Mund starrte ich ihn an.

»Schau mich nicht so blöd an. Für mich ist es mindestens genauso verstörend, dass ich weiß, wovon ich rede.« Ich hatte seinen Humor so sehr vermisst.

»Wieso habt ihr es ihnen überhaupt gesagt, Mom?«

Josh kam ihr zuvor.

»Als hätte Greta jemals irgendeine Ausrede deiner Eltern geglaubt. Sie weiß ganz genau, dass du niemals, ohne etwas zu sagen, weggehen würdest.«

»Sie hat vor unserer Tür gecampt, Fleur«, warf meine Mutter ein.

Ich schnaubte belustigt.

»Greta hat sogar gedroht die Polizei zu rufen, weil sie vermutet hat, wir haben dich vor lauter Fürsorge umgebracht, damit dich niemand anderes umbringen konnte.«

Ja, dabei konnte es sich definitiv nur um *meine* Greta handeln. Durchgeknallt, paranoid, irre und brutal ehrlich. Dafür liebte ich sie. Und ich wettete, dass sie die Geschichte von den Gaben sofort geglaubt hatte. Ich konnte nicht umher und musste mir Greta vorstellen, wie sie Kriegsbemalung auftrug und in Army-Outfit herumlief.

Im Augenwinkel erkannte ich, dass die anderen Camper uns folgten.

Am Lagerfeuerplatz, oder besser gesagt, das, was davon übrig geblieben war, setzte ich mich.

»Und jetzt will ich die ganze Geschichte wissen. Was ist, während ich ausgeknockt war, passiert?«

»Das ist dann wohl mein Part«, sprach Seth und trat aus der Menge hervor.

Verwirrt schaute ich zu Josh und meiner Mom. Sie hoben entschuldigend die Schultern. Vermutlich, weil sie mir nicht weiterhelfen konnten. Joshs Augen tanzten durch die Gegend. Sosehr er sich auch bemühte – alles zu fassen gelang ihm nicht. Selbst meine Mom wirkte überfordert und kaute auf ihrer Unterlippe herum.

»Wir«, begann Seth, »sind gerade erst angekommen und wurden bisher nur darüber informiert, was dir passiert ist und dass sie das Camp neu aufbauen. Der Rotschopf hat uns abgeholt.«

Gibt es außerhalb des Camps doch Handyempfang oder wie haben die kommuniziert? Hier drinnen funktionieren ja nicht mal Smartphone-Akkus. Aber im Moment gibt es wichtigere Dinge.

Die anderen setzten sich indessen auf den Boden um uns herum. Warum wichen die nicht von unserer Seite? Meine Mom legte eine Hand auf meinen Oberschenkel. Die Hitze machte meinen Verstand nur noch matschiger. Ich fühlte mich wieder wie zu Beginn des Camps, als ich von nichts eine Ahnung hatte.

»Alles«, sprach Seth weiter, »fing damit an, dass du die Wandler in den Wald geschleudert hast. Das Chaos, das uns danach heimsuchte, war nicht zu unterschätzen, denn seitdem gibt es ein großes Problem.« Er rieb sich den Arm.

»Welches Problem?«

»Die Barriere ist …«, versuchte er eine Antwort.

Und dann knallte es hinter mir.

Der Regen fällt nicht weit von der Wolke

Sie greifen an!«, zischte James, der um die Ecke bog.

Er lebte? Und Hunter? Was war mit ihm? James schob seine runde Brille hoch in sein schwarzes, zurückgegeltes Haar.

»Das müssen wir wohl auf später verschieben. Tut mir leid, dass deine Verschnaufpause nicht länger angehalten hat, aber wir brauchen jede Unterstützung«, wies Seth mich an und folgte James.

Die anderen Camper schauten sich verunsichert an. Mit jeder Sekunde, die verstrich und gezögert wurde, schien ihre Moral mehr und mehr zu verpuffen.

»Was ist los mit euch?«, fragte ich harsch in die Runde.

Sachte stand ich auf. Meine Beine zitterten, doch ich ließ mir nichts anmerken.

»Was soll das noch bringen? Das Kämpfen?«, sagte ein Mädchen mit blassrosa Haaren und Augen, die blau, grau sowie grün vermischt waren.

»Hannah, richtig?«

Sie nickte.

»Wir dürfen nicht aufgeben. Nicht jetzt! Nicht nach all den Opfern.«

Erneutes Knallen unterbrach mich. Alle duckten sich.

»Und umso länger wir hier schwafeln, desto unnötiger werden die Verluste!« Verkrampft klammerte ich mich an Joshs Schulter, um nicht umzukippen.

Trotz Schwindel erkannte ich ihr zögerliches Nicken. Hannah sprang auf. Die anderen taten es ihr gleich. Nach und nach liefen sie in die Richtung, in die Seth gehastet war.

»Du bleibst hier. Josh, du passt …« Sie packte ihn an der Schulter und versuchte ihn zurückzuhalten.

»Das kannst du vergessen, Mom. Ich kämpfe!«, behaarte ich auf meinen Absichten. »Glaubst du im Ernst, ich habe mich die letzten Wochen nach Strich und Faden verarschen und für dumm verkaufen lassen, um mich jetzt zu verkriechen?«

Mit der flachen Hand schlug ich mir auf die Wange. Damit stachelte ich mich selbst auf. Die behagliche und ängstliche Fleur sperrte ich in die Tiefen meiner Ohnmacht ein.

Sei stark, Fleur!

»Ich bewundere es, wie stark du bist, aber ich bin deine Mutter und ... Hey!«

Bereits nach dem Wort *Mutter* war ich losgegangen, um meinen Leuten zu helfen. Ich würde sie nicht im Stich lassen. Im Hintergrund hörte ich Josh und meine Mom tuscheln, aber das kümmerte mich nicht.

Auch wenn ich bemerkte, wie meine Mutter sich quälte, dass sie mich nicht über dieses Camp aufgeklärt hatte. Nun, damit hatte sie riskiert, was geschehen war: unvorbereitet hier zu landen. Dadurch zwang sie mich nach über einem Jahrzehnt voller Bevormundung zu lernen auf eigenen Beinen zu stehen, und das würde ich beibehalten.

Mit einem festen Griff um das Holzgeländer einer Hütte zog ich mich um die Ecke und registrierte das Ausmaß des Krieges zwischen Enchantern und Gestaltwandlern: verwüstete Holzgebäude, ruinierte Felder mit Gemüse, zerstörte Töpfe und andere Dinge sowie tiefe Krater. Der Geruch von Asche schwirrte in der Luft.

»Bleibst du noch lange hier stehen und siehst nur zu?«, verspottete mich meine Mom, als sie an mir vorbeirannte und mir zuzwinkerte.

Oh, Mann! So kenne ich meine Mutter gar nicht.

Ohne Umschweife sauste ich hinter ihr her. Der alte Sportplatz diente als Kampfring. Die Holztribüne, hinter der sich während meine Zeit hier *einiges* abgespielt hatte, fiel in sich zusammen. Am Rand heilten einige Curas die Verletzten. Ihre Hände glühten gelb.

Mitten im Geschehen stellte ich mich Rücken an Rücken zu Seth. In diesem Moment erspähte ich ein bekanntes Gesicht.

Hunter!

Er beugte sich über Hannah und behandelte eine Kopfwunde. Erleichtert hörte ich Seth seinen Spruch zu Ende bringen, der einen Wolf am Boden festklebte. Mit sechstem Sinn riss ich den Kopf nach links, weil meine inneren Alarmglocken klingelten. Doch das Warnsignal kam zu spät. Eine Hyäne sprang auf mich zu, von so weit oben herab, dass sie direkt vor der Sonne wie ein riesiger Schatten auf mich hinunterstürzte. Reflexartig warf ich meine Arme vor mein Gesicht.

»Fass meine Tochter nicht an, du Biest!«

Ich schaute zur Stimme.

Mom!

Sie legte ihren Zeigefinger an die Innenseite des Daumens. Es sah aus, als schnipste sie einen kleinen Kieselstein vom Daumen weg. Kurz darauf fiel der Wandler mit enormer Wucht zur Seite. Ich verfolgte die Hyäne. Sie schoss ungebremst in einen Baum, der unter der Kraft, die auf ihn einwirkte, durchbrach. Der Wandler lag wieder als Mensch am Boden, bis der obere Stamm ihn begrub.

Meine Kinnlade klappte nach unten. Für wenige Augenblicke bewegten sich diejenigen in meiner Umgebung nicht mehr. Alle erstarrten im Kampf und blickten zu meiner Mutter. Mir war es vollkommen entflogen, dass die Gabe der Spirits auch in ihr wohnte. Niemals hätte ich gedacht, dass sie derartig mächtig war.

»Wow!« Damit sprach Seth wohl aus, was uns allen auf der Zunge lag.

»*Fuck*, war das geil. Wer ist die Alte?«, brüllte Hannah über die Kampffläche, die sich wieder füllte, damit der Kampf weitergehen konnte.

»Ich bin Fleurs Mutter«, antwortete sie stolz und ich unterdrückte ein Grinsen.

Die Wandler begutachteten sie, woraufhin ich sie zu uns winkte, damit sie nicht ins Fadenkreuz unserer Feinde gerät.

»Seitdem der Baum abgefackelt ist, heißt es auch: *Tschüss, Barriere!* Sie schneien immer wieder in kleineren Gruppen herein.«

Seth beantwortete meine unausgesprochene Frage. Beim Bild des brennenden Baumes blendete mir mein Verstand das Gesicht von Fabienne in den

Kopf ein. Meine Freundin, die mich enttäuscht hatte. Dabei verspürte ich ein festes Band, das sich nach und nach zwischen uns geknüpft hatte. Daraus lernte ich, dass das Schlimme am Verrat war, niemals von deinen Feinden auszugehen, sondern nur von deinen Freunden.

Die Kämpfe nahmen wieder an Fahrt auf. Mittlerweile handelte es sich nur noch um drei Wandler. Ein weißer Tiger, ein Stier und ein schwarzer Hirsch. Bei manchen Tierarten wunderte ich mich immer wieder, wenn ich ihnen in diesem gebirgigen Waldsetting begegnete.

Ob es derselbe Stier ist, der damals hier gewesen ist?

Zumindest entdeckte ich keinen Bären, der Hector – Theos Vater – hätte sein können. Auch eine Mutterspinne entdeckte ich weit und breit nicht.

»Lasst niemanden fliehen!«, schrie ich, damit mich jeder verstand.

Ich spürte den mahnenden Blick meiner Mutter, aber er störte mich nicht. Niemals wieder würde ich mein Vertrauen leichtfertig verschwenden. Vielleicht handelte ich unbesonnen und gekränkt wie ein bockiges Kind. Doch der Verrat der wichtigsten Menschen nagte an mir.

Ohne Kriegsgeschrei, aber ebenso ehrgeizig sprintete ich los, dem Feind entgegen. Der Tiger öffnete seinen gierigen Schlund. Statt ängstlich zu überlegen, stürzte ich ihm entgegen. Mit meiner Telekinese hielt ich ihm sein Maul offen, malte mit meinen Armen einen Kreis in die Luft, sodass der Wandler am Rücken lag.

»Hier!«, machte sich Hannah bemerkbar.

Ich kannte ihre Kräfte nicht, doch ich schleuderte ihr den Feind wie Kanonenfutter entgegen.

»Schere, Stein, Papier: Nur den Speer hab' ich für das Tier!«, zauberte sie.

Ein Speer materialisierte sich vor dem Mädchen. Sie stemmte ihr Gewicht dagegen und hielt die Waffe in die Luft. Das Geräusch, als die Speerspitze in das Fleisch des Feindes eindrang, werde ich niemals vergessen. Es war der Klang der Veränderung. Der Ton, der etwas in mir tötet und etwas Neues erschuf.

Gleich danach hing ein lebloser Mensch daran. Skrupel kletterte an mir hoch wie an einer losen Seilleiter. Doch der Sturm, der in mir tobte, schnitt sie entzwei.

Warum müssen wir Jugendliche, gerade dem Kindesalter entwachsen, dazu angehalten werden, andere Lebewesen zu töten, anstatt alle in Frieden zu leben?

Ich hasste es, aber die Alternative – uns töten zu lassen – half uns auch nicht. Was das mit unserer Psyche anrichtete, daran wollte ich nicht denken.

»Weiter!«, spornte ich die Camper an.

So weit sollte es nicht kommen. Die Wandler zogen sich zurück. Hinein in die Wälder.

»Verfolgt sie!«

»Nein!«, keifte eine Frau hinter mir.

Mit einem Satz drehte ich mich um.

»Piper! Ist es nicht das, was du von mir wolltest?«

Sie schüttelte den Kopf und ihre unendlich langen, weißgrauen Haare schwirrten umher.

»Darum geht es nicht«, erklärte sie. »Ich lobe deinen Einsatz, aber ich muss euch eine Neuheit im Camp zeigen, die euch interessieren wird.«

Die Campleiterin sprach in Rätseln. Es wirkte so, als würde niemand meinen Vorschlag für gut befinden, also gab ich nach und näherte mich ihr.

Meine Mutter hechtete neben mich.

»So habe ich dich nicht erzogen! Du sollst dich in der Not wehren, aber nicht grundlos töten«, schimpfte sie.

»Du hast mir beigebracht mich zu verstecken und unselbstständig zu sein.« Die eisige Kälte mit der ich meine Worte wählte und aussprach, verblüffte mich selbst.

Ohne auf ihre Antwort zu warten, beschleunigte ich meine Schritte und schloss zu Piper auf.

»*Hunter, du lebst! Ich freue mich, dich zu sehen*«, sprach Hunter in meinem Namen und knuffte mich in die Seite.

»Oh, Hunt! Tut mir leid. Ich bin noch total durch den Wind.« Ich legte meinen Arm um ihn und er seinen um mich.

»Natürlich freue ich mich. Wie geht es dir?«

»Den Umständen entsprechend. Bin selbst erst gestern Nacht aufgewacht.«

»Wie lange bin ich ohnmächtig gewesen?«

»Das ist jetzt der vierte, fünfte, sechste Tag? So in der Art«, klärte er mich auf. *Krass! Damit hätte ich nicht gerechnet.*

Josh sprang von der Holztreppe, als wir neben ihm vorbeigingen, und huschte zu uns.

»Alles klar?«

»Ja, danke, Joshy.«

Hunter musterte ihn missbilligend.

»Ganz ruhig, Brauner. Ich bin kein Konkurrent. Du kannst dein Alphamännchengehabe wegstecken. Ich habe einen Freund.« Mein bester Freund nahm ihm den Wind aus den Segeln.

»Ich! Was! Nein!«

Josh und ich prusteten los. Ganz wie in alten Zeiten. Wehmut kam auf. Es fühlte sich an, als wäre das Jahrhunderte her.

»Deine Mutter ist echt stark«, lenkte Hunter vom Thema ab.

»Tja, der Apfel fällt nicht weit vom Stamm.«

»Na ja, ganz so ähnlich seid ihr euch nicht. Wohl eher: *Der Regen fällt nicht weit von der Wolke*«, warf Josh ein.

Damit hatte er recht. *Baumkrone zu Boden* war eine zu geringe Entfernung. Da passte *Wolke zu Boden* besser.

Piper stieg in die Trümmer des alten Haupthauses, in dem auch der magische Baum stand. Vorsichtig folgte ich ihr, wobei ich merkte, dass der Kampf und die unerbittliche Hitze der Sonne mir zu schaffen machten.

»Was willst du uns hier zeigen, Piper?«, informierte sich Seth.

Sie schaufelte mit ihren Händen Dreck beiseite, ehe sie ihren Zeigfinger hob.

»Kommt!«

Wir versammelten uns um sie. Erst erkannte ich nichts. Ich ging in die Hocke.

»Das kann doch nicht wahr sein«, flüsterte ich.

»Ich weiß auch nicht, wie das möglich sein kann«, entgegnete Piper darauf.

»Was bedeutet das?« Klar, Josh hatte keine Ahnung davon.

»Das ist ein Nachkömmling des magischen Baumes«, erklärte ich ihm,

»der eine Barriere um das Camp geschaffen hatte, um die Feinde abzuhalten und uns unsichtbar für Außenstehende zu machen.«

»Das heißt, die Barriere kommt zurück?«

»Ich weiß es nicht, Josh. Piper?«, wandte ich mich an sie.

»Die Antwort findet ihr dort hinten.« Sie zeigte in Richtung des Sees.

Erst untersuchte ich das Gewässer, bis ich verstand. Türkisfarbiger Schimmer zog sich durch die Luft.

»Das Schutzschild regeneriert sich!« Dann erkannten es auch die anderen.

»Ah, ja!«, hörte ich von irgendjemandem hinter mir.

»Ich sehe es!«

Immer mehr entdeckten es.

»Ich auch!«

Hoffnung schwang in ihren Stimmen mit.

»Stimmt!«, grölte James.

»Wenn wir Glück haben«, Piper stand auf und wischte sich Staub und Asche ab, »greifen sie nicht mehr an, bis das Schutzschild vollkommen wiederhergestellt ist.«

Hannah stellte sich neben mich und legte ihren Unterarm auf meine Schulter. Mir war gar nicht aufgefallen, wie groß sie war.

»Es wendet sich eben alles zum Guten. Jetzt haben wir uns doch etwas Entspannung verdient, oder?« Hannah wackelte mit den Augenbrauen.

»Wir sollten tatsächlich Kräfte tanken, sollten die Gestaltwandler zurückkehren«, pflichtete Seth ihr bei und die Gruppe löste sich auf.

Nachdem alle bis auf Piper, Seth, Hunter, Mom, Josh und mir verschwunden waren, stellte ich eine andere Frage, die mir auf der Seele brannte.

»Was ist aus Fabienne geworden?«

»Soll ich es dir zeigen?« Piper reichte mir ihre Hand.

Ich schluckte.

»Ja.«

Sie nickte.

»Der Anblick wird dich schockieren.«

Risikofaktor

Die Tür knarrte, als ich sie bis zum Anschlag aufstieß. Die Duftwolke, die mir entgegenkam, entpuppte sich als eine Mischung aus abgestandener Luft, Fäkalien und betrügerischem Schweiß. Alles in dieser Hütte war abgedunkelt. Bretter an den Fenstern. Socken in Löcher in den Wänden gestopft.

»Wer ist das? Kann ich den Eimer bekommen?«

Ich atmete tief ein, auch wenn ich dadurch den Geruch auf meiner Zunge schmeckte. Mein Kinn bibberte. Tränen schossen mir in die Augen. Dieser Anblick zerstörte und befriedigte mich gleichzeitig.

Sie kniff ihre Augen zusammen und benötigte ihre Zeit, bis sie sich an die Helligkeit gewohnt hatte.

»Fabienne.« Meine Stimme klang heiser.

Sofort sprang sie hoch und hielt sich ihre Hand vors Gesicht, um die Sonne abzuschirmen.

»Bailey. O mein Gott! Bailey! Ich ... Also. Wo soll ich anfangen. Ich bin so froh, und ...«, sie stotterte und es kostete mich alle Kraft dieser gottverdammten Welt, standhaft zu bleiben.

»Bitte hör mich an!«

Ihre Hände zitterten an den Gitterstäben, in die sie gezaubert wurde. Ihre Handknochen schlugen dagegen. Wer sagte mir, dass das nicht nur wieder ein Trick von ihr war, um mich weichzukochen? Und dann, draußen aus dem Gefängnis, würde sie mir erneut das Messer des Verrats in den Rücken rammen?

Sei nicht mehr so dumm, Fleur!

»Fabienne«, sagte ich abermals.

»Ja? Ja!«

»Ich dachte, wir seien Freundinnen, aber ich hoffe, du wirst hier verrotten«, spie ich ihr entgegen und schlug die Tür hinter mir zu.

Selbstverständlich hörte ich ihr Rufen durch die geschlossene Tür, aber ich wollte ihre Ausflüchte nicht hören. Nicht nur, weil ich sie ihr niemals glauben könnte, sondern auch, weil ich zu verletzt dafür war, ihr zu verzeihen. Das Leben bot mir eine Zitrone an, nur um mir ihren bitteren Saft in mein blutendes Herz zu träufeln.

»Das ist deine Freundin, Schätzchen?«

»War, Mom. War. Jetzt ist sie nur noch ein Risikofaktor.«

Da Hunter mich geheilt hatte, verschwand der Schwindel und ich fühlte mich besser. Fabienne würde keine Gefahr darstellen, solange sie niemand entließ. Ihr fehlte die Energiezufuhr. Piper hielt sie lediglich am Leben, aber durch ihren geschwächten Körper konnte sie sich nicht befreien. Unsere Gabe und die Magie in uns war immer nur so stark wie wir selbst. Zusätzlich hatte Seth die Gitterstäbe extra undurchdringbar gemacht. Stäbe aus Diamanten, deren Schimmern ich im Sonnenlicht wahrnahm.

»Was machen wir jetzt?« Josh wich mir nicht von der Seite, was ich begrüßte.

»Wir helfen beim weiteren Aufbau des Camps, aber zuerst verbeugen wir uns beim Lagerfeuerplatz vor den Toten.« Ich war selbst verblüfft, wie ich vom schüchternen Mädchen zur Anführerin mutiert war.

»*Toten?*«, fragte er entsetzt nach.

»Der Kampf hat Leben gekostet«, mischte sich Piper ein. »Wir verbrennen sie hier und lassen ihre Gaben in einem magischen Ritual Frieden finden.«

»Tut mir leid, dass wir nicht auf dich gewartet haben«, fügte sie hinzu und sah mich dabei an. »Wir konnten nicht einschätzen, wie lange du bewusstlos sein würdest. Die Curas waren zu geschwächt, um alle vollständig zu heilen. Sie schafften es gerade so, jeden, der noch einen kleinen Lebensfunken in sich trug, zu retten.«

»Das verstehe ich. Deshalb dauert auch der Aufbau so lange?«, vermutete ich.

Als wir durch das Camp schlenderten, merkte ich erst, dass alles nur provisorisch errichtet wurde. Das war mir beim ersten Mal kaum aufgefallen.

»Genau. Es ist ein Haufen kaputt«, bestätigte Piper. »Die Spellmaker mussten selbst Kraft tanken. Dann noch die Angriffe der Wandler dazwischen. Das meiste haben wir sogar händisch bearbeitet und die Wunden der Verletzten auf herkömmliche Weise verarztet.«

»Chloe? Die Krankenschwester?«

Und Therapeutin für Fabienne, falls ihre Krankheit nicht auch nur gefakt gewesen ist.

»Tot.«

»Finch?«

Piper verneinte.

O nein! Seth hatte nicht nur einen, sondern beide Brüder verloren.

»Dilara und Leyla?«

»Dilara starb gestern. Leyla geht es gut.«

Das Training mit Harry, als er Leyla und Dilara drangsaliert hatte, spielte sich vor meinem inneren Auge ab. Dilara hatte auf ihre Schwester aufgepasst, da Leyla nicht aus sich herauskam.

Ich passe auf sie auf, Dilara. Versprochen!

Die Luft glühte richtig. Die Atmosphäre spannte sich von Minute zu Minute mehr an. Ständig musste ich damit rechnen, erneut angegriffen zu werden. Die Barriere zog sich wie ein Riss in einem Spiegel immer weiter über das ganze Camp, doch wer konnte schon ahnen, ob die Gestaltwandler nicht bereits Kenntnis davon genommen hatten und einen Plan schmiedeten, die Saat des Baumes zu zerstören.

»Da ist es.« Meine Mutter sprach das Offensichtliche aus.

Eine Menge Asche bettete sich auf den Boden der Lagerfeuerstelle. Die Stimmung war zum Zerreisen gespannt. Nein, das konnte ich Fabienne nicht verzeihen. Sie hatte die Barriere zerstört und deshalb standen wir nun hier und erwiesen den Toten die letzte Ehre.

Joshs raue Haut traf auf meine, als er meine Hand nahm. Ich ergriff die meiner Mutter.

»Ich liebe dich und ich bin froh, dass du dich bis hierher durchgebissen hast.«

»Ich dich auch, Mom.«

»Ich euch auch, Leute.«

Mit meiner Schulter knuffte ich Josh in die Seite, um ihm zu sagen: *dich natürlich auch.*

Wir senkten unsere Häupter. Selbst Josh, der mit diesem ganzen Enchanter-Ding nichts anfangen konnte. Von Hunter, der beim Aufbau half, hatte ich erfahren, dass wir mittlerweile nur noch zu fünfzehnt waren. Fabienne miteinbezogen. Der einzige Verlust, über den ich mich freute, war Harry. Ihn hatte ich, zusammen mit den Gestaltwandlern, in den Wald zurückgeschleudert.

Theo zählte nicht mehr. Allein beim Denken seines Namens bäumte sich jeder Nervenstrang in mir auf. Natürlich liebte ich ihn noch. Liebe verging leider nicht so flüchtig, auch wenn er mich ausgenutzt hatte. Ein Teil von mir gönnte ihm den Tod. Ein andere sehnte sich nach seinem verwuselten Haar, seiner weichen Haut, seinen harten Muskeln und dem typischen *Theogeruch*: Tannenbaum und Erde.

Im Nachhinein wurde mir einiges klar. Seine Herzbeschwerden kamen davon, dass er seine Verwandlung so lange unterdrückt hatte, bis er alleine gewesen war. Und den Waldduft hatte er einzig und allein der Tatsache zu verdanken, dass er ein Tier aus dem Wald war.

Ich seufzte und löste mich von beiden.

»Ich vermisse euch alle schrecklich«, wisperte ich in den vorbeiziehenden Windhauch und schickte einen Luftkuss gen Himmel.

»Wir sollten Wachen um das Camp positionieren. Zumindest, bis die Barriere sich vervollständigt hat«, schlug Piper vor, als hätte sie nur darauf gewartet, bis wir fertig waren.

»Na, dann macht das doch!« Ich hatte keine Ahnung, worauf sie hinauswollte. Warum erzählte sie mir das?

»Denkst du, es wäre eine gute Idee?« Piper suchte hilflos Rat bei mir? Als wären wir die besten Freundinnen.

»Du fragst mich? Ich bin doch nur eine auszubildende Camperin.«

»Ja, aber ich habe gesehen, wie viel Kraft in deinen Emotionen steckt, und ich will dich auf meiner Seite wissen. Vor allem jetzt, nachdem du gesehen hast, dass ich dich nicht belogen hatte. Sie«, Piper spuckte das *Sie* aus, »sind böse!«

Mom quengelte wie ein Kleinkind neben mir.

»Können wir kurz reden?«

»Jetzt nicht, Mom.«

»Ja, dann machen wir das so«, stimmte ich Piper zu, die daraufhin zufrieden grinste und von dannen zog.

Hatte ich Piper jemals *ehrlich* lächeln sehen?

»Du solltest keine gemeinsame Sache mit Piper machen. Sie ist …«

»Nicht ganz dicht«, beendete Josh den Satz meiner Mutter.

Sie zeigte mit ihrer Hand auf Josh.

»Er sieht es auch.«

»Ich sehe es auch. Trotzdem müssen wir zusammenhalten. Wenigstens stehen wir auf derselben Seite.«

Hoffte ich. In Sicherheit konnte ich mich nicht wiegen. Niemals wieder. Mein Urvertrauen war zu erschüttert.

»Josh, kannst du beim Aufbau der Hütten helfen? Zumindest da, wo die Spellmaker noch zu wenig Energie haben, um ihre Gabe einzusetzen?«

»Klaro. Netz hat man hier keines, oder? Ich würde gerne Dean anrufen«, fragte er.

»Nope. Hast du ein Bild von Greta?« Ich musste sie unbedingt mal wiedersehen.

»Ja, Moment!«

Er kramte in seiner Hosentasche.

»Mom? Kannst du bei den Verletzten nachsehen? Im Bemuttern bist du ja gut.«

Sie warf mir einen typischen Mamablick zu. Den, den jedes Kind kennt, wenn es am Tisch mit der Familie etwas Unangebrachtes sagt und die Mutter einen mit ihrem Todesblick durchbohrt, aber immer noch lächelt, damit es niemand am Tisch mitbekommt.

Ich küsste sie auf die Wange. »Danke.«

»Hier ist das Bild, aber …«

Plötzlich huschte Seth um die Ecke. Irgendetwas stimmte ganz und gar nicht.

»Sie sind wieder da!«, brüllte er verschwitzt und außer Atem.

Das Streben nach Macht

Das durfte doch nicht wahr sein! Diese Monster hatten sich wieder neu formatiert und griffen schon wieder an?

»Mom, bring Josh in eine der Hütten und beschütze ihn mit deinem Leben!«, donnerte ich im Laufen zu ihr nach hinten.

»Nein, ich komme mit dir!«

»Bitte! Ich komme klar.«

Josh äußerte sich dazu nicht. Bildlich stellte ich mir vor, wie er an der Innenseite seiner Wangen kaute und sich unwohl fühlte. Wahrscheinlich haderte er gerade mit sich, ob er sagen sollte, er käme alleine zurecht, obwohl er sich wünschte, meine Mom würde auf ihn aufpassen. Oder, ob er den Mutigen spielen sollte.

»Verdammt«, zischte meine Mutter.

»Komm, Josh«, sagte sie dann und ich hörte, wie sich die Schritte der beiden von mir entfernten.

Zusammen mit Seth gelangten wir an den See, wo die anderen uns erwarteten. Was ich dort sah, saugte mein Gehirn aus, weil es unmöglich der Wahrheit entsprechen konnte. Die Wandler schwebten über den See – direkt zu uns.

Haben die noch noch andere, magische Fähigkeiten, von denen wir nichts ahnen?

»Das ist doch ... Entwarnung!«

Was meinte Piper damit? *Entwarnung?*

»Wer ist da?« Nicht nur Hunter stellte sich diese Frage.

»Das ist der Präsident der Enchanter.« In ihrer Stimme veränderte sich etwas. Die Ehrfurcht vor diesem Mann schwang in jeder Silbe mit.

Handelte es sich hier nur um Respekt oder doch um Angst? Sein Ankommen verwirrte selbst die Natur. Nebel tauchte über dem See auf, schlich sich aus jeder Seite des Waldes, und das trotz Sonnenschein und Hitze. Wie eine Armee aus Wasserdampf folgten die Schwaden ihm und seinen drei Begleitern.

Kleine Stromzungen peitschten aus der Barriere. Seine Macht musste alles übertreffen, was ich bisher erlebt hatte, wenn meine gesamte Umwelt so heftig auf ihn reagierte. Unruhe kehrte in den Reihen der anderen Camper ein. Komischerweise blieb ich, untypisch für mich, vollkommen ruhig. Anscheinend konnte mich sobald nichts mehr schocken. Hannah fasste blitzschnell wie eine Schlange nach meinem Unterarm und hielt sich daran fest. Im Wasser formten sich kleine Wirbel. Wellen erreichten das Ufer und benetzten unsere Füße. Ich erwartete kühles Nass an meiner Haut. Stattdessen empfing mich beinah kochendes Wasser, weswegen wir alle einen Satz zurück machten.

»Hast du ihn schon mal gesehen?«, flüsterte ich Seth ins Ohr.

»Nein.«

Wenigstens war er im Bilde über seine Existenz und Funktion. Ich hingegen hatte keinen blassen Schimmer von den politischen Verstrickungen in der magischen Parallelwelt der Enchanter. Es frustrierte mich noch in so vielen Angelegenheiten im Dunklen zu tappen.

»Präsident Goines, es freut uns sie hier begrüßen zu dürfen«, säuselte Piper und verbeugte sich vor ihm.

Wir anderen machten ebenfalls einen höflichen Knicks. Endlich sah ich ihn besser. Die Nebelwolken, die um ihn getänzelt waren, stellten sich in den Hintergrund, als seine Füße den Boden berührten. Mitten in das heiße Wasser. Es störte ihn nicht. Er verzog keine Miene.

Seinen Körper zierten Tattoos, die ich kaum erkennen konnte, da ihr Schwarz beinahe so dunkel wie seine Hautfarbe war. Deshalb kontrastierte auch seine hellblaue, bodenlange Kutte umso intensiver mit seinen weißen Locken.

Piper knetete ihre Hände wie Teig. Hektische Bewegungen folgten. Ein nervöser Blick zu uns Camper. Was war mit ihr los?

»Wir hatten sie viel früher erwartet«, stammelte sie und kicherte daraufhin wie ein kleines Mädchen.

»Piper«, seine Stimme hallte in meinem Ohr und klang tiefer als der Grand Canyon, »deinen Spielchen nach zu urteilen hast du deinen Schützlingen nichts erzählt.«

Ihre Haltung wurde stocksteif.

»Ich wollte …«

»*Du wolltest* dein Ansehen bewahren und hast es dir damit gänzlich ruiniert. Kinder!« Er wandte sich von ihr ab und blickte zu uns. »Piper hat nicht um Hilfe gebeten. Es war nie vorgesehen, dass wir kommen. Vermutlich wollte sie alles alleine regeln, um keine Schwächen einzugestehen.«

Jeder sog tief die Luft ein, doch niemand wagte es, zu sprechen. Mich traf diese Bestätigung weniger hart. Verrat war kein Fremdwort mehr für mich.

Ein junger Mann trat hinter Goines hervor. Seine senfgelbe Kutte streifte ebenfalls den Boden und war mit Wasser aufgesogen. Seine braun-orangefarbene Haut passte gut dazu.

»Dadurch«, begann er zu sprechen, »hat sie euer aller Leben gefährdet. Sie war zu stolz und hatte Angst davor, wir würden ihr die Leitung absprechen … Ich bin übrigens Stavros.«

Das bedeutete, dass er anscheinend ein Enchanter war, der direkt hier in Griechenland positioniert wurde. Zumindest erlaubte ich mir diese Mutmaßung aufgrund seines Namens.

Ein weiterer Mann gesellte sich neben den anderen. Er hatte Ähnlichkeiten mit Hunter, nur, dass seine Haare platinblond waren.

»Es tut uns im Namen aller leid, dass ihr diese Qualen durchmachen musstet. Ich bin Romeo und wir werden dieses Camp nun übernehmen und Piper«, er schaute direkt zu ihr, »dich werden wir wegsperren, bis wir die Wandlerplage beseitigt haben.«

»Wenn ihr Fragen habt, Kinder, ich bin Makoto«, beendete die vierte und letzte Person den Satz. Eine Frau, die vermutlich asiatische Wurzeln hatte.

Meine Brauen sausten nach oben.

»W… wie bitte?« Piper würde gefangen genommen werden? Das erstaunte mich nun doch.

»Sht!«, sprach Stavros mit dem Zeigefinger an den vollen Lippen.

Noch während er diesen Laut machte, brach Piper zusammen. Direkt im heißen Wasser. Noch ehe jemand zu ihr hätte laufen können, begann sie zu schnarchen.

»Wahnsinn!«, kam es von Hannah.

»Das ist Stavros, der Spellmaker. Einer der stärksten weltweit«, klärte sie mich leise auf.

Bedeutete das, dass dieses *Sht!* bereits ein Zauberspruch war? Machte er nur mit diesem Laut Piper unschädlich?

Als Spirit spürte ich, dass dies auch Makotos Gabe war. Aus diesem Grund beobachtete ich sie und bemerkte, dass sie mit ihren Augen rollte. Damit bezweckte sie, dass Pipers Körper schwebte und sich in der Luft umdrehte wie ein Spanferkel am Grill.

»Habt ihr hier einen Käfig für sie?«, wollte Romeo wissen.

Sofort dachte ich an Fabienne. Niemand traute sich auch nur ein Wort zu sagen. Auch, wenn sie auf unserer Seite waren, hatte jeder von uns großen Respekt vor diesen Enchantern, was sich anfühlte wie sanfter Nieselregen auf der Haut.

»Fürchtet euch nicht. Wir sind der Garant für eure Sicherheit.« Romeo hieß nicht nur wie eine Figur von Shakespeare, sondern sprach auch noch so.

»Wir haben theoretisch einen. Da liegt aber eine Überläuferin drinnen«, antwortete ich.

Mein Mut verwunderte mich. Es war so, als hätte ich jeglichen Skrupel verloren. Nur, dass ich das selbst noch nicht gemerkt hatte.

Hannah machte zwei auffällige Ausfallschritte nach rechts, um nicht in den Blickwinkel der Neuankömmlinge zu kommen.

»Eine Spellmakerin«, bemerkte Stavros.

Er fühlte Fabienne, weil er selbst zu dieser Gabengruppe gehörte.

»Ja.«

»Ich spreche mit ihr. Indessen bringt ihr Piper in diesem Gefängnis in Bedrängnis.«

Während Stavros seinen Satz zu Ende sprach, kombinierte er ihn mit einem sich reimenden Zauber und schnippte vor dem See. Ein Käfig, perfekt auf

Pipers Maße angepasst, materialisierte sich neben ihm. Die Macht dieser vier sprengte meine Vorstellung der Grenzen des Unmöglichen. Jetzt, da auch mir die Spucke wegblieb, machte niemand auch nur einen Mucks. Ein Nicken ging wie eine La-Ola-Welle durch die Reihen und jeder setzte sich in Bewegung.

Hannah hängte sich wieder an meine Fersen wie mein Schatten. Bisher hinterließ sie eher das Bild des unscheinbaren Persönchens. Wie hatte sie dann überlebt?

Getrieben von meiner neu erlangten Fähigkeit: Misstrauen, drehte ich mich zu ihr um.

»Wie hast du eigentlich den Kampf gegen die Gestaltwandler überlebt?«

Meine Direktheit stieß sie vor den Kopf.

»Du hast mich also durchschaut.« Hannah seufzte.

War sie eine von ihnen? Eine der Wandler? Wie Theo eingeschleust, um uns zu infiltrieren?

»Ich habe nicht mitgekämpft. Den ganzen Kampf über habe ich mich im See versteckt.« Sie holte tief Luft. »Habe mir eine Seifenblase um den Kopf gezaubert, durch die ich atmen konnte.«

Ich lachte ungläubig. Das war alles? Zwar nicht ehrenhaft, aber besser ein lebendiger Feigling als ein toter Held.

»Macht nichts. Ich nehme es dir nicht übel.«

Grinsend und irgendwie erleichtert, hängte sie sich wieder bei mir ein. Ein Gefühl beschlich mich. Sah sie mich als eine Art große Schwester, die sie beschützte?

»Fleur Bailey?«

Mein Bauch wurde schwer, als läge ein Sack Kohle darin. Meinte er mich?

»Präsident Giones.«

»Kann ich mit Ihnen sprechen?«

Was sollte ich schon sagen, außer: »Ja, natürlich.«

Ich schaute mich um und erspähte James.

»Hey, kannst du Hannah ins Camp mitnehmen?«

»Ich nehme *Hannah*«, er betonte ihren Namen merkwürdig angewidert, »sicher nicht mit.« Wusste er etwa, dass sie nicht mitgekämpft hatte?

»Schon, okay, Fleur. Ich kann alleine eine Aufgabe für mich finden«, besänftigte mich Hannah.

Seine Worte trafen sie, dass merkte ich ihr an, auch wenn sie es nicht zugab. Ihre blassrosa Locken wippten im Takt, als sie sich wegdrehte und in ihren türkisfarbenen Ballerinas davonwatschelte. Trug sie die schon immer oder erst, seitdem keiner mehr auf die Kleiderordnung im Camp achtete?

»Fleur Bailey«, wiederholte Goines eindringlich.

Um ihn nicht zu verärgern – ihn wollte ich auf keinen Fall zum Feind haben –, beeilte ich mich zu ihm zu gelangen. Vor ihm salutierte ich. Machte man das so? Keine Ahnung. Er wirkte belustigt. Vermutlich hatte ich übertrieben.

»Bist du das Mädchen, dass entführt wurde?«

»Ja, Sir ... Präsident ... Gott?«

»Du kannst mich Taran nennen. Es tut mir leid. Auch dieses Vorgehen hätte von Piper mit uns abgesprochen werden müssen.«

Noch während er redete, beobachtete ich Stavros, wie er den Weg zu Fabiennes Hütte ging. Zu gern wäre ich bei dem Gespräch dabei.

»Ähh, kein Problem. Wer wäre sonst an meiner Stelle so dumm gewesen, von jedem verraten worden zu sein, um dann alle zusammen aus dem Camp zu schleudern?«

So witzig ich es auch erzählt hatte, so traurig stimmte mich meine eigene Dummheit. Irgendwas veränderte sich in seiner Mimik. Er zwirbelte seinen Bart.

»*Du* warst das?«

»Oh ... Ähm. Ja!«

»Ich glaube, wir sollten uns an einem ruhigeren Plätzchen unterhalten.«

Bevor ich antworten konnte, tippte er mit seinem kleinen Finger nach links und pfiff dabei. Spätestens jetzt erkannte ich, warum man ihn als Präsidenten auserkoren hatte. Das Wasser aus dem See hob sich von seinem Bett und schwebte in der Luft. Es hüpfte förmlich einen Schritt nach links. Die Blicke der anderen brannten in meinem Rücken. Natürlich drehte sich jeder zu uns um. Mit der anderen Hand vollführte er eine Geste, als ob er jemanden zu sich deuten würde. Der Boden unter uns wackelte, ehe sich die Erde wie bei einem Paukenschlag in seine Richtung drückte. Eine Art Treppe errichtete sich bis auf den Grund des Sees.

»Da unten sollte uns niemand stören.«

»Und sie lassen das Wasser dann auf uns drauf? Ich kann doch nicht so lange die Luft anhalten. Kann ich doch nicht, oder?«

Er kicherte verlegen und wirkte dabei wie ein kleiner Junge, dem der Schalk im Nacken saß.

»Das Wasser lasse ich über uns schweben. Es wird nur ein wenig hinabgesetzt, damit niemand die Treppe benutzen und uns belästigen kann.«

»Sie halten die ganze Zeit das Wasser des gesamten Sees über uns?«

Verdutzt legte er den Kopf schief, als verstünde er meine Frage nicht.

»Ja, und?« Dann rüttelte er sich. »Selbstverständlich. Du kennst mich gar nicht. Deine Eltern haben dir ja nichts erzählt. Für mich ist meine Gabe zur Gewohnheit geworden. Glaub mir, mein Kleines, ich habe schon weitaus schwerere Lasten getragen.«

»Na gut.« Mir verschlug es die Sprache, sodass ich nicht mehr herausbrachte.

Elegant wie ein Schmetterling reichte er mir seine Hand. Die runzligste, die ich jemals gesehen hatte. Aber er war immerhin ein Gentleman und wollte mir nicht meine Gedärme herausreißen wie Theo. Ich nahm sie an.

Gemeinsam beschritten wir den Weg nach unten. Stufe für Stufe kletterten wir hinab. Überall war es feucht. Winzige Würmer züngelten aus dem Erdboden. Pflanzen und Wurzeln standen ab, als winkten sie uns.

»Wie lange wird es dauern, bis die Barriere wieder errichtet ist?«, wollte ich wissen.

»Mein Liebes, die Barriere kann nicht erneut aufgebaut werden. Der Baum ist zerstört und seine Magie auf immer verloren«, erklärte er mir traurig.

»Nein, Sie ... du irrst dich. An derselben Stelle wächst ein Nachkömmling und rundum ihn regeneriert sich der Schutzschild bereits«, berichtigte ich Taran.

»Aber das ist unmöglich!«

Unterwassergespräche

Gefühlte zwanzig Minuten blinzelte Taran mich an, ohne zu sprechen. Mittlerweile hatte ich ihm meine Geschichte erzählt. Bis auf so Sachen wie *mein erstes Mal*. Wobei es mich selbst mit gemischten Gefühlen zurückließ, selbst daran zu denken. Keine Frage, es handelte sich um ein perfektes erstes Mal. Leider nur, solange ich den Teil wegließ, in dem mein Exfreund mich benutzt hatte und mich hatte töten wollen. Wenigstens weilte er nicht länger unter uns. Also hatte Karma ihre Langfinger über Theo gehalten und ihn zur Rechenschaft gezogen.

Ein Augenaufschlag nach oben zeigte mir den waberten Himmel, der, durch das Wasser des Sees betrachtet, wie blauer Wackelpudding wirkte.

Wenn die Decke einstürzt, bin ich im Arsch.

»Asche über mein Haupt«, gestand der Präsident. »Ich muss zugeben, dass ich überfragt bin. Ich habe tatsächlich keine Ahnung, wie der Baum neu erschaffen werden konnte.«

Blauer Himmel! Da fiel mir etwas ein.

»Bevor ich nach dem Angriff ohnmächtig geworden bin, kam aus meinem Mund ein blau leuchtender Funken. Er flog in die Richtung des Baumes. Dann wurde alles schwarz.«

Taran erhob sich von seinem unsichtbaren Stuhl – er hatte sich lediglich mit seinen Telekinesekräften hochgehalten, um in sitzender Position nicht umzukippen.

»Ein blauer Funke? Und er kam aus dir? Bist du dir sicher?«

»Ja, warum? Was hat das zu bedeuten?«

»Ich muss Nachforschungen anstellen. Geh jetzt.«

»Aber, was ...«

»Geh!«, seine Stimme hallte in meinem Kopf wider.

Mit seiner Hand auf mich gerichtet, hob ich vom wässrigen Erdboden ab und schwebte blitzschnell die Treppe empor. Ich fand mich auf dem Gras oberhalb wieder.

Komischer Kauz, dachte ich mir.

Da ich ihn nicht umstimmen konnte, gab ich auf und stampfte zurück zu den anderen. Ich massierte meine Schläfen und spürte, wie mein Blut pulsierte. Kopfschmerzen gehörten auch nach meiner Heilung von den Cura zur Tagesordnung.

Als ich den Weg zurück überlebt hatte und meinen Kopfschmerzen nicht erlegen war, erwartete mich ein meterhohes Feuer. Farblich passend zum Sonnenuntergang, loderte es munter vor sich hin.

»Fleur!«, rief Josh.

Ich folgte seinem Rufen ... zu ihm und meiner Mutter.

»Schön«, sagte sie, »dass du wieder da bist. Wir wollen ein bisschen grillen am Lagerfeuerplatz. Tut uns, glaube ich, allen ganz gut.«

Ich kannte meine Mom. Sie meinte mit *uns allen* natürlich, dass es *mir* guttun würde. Ganz hatte sie ihre Fürsorge noch nicht abgelegt, aber welche Mutter tat das schon jemals? Also bejahte ich und setzte mich mit ihnen an einen Baumstamm.

»Romeo hat uns gesagt, sie würden morgen das Camp alleine neu aufbauen. Die sind so«, Josh breitete seine Arme aus, »stark!«

Es wirkte surreal, Josh hier in dieser magischen Umgebung zu sehen.

»Er hat einfach seine Handflächen vor sich gestreckt und alle, die sich irgendwelche Kratzer beim Bauen zugezogen haben, geheilt!«, erzählte er mir voller Inbrunst und wild gestikulierend.

»Ja, die sind echt mächtig. So was habe ich noch nie erlebt«, pflichtete ich meinem besten Freund bei.

»Darf ich mich zu euch setzen?«

Blassrosa Haar fiel wie ein Vorhang vor mein Gesicht, als Hannah sich von hinten über mich beugte. Ich schob ihre Mähne zur Seite.

»Nimm Platz, Hannah.«

»Tut euch Piper nicht auch leid? Irgendwie? Ein klitzekleines bisschen?«, fragte sie in die Runde.

Josh zuckte mit dem Schultern. Ihm war es wohl herzlich egal. Meine Mutter enthielt sich ebenfalls, da sie selbst ihre Rechnung mit Piper offen hatte. Schließlich war sie mit ein Grund dafür, weshalb ein Familienmitglied gestorben war und meine Eltern nicht wollten, dass ich hierherkomme.

»Ich kann mir kein Mitleid mehr leisten«, sprudelte es aus mir heraus. »Meine Schwäche hat mich anfällig dafür gemacht, von Fabienne und Theo verarscht zu werden. Harry hat mich entführt, Piper mich ausgenutzt und Hunter wollte mich mit seinen Ansichten manipulieren«, wobei ich nicht unbedingt wollte, dass meine Mutter dies alles mitanhörte.

»Was war eigentlich mit diesem Theo?« Mom bemühte sich, es beiläufig klingen zu lassen. Vergeblich.

»Sie waren so ein süßes Paar. Schade, dass er ein Wandler war und …«

»Hannah!« Ich stoppte sie, ehe sie mehr erzählte.

Wobei ich es schon bedenklich fand, wie viel sie darüber erzählen konnte.

»*Ein Paar*? Ich hab' mir ja die Geschichten angehört, was hier alles geschehen ist, aber davon habe ich nichts gehört.« Ihre Miene verfinsterte sich und sie verschränkte ihre Arme wie eine Schleife vor der Brust.

Ich überlegte kurz ins Lagerfeuer zu springen, verwarf den Gedanken dann aber doch.

»Wie gesagt, ich war naiv. Es ist vorbei. Theo ist tot.«

Desto öfter ich mir einredete, dass es mich nicht verletzte, umso offensichtlicher wurde es, dass es nicht stimmte. Aber ich schluckte es hinunter und verdrängte den Schmerz. Stopfte ihn tief in die dunkelsten Winkel meiner Seele, wo er jämmerlich verkümmern sollte.

»Es tut mir leid«, sagte sie statt der erwarteten Predigt.

Hitze wanderte in mir hoch, die gegen meine Augen trat und mich zum Weinen bringen wollte, doch ich bewahrte meine Haltung.

»Danke«, antwortete ich stattdessen.

»Also? Wer hat Hunger?« *Themenwechsel? Kann ich!*

Josh, Hannah und meine Mom hoben den Zeigefinger und ich war glücklich darüber, dass sie das Thema ruhen ließen. Erst als ich aufsprang und mich bei Seth anstellte, der das gegrillte Essen verteilte, fiel mir wieder auf, wie wenige wir nun waren.

Seth legte ein Würstchen und Zucchini auf den Teller von Leyla. Ihre Augen wirkten eingefallen. Ihr Husten nach ihrem »Danke« klang wie das Altershusten eines schrottreifen Automotors, der nicht mehr richtig startete.

Ihre ohnehin schon langen, dunkelbraunen Haare wirkten noch länger und an ihrem Mittelscheitel lag ein grünes Blatt. So was hätte es noch vor wenigen Tagen nicht bei ihr gegeben. Trotzdem hatte sie noch ihre strengen, dicken Augenbrauen und ihren natürlich schönen, dicken Schmollmund. Mit meinen Fingern strich ich über meine rauen und im Vergleich dazu dünnen Lippen.

Finch, Dilara und all die anderen. Tot. Und wer trug Schuld daran? Fabienne, der ich blind vertraut hatte, und Theo, mit dem ich auch noch Sex gehabt hatte.

Geniale Bilanz, Fleur!

Wäre ich nur kritischer gewesen, hätte ich sie eventuell durchschauen und alle retten können. Ich leistete Beihilfe zum Mord an all diesen Menschen.

»Erde an Frauke.«

Seth holte mich aus meiner Trance zurück. Kopfschüttelnd widmete ich mich seiner Auswahl und überhörte, dass er wiedermal einen falschen Namen für mich mit F genannt hatte.

»Für Josh und mich das Steak und für meine Mom das Hühnchen und zwei Tomaten.«

War Hannah Vegetarierin?

»Für Hannah gib mir einfach die Kartoffeln, die noch übrig sind.«

Beladen mit den gut riechenden Leckereien, drehte ich mich um.

»Danke, Sascha.« Natürlich ließ ich es mir nicht nehmen, ihn auch zu veräppeln.

Wieder zurück bei den anderen, reichte ich Hannah den Teller mit unserem Essen. Als ich mich setzen wollte, zeichnete sich ein großer Schatten vor mir ab.

Sofort machte ich kehrt und blickte ihm in die Augen.

»Stavros.«

»Kannst du kurz mitkommen?«

»Sie muss essen!«, zischte Josh.

Aus ihm sprach sein Beschützerinstinkt, was ich ihm hoch anrechnete, aber das war mein Kampf – nicht seiner.

»Wir essen«, entgegnete ich.

»Sie will dich sprechen.« Er reagierte gar nicht auf das, was ich gesagt hatte.

»Hey, Arschloch! Sie will essen!« Josh stand auf. Seine Muskeln brachten ihm hier gar nichts.

»Wer denn?«, informierte sich meine Mom, die die Stimmung abkühlen wollte.

»Fabienne.«

Die Außenseiterin Fabienne Roux

Die Umklammerung löste sich nicht, sosehr ich es auch versuchte. Meine Hand, am Holzgeländer festgefroren, gehorchte mir nicht mehr. Oder wollte ich gar nicht loslassen?

»Fleur.«

Fleur, Fleur, Fleur. Leg doch mal eine andere Platte auf. Der sagt die ganze Zeit nichts anderes als meinen Namen. Ist das ein Roboter?

»Stavros.«

Sein Gesicht zeigte weder Wut noch Ungeduld. Es sprach Bände voller Gleichgültigkeit. Seine braunen Augen fokussierten das Geländer.

»Das Holz verschwinde mitsamt der Rinde«, sprach er und das Geländer, mein sicherer Hafen, löste sich auf.

Er packte meinen Arm, da ich drauf und dran war, zur Seite zu kippen.

»Komm.«

Mit meiner Gabe drückte ich seine Finger auf und riss mich los. Er seufzte. Seine erste Regung.

»Ich kann da nicht hineingehen«, faselte ich. »Sie hat mich von vorne bis hinten angelogen und verraten. Wegen ihr sind so viele Menschen gestorben. Ich will sie nicht anhören.« Ich wollte, dass er mich verstand und eventuell verschonte.

Klar, ich könnte einfach gehen, aber er würde mich vermutlich mit einem dummen Spruch zurückholen.

»Wovor hast du Angst?«

Ich habe Angst davor, dass meine Dämme brechen und ich schwach werde. Angst davor, ihr zu glauben und zu verzeihen.

»Vor gar nichts.«

»Wo liegt dann dein Problem?«

»Sie hat verflucht noch mal Menschenleben auf dem Gewissen!«, donnerte ich ihm entgegen.

Meine Emotionen liefen aus dem Ufer, weswegen sich meine Gabe verselbstständigte, wie ein Auto, das den Hang hinunterfuhr, weil die Handbremse nicht angezogen war.

Der Spirit in mir stieß ihn gegen die Wand. Holzspäne regneten auf seinen Kopf, direkt auf die beiden Stellen links und rechts an der Stirn, wo ihm die Haare ausgefallen waren.

»Und willst du nicht wissen, warum sie es getan hat?«

Was wollte er mit seinen ständigen Fragen erreichen? Wurde der Typ niemals wütend oder gab es auf, mich zu zwingen?

Die tief stehende Sonne legte einen dunkelorangefarbenen Schleier über Stavros und die Hütte. Die Schatten wurden deutlicher. Die Nacht stand vor der Tür.

»Es interessiert mich nicht«, antwortete ich ihm.

»Doch, das tut es!«, konterte Stavros und verringerte den Abstand zwischen uns. »Du hast dich bestimmt nicht nur einmal gefragt, warum sie das getan hat und warum sie euch das angetan hat.«

Ich wandte mein Gesicht von ihm ab und starrte zu Boden. Weshalb war ihm das so wichtig? Er nahm mein Kinn zwischen Zeigefinger und Daumen. Das schmeckte mir so gar nicht. Ich wand mich aus dem Griff, schaffte es aber nicht. Der Druck zwang mich ihn anzusehen.

»Geh hinein und sprich mit ihr. Es wird dir guttun.«

Die Art, wie er es aussprach, zeigte mir, dass das seine letzten Worte waren, die er an mich gerichtet hatte. Er würde kein Nein mehr akzeptieren.

»Okay.« Harsch riss ich mich los.

»Geht doch.«

Der Boden knarrte, als er zur Tür ging. Die Klinke quietschte beim Hinunterdrücken. Der altbekannte Duft kam mir entgegen.

»Sprecht euch aus«, schlug er mir vor.

Ich stöhnte genervt auf, um meine Unsicherheit zu überdecken. Doch ich hatte das Gefühl, dass er sie bemerkte. Als ob sie wie eine grüne Aura um mich schimmerte.

Zögerlich tat ich den ersten Schritt. Es raschelte im Stroh, das drinnen ausgelegt war.

»Fabienne?«

Wache Augen nahmen mich unter die Lupe. Die Sonnenstrahlen schlugen die Schatten ihrer wirren Haare an die gegenüberliegende Holzwand der Hütte.

»Bailey! Bailey! Bailey!«, wiederholte sie immer wieder.

Mein Herzschlag beschleunigte sich zusammen mit meiner Atmung. Wie sie meinen Nachnamen aussprach, tötete mich innerlich tausendfach. Erinnerungen sprangen mir ins Gedächtnis wie Eisstücke aus einer tiefen Schicht. Längst vergessen, aber nicht ausgelöscht.

»Geh nicht«, winselte sie. »Meine Schuldgefühle ... sie laugen mich aus.«

»Wie die Leute, die wegen dir starben?«, hakte ich spitz nach.

Sie seufzte. Ein Wimmern drang zu mir.

»Ich kann es nicht vergessen. Diese Bilder. All die Toten. Nur wegen mir. Dein Gesicht. Voller Zorn und noch schlimmer: Enttäuschung.«

Es kostete mich einen Haufen Willenskraft, mich nicht umzudrehen und abzuhauen. Die Zeit war gekommen. Die Zeit, *die* Frage zu stellen.

»Warum?«

»Ich bin so froh, dass du mich fragst.« Erleichtert schluchzte sie, als könnte sie es selbst nicht glauben, dass ich es ihr erlaubte, mir ihre Geschichte zu erzählen. »Falls du mir nicht verzeihen kannst, verstehe ich es, aber ich will, dass du den Grund kennst. Ich liebe dich, Bailey. Ich habe dich nie benutzt, aber mir blieb keine Wahl«, sprach sie wie ein Wasserfall, als hätte sie dieses Gespräch seit Tagen immer und immer wieder in ihrem Kopf durchgekaut.

Ihre Liebesbekundung traf mich mitten ins Herz. Manipulierte sie mich wieder?

»Man hat stets eine Wahl, Fabienne.«

»Das ist richtig. Es war die falsche und gleichzeitig die richtige. Ich würde sie auch heute wieder treffen.«

Es tat ihr nicht leid und sie würde es wieder tun? Was konnte von derartiger Bedeutung sein, dass sie all das Leid und Tod auf ihr Gewissen nahm.

»Dann sag mir, was dich dazu bewegt, Menschenleben zu opfern!«

Ich raste zum Gitter und schlug mit voller Wucht dagegen, sodass Fabienne einen Schritt zurück machte. Die Stäbe vibrierten noch sekundenlang weiter.

»Was! Sag es schon!«, forderte ich sie auf.

Spucke lief an meinem Mundwinkel hinunter. Ich starrte in die Augen der Freundin, die mich aufgeheitert, mir ihre Geheimnisse anvertraut hatte und lachte, bis sich die Balken bogen. Wie konnte sie mir und all den anderen das nur antun?

»Okay, Bailey. Halt dich fest«, begann sie.

Ich hielt mich an den Stäben fest. Das Metall war heiß, verschwitzt und roch muffig. All die Stellen, die das Sonnenlicht nicht berührte und im Schatten blieben, wirkten bedrückend. Panik kroch in mir hoch, als würde jeden Augenblick ein Wandler aus der Schwärze steigen. Nach und nach wurde ich echt paranoid.

»Es beginnt alles mit der Entführung meiner Eltern und meiner sechs Geschwister.«

Luxusfeuer

Der raue Holzboden rieb an der Haut meiner Beine. Ich hatte gar nicht bemerkt, dass ich mich in den Schneidersitz begeben hatte. So sehr fesselte mich Fabiennes Geschichte. Wenn ich zurückdachte, verstand ich nicht, wie sie unter all diesem Druck stets ihr sonniges Gemüt hatte aufrechterhalten können. Auch, wenn unsere Schicksale nicht miteinander vergleichbar sind, fragte ich mich doch, ob es ihr nicht noch schlimmer erging als mir mit meiner Entführung.

»Jedenfalls ging es schlussendlich darum, dass mein Dad irgendein Schönheitsfleck-über-der-Oberlippe-Fetischist war«, erzählte sie.

Fabienne wirkte bei der Geschichte, wie ihre Eltern sich kennengerlernt hatten, weit weg. Irgendwie sorgenlos und tiefenentspannt. Minute um Minute driftete sie vom eigentlichen Thema ab und erzählte mir vom Hobby eines jeden Familienmitgliedes.

Ich legte meine Handflächen auf den Boden und rutschte zurück.

»Au!«, zischte ich.

Ich richtete mich wieder auf und untersuchte meinen Finger, in dem sich nun ein Holzsplitter befand. Das Zimmer leuchtete dunkelorange. Bald würde die Sonne sich vollkommen schlafen gelegt haben. Ich saugte das Blut an meiner Fingerkuppe aus und als ich den Splitter sah, zog ich ihn mit meiner Gabe und einer schnellen Augenbewegung heraus.

»Und du hast es trotzdem geschafft, im Camp ständig die Hallo-mir-scheint-die-Sonne-aus-dem-Arsch-Fabienne zu sein?«, hakte ich nach.

Bitterkeit lag in ihrem Schmunzeln. Ihre Lider flackerten wie die Flamme einer Kerze. Im nächsten Moment rieb sie sich die Stelle zwischen den Brauen.

»Mir blieb nichts anderes übrig, Bailey.«

Bevor sich das Zimmer völlig verdunkelte, sprang ich auf und wischte den Staub von meinen olivgrünen Shorts, die bis kurz vor die Knie reichten. Ahnungslos, was ich sagen sollte, kratzte ich mich mit beiden Händen am Kopf.

Was sagte man zu einem Mädchen, das einem gerade erzählt hatte, dass die Gestaltwandler ihre Eltern umgebracht und die Geschwister entführt hatten? Ihre jüngste Schwester verstarb während des Kampfes und die fünf übrig gebliebenen konnte sie nur retten, indem sie mich verriet und die Barriere des Camps zerstörte.

Hätte ich nicht genauso gehandelt, hätten sie meine Eltern entführt und mir gesagt, das wäre meine einzige Chance, sie zu retten? Vor allem kam bei mir noch hinzu, dass ich gar keinen Bezug zu diesem Camp und der magischen Welt gehabt hätte und es mir vermutlich egal gewesen wäre, was aus all dem würde, solange es meiner Familie nur gut ginge.

»Ich weiß ehrlich nicht, was ich sagen soll.«

»Verstehe ich, Bailey.«

»Es war leichter, dich für skrupellos zu halten und zu hassen.«

»Hasst du …« Sie schluckte. Die Frage fiel ihr schwer. »Hasst du mich denn noch?«

Ich seufzte schwer und stemmte meine Hände an die Hüftknochen. Das Dunkelblaue der Nacht löste langsam, aber beständig die Helle des Tages ab.

»Sagen wir so: Ich will dir nicht mehr mit meinen Kräften die Augen aus ihren Höhlen ziehen.«

»Ganz langsam«, fügte ich noch hinzu.

Wir prusteten beide laut los. Zumindest der gemeinsame schwarze Humor verband uns noch. Anfangs hielt ich mich zurück, doch diese Situation war wohl jedem ein Begriff: Umso mehr man versuchte nicht zu lachen, desto schlimmer wurde der Lachkrampf. Ehrlich gesagt, gestand ich mir diesen Moment zu. So makaber und naiv es auch für Außenstehende rüberkommen musste, ich brauchte genau das hier. Ein paar beschissene Minuten Sorglosigkeit. Selbstverständlich verzieh ich ihr nicht sofort alles und holte sie aus dem Käfig, aber das verlangte Fabienne auch nicht.

Den Bauch lachend umklammert, leckte ich mir über die Oberlippe.

Da starrte mich Fabiennes verdüsterte Miene an.

»So wird es nie wieder werden, nicht wahr?«

»Ich weiß es nicht«, sagte ich und räusperte mich.

»Aber ich kann dir nicht verzeihen. Noch nicht. Ehrlich gesagt«, ich überlegte, ob ich es aussprechen sollte, aber schließlich überwand ich mich, »verstehe ich es. In irgendeiner Parallelwelt, in der unsere Rollen vertauscht wären, hätte ich eventuell auch so reagiert wie du.«

Ich kickte einen Stein in ihre Richtung. Er prallte an dem Gitter ab. Der dumpfe Ton hallte nach.

»Aber jetzt sind wir hier. In dieser Welt, in diesen Rollen und ich kann nicht vergessen, wie viele Menschen, nein, Freunde wegen dir gestorben sind.« Fabienne fiel nichts darauf ein, also sprach ich weiter. »Mit dieser Schuld musst du leben, und auch wenn, was ich hoffe, du deine Geschwister wiederfindest, muss ich dich enttäuschen.«

Ihr Blick richtete sich erschrocken auf mich. Beinahe panisch presste sie sich mit der Stirn gegen die Stäbe. Das Diamantenmaterial schwächte sie, weswegen sie, mit den Augen rollend, zurücktrat. Ein Abdruck prangte auf ihrer Stirn.

»Was meinst du damit?«

Man möge meinen, es machte mir nichts aus, ihr das zu sagen, weil es ihr auf gewisse Weise recht geschah, doch das tat es.

»Die Barriere regeneriert sich. Bevor du fragst: Niemand kann es sich erklären, aber das bedeutet«, ich stoppte hier, weil ich in ihrem Blick erkannte, was sie verstand.

»Das bedeutet, ich habe euch umsonst ...« Fabiennes Augen verwandelten sich in leblose, starre, in sich ins Nichts verlierende Portale. »Ich habe euch umsonst verraten. All die Tode waren wertlos. Mit der neuen Barriere platzt gleichzeitig mein Deal mit den Gestaltwandlern.«

Jeder Muskel schien in ihrem Gesicht willkürlich zu zucken. Sie biss sich auf jede Stelle ihrer Lippen. Es blutete. Ihr Kinn zitterte wie eine Waschmaschine auf der schnellsten Stufe. Ungebremst ließ sie sich auf den Hintern fallen. Ich sprang einen Schritt nach vorne und streckte ihr meinen Arm entgegen. Nur um ihn darauf wieder neben meinem Körper abzulegen. Sie tat mir furchtbar leid, aber sie hatte ihre Entscheidung getroffen und mit den Konsequenzen musste sie alleine klarkommen. Jede Reaktion erwirkt eine Gegenreaktion.

Sie schrie auf wie eine Löwin. Schmiss das Stroh um sich. Kratzte den Holzboden mit ihren Nägeln auf. Ihre Atmung beschleunigte sich, als wäre sie kurz vor der Hyperventilation. Ein neuer Schrei.

Ich konnte das nicht mehr mitansehen und beschloss zu gehen. Die Tür fiel hinter mir zu. Erst in diesem Augenblick bemerkte ich, dass sich alle, bis auf Taran, Romeo und Makoto, vor der Hütte aufhielten.

Es tut mir leid, Fabienne.

Wortlos tapste ich die Stufen hinab, trottete an der Gruppe vorbei und fixierte ein Ziel: die Tribüne. Auch wenn sie zerstört wurde, wollte ich mich dahinter verschanzen. Hinter dem Trümmerhaufen, der symbolisch für mein Leben stand. Sobald unsere Gegenspieler den neuen Schutzschild erspähten, würden sie Fabiennes Geschwister töten.

Josh folgte mir.

»Wie seid ihr eigentlich hierhergekommen?«, informierte ich mich, ehe er etwas sagen konnte.

Mein bester Freund antwortete zunächst mit einer *Äh*-Arie, bis er sich fing.

»Äh, also. Na ja. Mit dem Flugzeug nach Griechenland. Dann dem Instinkt deiner Mutter ins Camp folgend. Was seine Zeit gedauert hat. Aber du warst ja einige Tage k. o.«

»Dann haut auf diesem Weg auch wieder von hier ab!«, befahl ich.

»Aber …«

»Kein *aber*! Es ist zu gefährlich. Überhaupt für dich, Josh. Ich kann für deine Sicherheit nicht garantieren.«

Meine Schritte wurden größer, rascher.

»Sicher nicht! Ich reise ohne dich nicht nach Hause!«, beharrte er.

»Es geht hier nicht um einen Beweis deiner Freundschaft und Loyalität. Du weißt nicht, wozu die fähig sind. Diese Monster töten, ohne mit der

Wimper zu zucken. Da gibt es kein Gespielt-jemanden-am Leben-Erhalten, bis der Held Zeit hat, das Opfer zu retten wie in einer Serie«, verdeutlichte ich ihm.

»Aber Fleur!«

Die Tribüne kam in Sichtweite. Oder ihre Überreste. Ich warf meine Schuhe nach links, um das Gras unter mir zu spüren. Wie damals als Theo mich mit verbundenen Augen zum Picknickplatz brachte. Sein Kirsch-Irgendwas-Sandwich lag noch auf meiner Zunge.

Ebenso seine Worte: »Eine Kirsche hat immer noch ihren Kern. Es gibt nicht nur das offensichtliche Rot. Es steckt immer etwas dahinter. Wie in dir. Du bist nicht einfach nur das unbeholfene Mädchen. Du bist eine Kämpferin. Nur hast du deinen Kern noch nicht entdeckt.«

Zumindest damit hatte er recht behalten. Mittlerweile mauserte ich mich zur Kämpferin.

»Josh, lass mich bitte kurz alleine.«

Er blieb stehen und ich entfernte mich, ohne mich umzudrehen. Kein einziges Mal.

Ich schlug mir gegen die linke Schläfe, in der Hoffnung, dass Theos Bild aus der rechten Seite purzeln würde. Warum verdammt vergaß ich ihn nicht? Sein wildes kreuz und quer stehendes, verwuseltes Haar, das sich so fest und gleichzeitig weich zwischen meinen Fingern anfühlte.

Ob er ebenso seine Gründe hatte wie Fabienne? Oder war er lediglich durch und durch böse? Waren meine Gefühle für ihn zu übertrieben? Oder normal dafür, dass er mein erster Freund war? Mein erster richtiger Kontakt mit Jungs. Mit dem ich das erste Mal Sex hatte?

Endlich erreichte ich das Fleckchen hinter der verbrannten Holztribüne. Müde plumpste ich auf das Gras und stellte mir meine Mutter vor, die mich normalerweise sofort panisch nach Zecken absuchen würde. Abgesehen davon, dass es hier in Griechenland kaum welche gab, hatte sie ihr beschützendes Verhalten mir gegenüber zügig abgelegt. Oder sie schonte mich bisher bloß.

Wie damals behütet zu Hause zu liegen fühlte sich jetzt wie Luxus an, der seit Jahrzehnten im Feuer der Vergangenheit verbrannt worden war. Dabei handelte es sich lediglich um ein paar Wochen.

»Fleur?«

Liegend drehte ich meine Augen so weit Richtung Stirn, wie ich konnte. Stavros erschien in meinem Blickfeld.

Was will diese Nervensäge hier?

»Stavros.«

Ohne nachzufragen, setzte er sich neben mich und starrte in die Sterne. Seine dicke Unterlippe schob er nach vorne.

»Ich habe erfahren, dass du mit dem Maulwurf verbandelt warst?«

Ich brauchte eine Sekunde, bis ich begriff, dass er mit *Maulwurf* Theo und mit *verbandelt* zusammen sein meinte.

»Ja.«

Anscheinend saß er ungemütlich und rutschte herum.

»Vielleicht hat er dich nicht unbedingt getäuscht, sondern stand nur unter großem Druck?«

Die Vermutung, die er in den Raum schmiss, half mir nicht unbedingt ihn zu vergessen. Im Gegenteil, es schürte wieder das Feuer meiner Zweifel.

»Und wie kommst du darauf?«, entgegnete ich frech.

»Weil ich selbst ein Gestaltwandler bin.«

Das Herz sackte mir in die Hose.

Diversitätssmoothie

Niemals in meinem Leben würde man mich wohl wieder so schnell auf den Beinen sehen wie in dieser Situation. Ich taumelte zurück und fühlte mich, als wäre ich gerade von einer Achterbahnfahrt gekommen.

Bitte, liebe Gabenmagie, mach, dass ich mich verhört habe, sonst werde ich wahnsinnig!

»D... du bist einer von ihnen? Du hast uns verarscht? Deshalb wolltest du, dass ich Fabienne wieder vertraue, sie befreie und dann hättet ihr gemeinsame Sache gemacht. Jetzt hat es nicht geklappt und du willst mich umbringen! Ausweiden! Anzünden! Essen!«, brüllte ich Stavros entgegen.

»Ruhig, Braune. Es weiß normalerweise jeder, wer und was ich bin. Nur du eben nicht, weil du generell nichts weißt«, klärte er mich auf, was, wie so oft, nur mehr Fragen aufwarf.

»Na, danke.«

»Sorry, ist aber so. Einigen wir uns auf *fast nichts weißt* über unsere Welt.«

Ich nickte, weil es mich nicht kümmerte. Es war immer besser, Leute unterschätzten einen. Heimlich rutschte ich zurück, um Entfernung zwischen uns zu bringen. Er ertappte mich, was mich nicht wunderte. Trotzdem machte er keine Anstalten, mir zu folgen, und so blieb er weiterhin sitzen.

»Meine Mutter ist eine Enchanter gewesen und mein Vater ein Gestaltwandler.«

Der Ton, in dem er mir sein offenes Geheimnis erzählte, ließ keine Zweifel mehr darüber, dass er die Wahrheit sprach. Meine Augenbrauen zogen sich tief in mein Gesicht und ich fragte mich, ob er auch durchschaute, dass ich meine Verwirrung versuchte zu verbergen.

»Sie erhielten ihre Strafe und wurden umgebracht. Eine Enchanter und ein Gestaltwandler. Das kannst selbst du dir nicht vorstellen und du weißt erst kurz von unserer Welt.«

Wie wahr! Und dennoch musste ich an Theo und mich denken. Sie hätten uns getötet, hätten wir Kinder bekommen.

»Mich haben sie verschont, was ich Taran zu verdanken habe, weil ich zwar die körperlichen Stärken und die Herzprobleme eines Wandlers geerbt habe, sonst aber durch und durch Spellmaker bin«, erzählte Stavros.

Die Geschichte nahm ungeahnte Wendungen an. Niemals hätte ich daran zu denken gewagt, dass so etwas möglich wäre.

»Das heißt, du kannst nicht zu einem Tier werden?«

Im Grunde genommen, hatte er die Frage bereits beantwortet, aber ich wollte es aus seinem Mund holen. Die Sterne über uns sollten meine Zeugen darstellen. Ich sprach mit einem Halb-Enchanter sowie Halbwandler. Ein kühler Wind umspielte mich, als wollte mir die Nacht sagen: *Wir stehen dir bei!*

»Exakt.«

Das ließ ihn weniger bedrohlich wirken, wodurch ich mich neben ihn setzte. Mit einem gewissen Sicherheitsabstand.

»Worauf ich hinauswill, ist, dass mein Vater sich gegenüber seiner Familie sehr verpflichtet fühlte. Familienehre und der ganze Müll standen auf dem Spiel. Das weiß ich von einer Freundin meiner Eltern.«

Was will er mir damit sagen?

»Er«, sagte Stavros, »hat meine Mutter offenbar oft verletzt, weil er seine Eltern stolz machen wollte, auch wenn er sie geliebt hat. Außerdem wollte er nicht ihr und sein Leben gefährden und hielt es geheim. Er griff zusammen mit seinen Brüdern wie gewohnt meine Mutter und ihre Gruppe von Enchantern in Thessaloniki, Nordgriechenland, an.«

Seine Gelenke knackten laut, als er sich streckte und die Finger leicht umbog.

»Es tut mir so leid, was du und deine Eltern durchmachen musstet, nur, weil ihre Liebe nicht akzeptiert wurde.«

Natürlich brachten ihm meine Beileidsbekundungen nichts, aber ich hatte nicht den blassesten Schlimmer, was ich darauf sagen sollte.

»Ich bin kein Fan von Regeln, die irgendwelche längst toten Säcke konstruiert haben«, entgegnete er mir offen und ehrlich, »aber so war nun mal die Zeit damals gewesen.«

Seine Direktheit verblüffte mich. Normal hörte man niemanden solche Worte laut aussprechen. Bis auf mich selbstverständlich, weswegen ich des Öfteren angeeckt war. Ironischerweise auch bei Theo.

»Das denke ich mir auch immer.«

»Ernsthaft? Nun ja, vermutlich, weil du nicht so aufgewachsen bist wie die meisten hier«, philosophierte Stavros und verlor seinen Blick in den Sternen.

»Gibt es keinen Weg, dass Wandler und Enchanter gemeinsame Sache machen?«, hakte ich nach.

»Das wäre ein Prozess, der Jahrzehnte andauern würde. Da müssten auch die Menschen miteinbezogen werden, die keine Angst vor Wandlern mehr haben dürften. Dann die ganzen Alteingesessenen, die ihre Meinung bis in den Tod nicht ändern werden.«

Er zählte alle Probleme auf, über die ich mir selbst schon nächtelang den Kopf zerbrochen hatte. Sogar für Stavros schien es aussichtslos und er hatte direkten Einblick in die politischen Systeme der magischen Parallelwelt.

»Um auf das eigentliche Thema zu kommen: Theo könnte es ernst gemeint haben mit dir. Ist er dir wichtig oder willst du es nicht herausfinden und abschließen? Es liegt bei dir«, hakte er nach.

Mein Herz setzt aus, als er Theo erwähnte. Meine Hände wurden feucht und als sein Unterarm sanft meinen berührte, hatte ich kurz das Gefühl, es wäre Theos Arm gewesen, nicht Stavros'.

»Selbst, wenn – Theo ist tot. Ich habe es gesehen.«

Es laut auszusprechen machte es real und schmerzte umso mehr.

»Nein, ist er nicht, Fleur.« Meine Lippen lösten sich voneinander, doch kein Ton fand den Weg hinaus. Was sagte er da? »Theo lebt.«

»Woher ...?«

Dieser Informationenmix wurde mir zu viel. Ich spürte die Schweißperlen auf meiner Stirn. Nicht, weil es zu warm war. Im Gegenteil, die Nächte hier wurden oft ziemlich kühl. Nein, der emotionale Stress brachte meinen Körper durcheinander und mich aus dem Gleichgewicht. Die Anstrengungen, die mein Unterbewusstsein durchmachte, um das wieder auszugleichen, brachten mich eben ins Schwitzen.

»Woher weißt du das?«

Meine Zunge fühlte sich schwerer an als jeder Ziegelstein. Und ebenso trocken.

»Woher?«

Spuck es schon aus!

»Der Kristall, den Theos Vater gezogen und der Strahl, den Theo getroffen hat, haben ihn ausgelöscht, ja«, begann er –

Er weiß also, was passiert ist, als die Wandler angegriffen haben –, »aber Theo selbst ist noch am Leben.«

Das überstieg meine Vorstellungskraft. Mir wurde bewusst, dass ich von meinem radikalen Trip herunterkommen musste. Durch die vielen Enttäuschungen, die ich durchgemacht hatte, verfiel ich in dieselben, von Angst getriebenen Ansichten wie Piper oder auch Hunter. Das beendete ich auf der Stelle.

»Ja?«

»Wie?«

»Eine uralte Macht steckt dahinter. Und die Wandler haben sie den Enchantern gestohlen. Jedoch ist das Innere dieses Kristalls tödlich. Desto länger er dort drinnen ist, umso höher ist die Wahrscheinlichkeit, dass er sterben wird. Vielleicht ist er auch schon längst aufgelöst worden.«

Das Rauschen in meinem Ohr nahm zu und alles, was ich noch hörte, war: *Theo lebt. Theo lebt. Theo lebt ... Vielleicht.*

Und eventuell hatte er mich nicht hintergangen! Mir wurde schwindelig, weshalb ich beschloss mich kurz, nur für ein paar Minuten hinzulegen.

***

»Fleur?«

Diese Stimme. Ich öffnete meine Augen und schwebte oberhalb eines roten Meeres, inmitten eines roten Himmels. Diese Realität fühlt sich so falsch an.

»Fleur?«

Unmöglich. Wie in einem unsichtbaren Aufzug lasse ich mich hinab und erkenne ihn.

»Theo!«

Er treibt auf der Wasseroberfläche. Er scheint nackt, aber irgendwie auch nicht vollständig. Als fehlten Teile eines Puzzles. Das ist für mich die letzte Bestätigung. Jetzt bin ich mir hundertprozentig sicher: Ich träume.

»Du hast mich verraten«, werfe ich ihm an den Kopf.

»Glaubst du das wirklich?«

»Du hast mich belogen«, ändere ich meine Aussage, um darauf nicht antworten zu müssen.

Alles hier fühlt sich surreal an. Es riecht nach nichts und ich spüre weder Wind, noch Kälte oder Hitze. Theo braucht ewig für eine Antwort. Es scheint, als läge er jeden Satz auf die Goldwaage, um nichts Falsches zu sagen. Ungeduld überkommt mich. Ich will und brauche diese Antwort.

»Ja«, seufzt er.

Mehr nicht.

»Wieso? Ist alles gespielt gewesen?«, hake ich nach, als ich Stimmen höre.

»Irgendwie schon, ja.«

Irgendwie? Will er mich veralbern?

»Was meinst du damit? Ist unsere Beziehung nur eine Show für dich gewesen?«, präzisiere ich eine Frage.

Seine Beine lösen sich langsam auf. Dematerialisieren sich nach und nach.

»Bitte, antworte mir«, dränge ich Theo.

Die Stimmen werden immer lauter, bis ich sie erkenne. Mom und Josh.

Er spricht, aber ich nehme es nicht wahr. Ich lausche der Stimme meiner Mutter, auch wenn ich nicht verstehe, was sie sagt. Ich fokussiere Theos Worte, aber es gelingt mir nicht. Alles verschwimmt.

Jupiter

Verständlicherweise waren Mom und Josh nicht die größten Fans meines Plans, Theo zu retten. Sie hatten mich naiv und liebestoll geschimpft, womit sie im Endeffekt vielleicht recht behalten würden. Und niemand musste dazu verpflichtet werden, mir einzureden, dass Theo mich verarscht hatte und mich ausnutzen wollte. Auch ich zweifelte noch immer an seinen Absichten.

Dennoch musste ich diesem Gefühl in meinem Herzen nachgehen, das mir ständig einflüsterte, dass kein Lebewesen vorspielen konnte, was Theo und ich gemeinsam gehabt hatten. Sollte es dennoch so gewesen sein, dann würde ich wenigstens aus diesem Fehler lernen. Selbst, wenn er mich das Leben kostete.

Die Macht, von der Stavros mit erzählt hatte, sowie seine eigene Geschichte öffneten meinen Geist für eine völlig neue Sichtweise. Zuvor stand aber etwas ganz anderes auf meiner Prioritätenliste: *mit Taran sprechen.*

Der Präsident musste mir alles über das Enchanter-Juwel und den Wandlerdiamanten erzählen. Die Schätze der beiden magischen Parteien.

Vor der Hütte, in der Mom und Josh mittlerweile schliefen, wippte ich mit meinen Füßen nervös auf und ab. Das Klopfen meiner Schuhe auf die Holzstufe klang wie ein dumpfes Trommeln.

Der Mond leuchtete hell, als wollte er mir den Weg weisen. Beinahe von selbst hob ich den Arm. Ich legte den Zeigefinger über und den Daumen unter den Mond, damit es so aussah, als hielte ich ihn wie einen schimmernden Diamanten in meiner Gewalt.

»Hey«, wisperte jemand seitlich von mir.

Ich sprang hoch und stieß meine Hand wie eine Waffe nach vorne. War das etwa …? Ich verzog meine Augen zu Schlitzen, um sein Gesicht zu fokussieren, wie bei meinem Kameraobjektiv. Eindeutig.

»Hunter.«

Er hatte seinen Man Bun aufgemacht und seine dunkelblonden Haare standen wirr ab. Was witzig aussah über seinen kurz rasierten Seiten.

»Bchau«, äffte er das Geräusch einer abfeuernden Pistole nach.

Zusätzlich formte er seine Hand zu einer Waffe und machte einen Schuss nach.

»Nimm die Kanone herunter, Fleur«, witzelte er.

»Was machst du noch auf?«

»Habe Wache und gucke, dass hier keine nicht lebensberechtigten Biester eindringen«, erklärte er.

Sein Hass brachte ihn dazu, sie nicht mal mehr bei ihrem Nahmen – Gestaltwandler – zu nennen. Nein, so wollte ich unter keinen Umständen werden.

»Übertreibst du nicht etwas mit deiner Haltung?«

In meinen Gedanken klang dieser Satz wesentlich weniger nett und eindeutig mit der Tür ins Haus.

Jeder Witz und jede Fröhlichkeit entwich seinem Gesicht. Ernsthaftigkeit zog ein und überstrahlte selbst den Mond. Hunter kannte dabei keinen Spaß.

»Du magst ja die Wahrheit sagen, dass die meisten aufgrund ihrer Erziehung wirklich gefährlich sind. Vielleicht sogar unbelehrbar«, gedanklich fügte ich noch hinzu: *Auch, wenn ich verstehe, dass sie ebenfalls unter den Menschen leben wollen, diese aber dafür nicht offen genug sind.*

»Aber trotzdem gibt es Ausnahmen.«

Er ging in Abwehrhaltung. Fuhr sein Granitschild aus. Ich würde niemals zu ihm durchdringen.

»Und mit dieser Ausnahme meinst du Theo, nicht wahr?«

Es war egal. Um den heißen Brei herumreden half nicht weiter.

»Ja. Zum Beispiel«, gestand ich.

»Du dumme Pute lässt dich tatsächlich wieder einer Gehirnwäsche unterziehen.«

Er lachte erzürnt und verständnislos auf. Die Blätter und Äste des Waldes knisterten unter dem starken Wind. Seine und meine Haare wehten in unterschiedliche Richtungen. Ebenso unsere Meinungen.

»Ja, Hunter. Vielleicht«, stimmte ich zu.

»Du wirst so aber auch nie Zufriedenheit erlangen, weil du sie nicht alle töten kannst.«

Darauf fand er keine Antwort im nahezu unerschöpflichen Repertoire seiner Ausreden. Worte brachten ihn nicht weiter, also näherte er sich mir.

»Ich hatte gehofft, jetzt, nachdem Theo dich verraten hatte und er von seinen eigenen Leuten umgebracht wurde, kämst du zu Verstand und erkennst, was richtig ist.«

»Das wäre?«

Schneller als ich hätte *Kit Harington* sagen können, legte er seinen Arm um meine Hüfte und riss mich zu sich.

»Ich!«

Mit seiner anderen Hand zog er mich am Hinterkopf zu sich und küsste mich. Es war so ganz anders, als es damals hätte zwischen uns passieren können – und um Welten befremdlicher als mit Theo.

So sollte sich keine Frau küssen lassen müssen, war es nicht ihr ausdrücklicher Wunsch.

Angewidert schrie ich durch meine geschlossenen Lippen und drückte ihn von mir weg. Hunters Stärke überragte meine. Er presste seinen Unterkörper an mich. Zum Glück war das hier kein Kampf zwischen normalen Menschen.

Um mich zu verteidigen, riss ich meine Augen weit auf, sodass es ihn zurückschleuderte. Mit meiner Telekinese legte sich niemand an!

Hunter hob regelrecht vom Boden ab. Meine Gabe traf ihn völlig unvorbereitet. Als er im Dreck landete, sich aufrichtete und mich anschaute, erkannte ich, dass er nichts verstand.

»Sie haben dich vollkommen in ihrer Gewalt und du merkst es nicht. Wir könnten gemeinsam die nächste Generation der Enchanter bilden. Die mächtigste Familie des neuen Jahrtausends. Merkst du das denn nicht?«, versuchte er mir seine Absichten verständlich zu machen.

Ein Tropfen landete auf meiner Nasenspitze. Der nächste auf meinem

Handrücken. Wieder einer auf meiner Wange, der direkt flüchtete. Einer nach dem anderen fand sein Zuhause auf der Erde. Bis es in Strömen regnete. Von einer Sekunde auf die andere. Ich hörte das Plätschern des Wassers in den Fässern. Die Bäume, die herumflatterten. Und der Geruch, wenn Hitze auf Regen und Kälte traf.

»Und du merkst nicht, dass du immer mehr zu deiner Familie wirst, die dich durch ihre Doktrin völlig verstört hat. Willst du damit bei deinen Kindern tatsächlich weitermachen? Ein Leben in ständigem Hass wird dich von innen zerfressen.«

Das sollten meine letzten Worte gewesen sein. Ich drehte mich um. Der Boden weichte auf und sank leicht bei meinen Schritten ein. Doch ich suchte nicht etwa das Trockene. Nein, mein Weg führte mich dorthin, wo es noch nasser war als im Regen. Unter den See zu Präsident Giones.

»Fleur!«

Hatte er nicht genug? Ich wendete. Da war niemand.

»Hunter?«

»Hier!«

Ich kehrte nochmals um.

»Buh!«, erschreckte er mich.

Wie aus dem Nichts tauchte er vor mir auf. Natürlich! Curas konnten nicht nur heilen, sondern auch ein paar Sekunden unsichtbar werden!

»So spricht niemand mit einem Locklear«, ließ er mich erzürnt wissen.

Die Art, wie er seinen gekränkten Stolz *ehrte*, verschaffte ihm viel mehr Ähnlichkeiten mit einem der Wandler, als er es sich jemals eingestanden hätte. Diese Reaktion wunderte mich nicht. Seine nächste allerdings schon.

Er löste nur einen Teil seines rechten Armes vor meinen Augen auf. Genauer gesagt, seine Hand bis zum Ellbogen. In der nächsten Sekunde scheuerte er mir eine, dass mir schwindelig wurde. Mein Sichtfeld verringerte sich. Es war, als würde ich durch ein Türschloss schauen, das immer kleiner wurde.

Die unsichtbare Ohrfeige brachte mich aus dem Gleichgewicht und ich fiel um. In eine Schlammpfütze. Waren seine Finger auch nicht zu sehen gewesen, so spürte ich sie doch doppelt und dreifach in meinem Gesicht.

Der Matsch unter mir fühlte sich an, als hätte ich mir in die Hose gemacht. Wie ein begossener Pudel saß ich im Regen, massierte meine Wange und bewegte mein Kinn, um sicherzugehen, dass er es mir nicht vom Kopf geschlagen hatte.

»Dass du so weit gehen würdest ...«, sprach ich, nachdem ich mich wieder gefangen hatte.

»Also«, er zog unschuldig die Schultern hoch und machte eine verwirrte Grimasse, »ich habe nichts gesehen. Was meinst du? Vielleicht hat dich ein unsichtbarer Blitz getroffen?«

Jetzt war ich diejenige, die unglaubwürdig und geschockt auflachte. Was war nur aus Hunter geworden? Sein Hass verschlang jegliche Sympathie für jeden Menschen, der nicht mit ihm an einem Strang zog.

»Irgendwelche Beweise? Zeugen?«, verhöhnte Hunter mich.

»Mich, Arschloch!«

Er kreischte erschrocken wie ein kleines Mädchen und machte einen Satz nach vorne. Hinter ihm materialisierte sich Romeo.

»Ihr kleinen Curas, die sich cool fühlen, wenn sie zwei Sekunden unsichtbar bleiben können. Schaffst du das auch ein paar Minuten wie ich?«, verspottete Romeo ihn.

Ich kicherte, wofür ich einen bösen Blick von Hunter erntete.

»Sicher nicht, Romeo.«

Hinter einer Hütte trat Makoto hervor.

»Denkst du, du hast hier alleine Aufsicht, du Punk?«, sprach sie.

Innerhalb weniger Augenaufschläge hob sie, die Spirit, Hunter hoch und beförderte ihn mit ihrer Gabe bis über das Lagerfeuer hinweg. Wohin genau, sah ich nicht. Wahnsinn! Sie konnte Hunter mit ihrer Telekinese hinbringen, wo sie wollte, auch wenn sie den Ort nicht mal sah. Es reichte, es in ihren Gedanken zu sehen. Ob ich jemals so stark sein würde?

Makotos lange schwarzen Haare flogen im Wind, während Romeos hellblaue Augen im Mondlicht leuchteten. Die beiden wirkten so elegant und anmutig in ihren Umhängen. Wie Superhelden.

»Alles gut bei dir?«, wollte Makoto wissen.

»Äh, ja. Danke!«

Sie sagten nichts mehr. Ich wurde nervös. Die alte Fleur drang durch. Ich hasste diese Stille. Das peinliche Schweigen mit Fremden, wenn keiner wusste, was er sagen sollte.

»*Sailor Jupiter* ist meine Lieblingssailorkriegerin aus *Sailor Moon*«, witzelte ich in Makotos Richtung.

»Wie bitte?«

»Na, wegen *Makoto.*« Ich räusperte mich. »So heißt die auch in der Serie und … egal.«

Ich stand zügig auf und klopfte meine nassen Klamotten unnötigerweise ab. Als ob ein Grashalm mehr oder weniger irgendwas an meiner Situation änderte.

»Danke euch.«

Sie ließen mich nicht so einfach gehen, was mich auch gewundert hätte.

»Moment mal!«, sagte Romeo.

Ich stoppte. Der Regen wurde zur Nebensache und langsam gewöhnte ich mich daran. Ich schaute nicht zu ihnen zurück.

»Wir haben gehört, was du gesagt hast, und du weißt, dass es verboten ist, Gestaltwandler zu verteidigen.« Makotos Stimme war so tief und beängstigend, aber ich riss mich zusammen.

»Ja.« Was brachten Lügen schon? Außerdem war ich sowieso in Gefahr, rettete ich Theo.

»Das können wir nicht gutheißen.« Worauf wollte sie hinaus?

»Okay.« Die Angst schrie und quengelte in mir, aber ich hoffte, sie sah es mir nicht an.

»Ach, spann sie doch nicht so auf die Folter, Makoto«, grätschte ihr Romeo dazwischen.

Jetzt machte ich auf der Stelle kehrt und blinzelte die beiden verdattert an. Romeo hopste zu mir und legte seinen klitschnassen Arm um meine Schultern. Seine Mimik wurde freundlicher, weniger kühl. Er wirkte plötzlich sogar ziemlich kindisch. Ich erkannte Sommersprossen über seiner Nase, die sich bis zu seinen Wangen ausbreiteten.

»Natürlich sehen wir das auch so. Stavros ist wie unser Bruder«, begann er.

Makoto seufzte genervt und beschleunigte ihre Schritte, um aufzuholen. Wie ein Sandwich kesselten sie mich ein.

»Wir drei«, erklärte Makoto weiter, »Makoto aus Tokio, ich aus Rom und Stavros aus Thessaloniki, sind zusammen bei Taran aufgewachsen und wie Geschwister. Vielleicht erschaffen du und dieser Theo selbst einen neuen tollen Stavros, und da stehen wir euch nicht im Wege.« Ihre Gesichtszüge wurden viel weicher, als sie von Stavros sprach.

»Aber pass auf, dass er dich nicht verarscht!«, übernahm Romeo. »Wir machen das unser ganzes Leben lang. Die meisten Wandler sind leider gefährlich, aber einige durchbrechen ihre Denkmuster und wenn er einer von diesen ist, dann hilf ihm!«

»Aber ihr gehört zu Taran. Verarscht ihr ihn also?«, hakte ich nach.

»Nein, wir lieben Taran und was er macht, aber er ist für die Sicherheit aller verantwortlich. Und auch wir würden offiziell niemals zu dir stehen, denn wir brauchen unsere Position und unseren Einfluss sowie Taran, um später irgendwann etwas verändern zu können.«

Ich verstand nicht, aber das erkannte auch Romeo.

»Taran sieht einige unserer Denkweisen ein«, erklärte Romeo, »aber würde er anfangen mit den Wandlern Frieden zu schließen und etwas würde dabei schiefgehen, würden die Leute auf die Barrikaden gehen. Sie wären niemals wieder empfänglich für Frieden. Es muss geschickt eingefädelt werden.«

»Und Taran ist immer noch das geringere Übel. Goines hat ja schließlich auch Stavros aufgezogen«, ergänzte Makoto.

Sie kämpften sich mit dem geringsten Übel durch. Dankte Taran ab, würde jemand Radikalerer ihn ersetzen, was diesen Krieg um Jahrzehnte zurückschmeißen würde.

In der Ferne erkannte ich mitten im Regen Piper. Sie hockte am Boden und schien weggetreten. Ob sie ihre Entscheidungen bedauerte? Irgendwie tat sie mir leid. Kopfschüttelnd verdrängte ich diesen aufkeimenden Gefühlsimpuls. Sie hatte es nicht anders verdient. Immerhin war es ihr auch egal gewesen, dass wir eventuell gestorben wären, weil sie ihren Stolz nicht hatte abschalten können.

Wir näherten uns Piper. Ihre Falten schienen noch tiefer, als wäre sie, seitdem wir uns in diesem Camp befanden, um zwanzig Jahre gealtert. Mit mulmigem Gefühl huschten wir an der ehemaligen, gefallenen Campleiterin vorbei.

Romeo reagierte mit gerümpfter Nase und Makoto gar nicht auf sie. Ich hingegen blicke ihr ins Gesicht und hielt ihren wütenden Augen stand. Ein Funken Traurigkeit mischte sich unter die Wut. Vielleicht bereute sie ja doch.

»Kein Mitleid. Sie bereut es nicht, was sie getan hat. Sie bereut es lediglich, erwischt worden zu sein«, kam es von Makoto, die in meinem Gesicht lesen konnte.

Piper spuckte uns ihren Speichel entgegen, der vom Regen sofort zu Boden gerissen wurde. Wahrhaftig keine Spur von Reue.

»Gut, dann bringt mich zu Präsident Giones!«, stieß ich hervor.

Waterjewel Down

Der See tobte über uns. Wellen schlugen wie gierige Tiere umher, prallten aneinander und beruhigten sich wieder. Ziemlich unheimlich, darunter ein Pläuschchen abzuhalten. Fehlte nur noch rosa Tapete und ...

»Tee gefällig?«, fragte Taran passend zu meinen Gedanken und schaute sich kurz um.

»Kekse habe ich leider keine mehr.«

»Sie können auch Tee herbeizaubern?«, hakte ich nach.

»Ähm, nein, mein Liebes. Ich habe mir von oben einen Teekocher geholt, der mit Batterien funktioniert«, antwortete er mir, als ob ich verrückt geworden wäre.

Abermals zwirbelte er seinen Bart, als beruhigte ihn diese Tätigkeit. Verlegen blickte ich zu Boden und erkannte, dass seine hellblaue Kutte keinen einzigen Schmutzfleck abbekommen hatte, obwohl er seit gestern hier unten am feuchten Erdboden herumwatschelte. Doch danach fragte ich ihn nicht mehr.

»Was führt dich um diese Uhrzeit zu mir?«

Makoto und Romeo gingen die improvisierte Treppe hoch, um uns allein zu lassen. Was mir nicht unbedingt recht war. Das schmatzende Geräusch, das ihre Schritte verursachten, überschattete meine Stille. Taran machte sich indessen kleine, hellblaue Schleifchen in seinen Bart.

Er ist also der Mächtigste aller Enchanter?

»Romeo und Makoto haben mir erzählt, dass Theo eventuell nicht böse ist wegen ...«

»Stavros«, beendete er meinen Satz.

»Ja.«

»Und dass die Gestaltwandler einen Juwel besitzen, der Menschen einsperren kann. Aber es soll auch einen Diamanten geben, der diesen Fluch umkehren kann, richtig?«

Ich versuchte alles, um so viele Informationen wie möglich aus seiner Antwort zu bekommen, weswegen ich mir meine Fragen bereits zurechtgelegt hatte wie das Essen in einer asiatischen Bento-Box.

»Jein.«

Die wohl schlimmste Antwort, die mir jemand geben konnte. Doch ich schluckte meinen Wutausbruch hinunter und fragte nochmals zuckersüß nach.

»Das heißt?«

Taran beschäftigte sich weiterhin mit der letzten Schleife für seinen weißen Bart. Ich schnalzte mit der Zunge für mehr Aufmerksamkeit. Vergebens. Wahrscheinlich ließ er sich nicht mehr stressen nach Jahrzehnten nerviger Verhandlungen mit Enchantern und Gestaltwandlern. Zumindest stellte ich mir so eine magische Konferenz vor. Wandler-Äffchen, die sich herumschwangen. Enchanter, die Buffets auffüllten mit einem Zauber, und natürlich lautstarke Streitigkeiten. Da konnte ihn ein kleines Mädchen wohl wenig aus der Ruhe bringen.

Ich nahm mir stattdessen eine der Schleifen, die auf einem winzigen Holztisch lagen, und band meine Haaren hoch, die Seth mir freundlicherweise blond nachgezaubert hatte. Das war bitter nötig gewesen. Die Frage nach dem Holztisch behielt ich ebenfalls für mich. Ebenso wie die, was ein prunkvoller Goldstuhl und ein Bett hier machten. Ich tippte auf Stavros, der das alles hergezaubert hatte.

Warum auch oben im Camp verweilen, wenn man es mit Käfern und Würmern unter einem See kann?

»Fertig«, murmelte er zu sich selbst.

»Schick, nicht?«

Ich nickte und räusperte mich dann.

»*Jein?*«, hakte ich abermals nach.

»Ah, genau. Um dir das zu erklären, zeige ich dir etwas.«

Taran holte ein altes, dickes, antikes Buch, das in rotem Leder gebunden und mit schmutzigem Gold verziert war. Es roch förmlich nach Geschichte.

»Komm mit, Fleur Bailey.«

***

Wir standen vor den Steintafeln, die ich damals mit Hunter entdeckt hatte. Der Gedanke an ihn machte mir Bauchschmerzen, also verdrängte ich sein Bild. Sie erzählten die Geschichte der Enchanter und ihrer Gaben. Wahnsinn, dass die den Angriff überlebt hatten. Zwar mit einigen Rissen und fehlenden Kanten, aber immerhin waren sie heile.

»Du kennst unsere Vergangenheit? Warum es den Baum und die Gaben gibt, habt ihr doch bestimmt gelernt?«

Ich nickte.

»Yep.«

Worauf wollte er hinaus?

»Ich glaube, dass du es geschafft hast, gemeinsam mit deiner Gabe eine neue Saat des Baumes der Ewigkeit zu erschaffen.«

Ich zeigte mit meinem Zeigefinger auf mich.

»Ganz genau! Du.«

»Du täuschst dich, Taran«, sagte ich und schüttelte den Kopf.

»Mag sein, aber anders kann ich es mir nicht erklären. Es passt zusammen. Die Gaben entstanden, weil die Geschwister den starken Wunsch hatten, sich zu beschützen und füreinander da zu sein«, wiederholte er die Geschichte, die ich bereits kannte.

Ungläubig folgte ich den eingeritzten Bildern auf den Steintafeln.

»Aber da ist doch schon der Haken, begann ich meinen Einwand. »Ich war wütend. Aus dieser Emotion resultierte meine Kraft, die ich aufbrachte, um die Wandler in den Wald zu feuern. Nicht, um zu helfen.«

Taran wackelte mit dem Daumen und legte die Hand danach auf den kleinen Bauch unter seiner Kutte.

»Du warst wütend, aber du wolltest dennoch die anderen Enchanter beschützen. So sehr, dass du all deine Lebensenergie geopfert hättest für diesen allerletzten Angriff, um die Wandler aus dem Camp zu schleudern. Es ging dir darum, zu beschützen, zu helfen und zu kämpfen.«

Ich kratzte mich am Hinterkopf.

»Bin ich dann so etwas wie eine Außerwählte?«

»Ach, herrje, nein. Du bist ein stinknormales Spirit-Mädchen, das nur massig Energie hat und stark ist.«

Na, danke auch, Taran!

Dennoch versuchte ich mir meinen Anflug von Enttäuschung nicht anmerken zu lassen.

»Das mit der Saat der Ewigkeit ist selbstverständlich etwas Geschichtsträchtiges, aber vermutlich schlummert in allen von uns irgendwo diese Macht. Was uns zu neuen Erkenntnissen in der Gabenforschung bringt, die überaus nützlich für die kommenden Generationen sein kann.«

Da kehrte eine Frage zurück, die mir auf den Lippen brannte.

»Wie schützen sich die anderen Camps, wenn wir hier diesen Baum haben?«

Das wollte ich schon immer wissen, aber irgendwie gab mir niemand darauf eine befriedigende Antwort.

»Die anderen Camps sind um einiges größer. Manchmal sind es Hunderte von Kindern, die dort ausgebildet werden«, begann der Präsident, nachdem er mich entrüstet angestarrt hatte. Vermutlich, weil ich davon nichts wusste. Tja, willkommen in der Fleur-Show.

»Demzufolge gibt es dort Spellmaker und Spirit-Wachen wie in einem Hochsicherheitsgefängnis. Die Spellmaker, die den ganzen Tag nichts anderes machen, als mit ständigen Zaubersprüchen das Camp unsichtbar zu machen. Die Spirits, die rund um das Areal stehen und alle möglichen Wesen mit ihrer Telekinese wegschleudern – sollte sich eines nähern.«

Das waren grob die Umrisse, wie sie funktionierten. Diese Neuigkeiten sprengten – mal wieder – meinen Horizont. Wenn ich dachte alles überblickt zu haben, sausten neue Infos wie Raketen auf mich herab.

»Das heißt …«

Wieder schnitt Taran mir das Wort ab. Ich biss mir auf die Unterlippe, um mir einen Kommentar zu verkneifen. Hörte der mir überhaupt zu?

»Sollte es möglich sein, Enchanter darin auszubilden, die Saat der Ewigkeit zu erzeugen, könnten wir Sparmaßnahmen einleiten und jedes Camp mit einem Baum schützen.«

Das wäre tatsächlich eine Innovation. Rund um mich bildete sich eine Pfütze von dem Wasser, das mir von den Haaren und meinen Klamotten auf den Holzboden tropfte. Barfuß machte ich einige Schritte zurück. Bis in die Mitte der Hütte, in der nichts stand, bis auf die Steintafeln. Umhüllt von sanftem Kerzenschein, wie ein Altar.

»Aber was hat das alles mit dem Juwel zu tun, in das Theo eingesperrt sein soll?«, fragte ich nach.

Erschrocken wandte er sich mir zu und legte stirnrunzelnd einen Finger an sein Kinn.

»Oh, das habe ich ganz vergessen. Ich habe dir gar nicht mehr richtig zugehört unter dem See«, gestand er, obwohl es ihm nicht wirklich peinlich zu sein schien.

Genervt knackte ich mit meinen Fingerknochen und pustete lautstark Luft aus. Ich zog das hellblaue Band auf meinem Haar noch strenger an, um irgendwohin meinen Unmut zu lenken.

»Okay, dann erzähl es mir jetzt.«

Sonst schmettere ich dir sämtliche Steintafeln auf deinen Alter-Opa-Schädel. Enchanter-Präsident hin oder her.

»Der Wandlerdiamant und das Enchanter-Juwel waren eine Art Absicherung, eine weiße Flagge des Friedens, aber sieh selbst.«

Taran bewegte schwungvoll wie ein Dirigent seine Arme und die Steintafeln schwebten vor uns wie eine Feder im Wind. Schließlich drehte er sie um. Dann erkannte ich es. Umgedreht erzählten die Tafeln eine weitere Geschichte. Ich war erstaunt von der kunstvollen Machweise dieser Steintafeln.

Wie gut die Zeichner damals einfach gewesen sind. Deswegen ist das auch alles so schwungvoll eingemeißelt.

»Das sind Arthur«, begann er mich aufzuklären, »der Mächtigste aller Spellmaker, Virginia, die stärkste Spirit, und zu guter Letzt Khan, der eindrucksvollste Cura unter allen Heilern.«

Auf der Steintafel gab es zwei Männer und eine Frau, die in einem Kreis standen, die Hände hochhielten, und in der Mitte ein Juwel. Doch unter dem Juwel saß etwas.

»Wer ist das?«

»Ein Puma, der mit von der Partie war.«

Puma. Silberner Puma. Theo. Die ersten vier Worte, die mir in den Sinn schossen. Ich vermisste ihn und hoffte, mein Vertrauensvorschuss würde mich nicht den Kragen kosten. Trotzdem blieb mir nichts anders übrig, als ihn zu retten. Das stand fest.

»Bis heute ist es uns unerklärlich, wie sie es getan haben, aber sie erschufen ein Juwel, das Lebewesen einsperren, und einen Diamanten, der sie wieder befreien konnte. Das Juwel bekamen die Enchanter und den Diamanten die Wandler. Somit waren sie gleichstark und ein Krieg würde zu nichts führen.«

Daneben sah ich, wieder in die Steintafel graviert, das Bild zweier Heere, die sich gegenüberstanden. Über ihnen ein schwarzer Schatten. In der Mitte die gierigen Schätze, die getauscht wurden. In der Hoffnung, nebeneinander her leben zu können.

»Doch vor langer Zeit stahlen die Wandler das Juwel. Seitdem gibt es die Camps und die strengen Sicherheitsrichtlinien.«

Die letzte Tafel zeigte den Diebstahl und ein schlecht gemaltes, trauriges Gesicht, das vermutlich einen enttäuschten Enchanter darstellen sollte. Das kam mir bekannt vor.

»Warum haben sie uns dann nicht alle eingesperrt, als sie bei uns eingedrungen sind?«, sprach ich meinen Gedanken laut aus.

»Das frage ich mich auch. Die einzige Antwort, die mir dazu einfällt, ist, dass sie nicht damit gerechnet hatten, dass ein Widerstand wie du sie alle auf einmal erledigen würde.«

Mit stolzgeschwellter Brust freute ich mich darüber, den Gestaltwandler wenigstens ebenfalls einen Strich durch die Rechnung gemacht zu haben.

»Dann werde ich Theo suchen, das Juwel und den Diamanten finden und ihn retten«, offenbarte ich meinen Plan und schlug mir mit der Faust auf die Handfläche.

Aua, das hat wehgetan!

Dass ich mich selbst verletzt hatte, trug ich allerdings nicht nach außen.

»Wenn du das tust, dann muss ich dich leider töten, Fleur Bailey.«

Gerade als ich lachen wollte, weil ich dachte seinen trockenen Humor verstanden zu haben, bemerkte ich, dass er es ernst meinte. Zumindest schloss ich das aus seiner verdatterten Miene. Taran schwang sich vor die Steintafeln. Seine Kutte tanzte mit wie ein Ballkleid.

Er schnippte einmal und mein Körper wurde starr. Er schnippte ein zweites Mal und drehte meine Arme auf den Rücken. Ich wollte schreien, doch mein Kiefer blieb steif. Der Schmerzensschrei drückte sich wie eine Welle in meinen Körper hinein.

Er schnippte ein drittes Mal und mein Kopf legte sich in meinen Nacken. Weiter und weiter, sodass ich dachte, er würde mir bald abreißen.

Binnen einer Sekunde löste sich meine Erstarrung und ich stürzte röchelnd zu Boden. Holzsplitter wirbelten auf und drangen in meine Luftröhre. Ich sog sie mit ein. Verwirrt legte ich die Hände an meinen Hals und zwang mich dazu, normal zu atmen.

»Wieso?«, mehr kam nicht aus meinem Mund.

»Es gibt Grenzen, die ich als Präsident nicht überschreiten darf und die ich bei anderen nicht dulden darf.«

Ich sagte nichts. Blieb wortlos.

»Erstens: Du wirst mir nichts mehr darüber erzählen und zweitens: Bald sind die Abschlussprüfungen und wenn du dieses Camp verlässt, bevor du sie bestanden hast, werde ich dich umbringen müssen, Fleur Bailey.«

***

Ich bin wieder hier. Über dem blutrot gefärbten Meer aus meinen Träumen. Dabei habe ich mich nur für wenige Minuten ausruhen wollen, als Goines mich fertiggemacht hat. Mein Körper scheint sich nach Ruhe und Schlaf zu verzehren.

»Theo.«

»Hallo, Fleur. Ich habe mich gefragt, ob du wiederkommen würdest.«

»Du lebst also noch?«

»Ich weiß es nicht. Ich weiß nicht, ob das hier«, er zeigt mit einem Finger, den er mühevoll hebt, auf mich, »überhaupt real ist.«

Vermutlich bin ich nur in einem Hirngespinst meines Unterbewusstseins, um all das zu verarbeiten. Wenn es so ist, dann soll es mir ruhig ein wenig meine Ängste nehmen.

»Ich habe dich letztes Mal nicht verstanden. Hast du mir etwas vorgemacht? Ich meine, wegen unserer ... unseres Zusammenseins?«

Wieder lässt er sich Zeit. Obwohl ich hier gar kein Zeitgefühl habe. Jedes Mal, wenn ich zur Sonne schaue, steht sie woanders. Als verginge die Zeit hier ganz anders. Träume sind merkwürdig.

»Ich habe immer nur eine Rolle gespielt, um das zu erfüllen, was mir als richtig verkauft worden ist. Bei dir und deiner offenen Art habe ich mich das erste Mal als ich selbst gefühlt.«

Ich unterbreche ihn.

»Und dennoch bist du nie du gewesen, sonst hättest du mir erzählt, dass du ein silberner Puma bist. Also weiß ich wieder nicht, ob du mich belügst, damit ich dich rette oder nicht.«

Theo lächelt. Erst sanft, dann gequält. Bis ich den Grund erkenne. Er löst sich weiter auf.

»Du kannst nicht wissen, ob ich lüge oder nicht. Dafür brauchst du Vertrauen. Also bleibt dir nichts übrig als ...« Er hustet angestrengt, stockt dann kurz, um wieder loszulegen.

»Als?«, will ich wissen.

»Als selbst zu entscheiden, ob du mir glauben willst oder nicht. Das kann dir niemand abnehmen.«

Die Stimmen kommen wieder wie beim letzten Besuch hier. Ich will nicht gehen. Wie soll ich es schaffen, die richtigen Worte zu finden, um zu hören, was ich hören will: Dass er mich liebt.

»Ich bin nicht ich gewesen, aber ich habe gefühlt, dass ich es hätte sein können. Ich habe mich nicht getraut, weil ich noch nie ich sein durfte.«

Der Traum beginnt mich abzustoßen wie einen Krankheitserreger, aber ich lasse es zu, weil ich nicht mehr weiß, was ich sagen soll.

Geheimnisse und Holzdielen

»Mieser, alter Sack!«, schimpfte Josh kleinlaut, sodass nur Mom, Fabienne und ich es hörten.

Nachdem Fabienne und ich über den Vertrauensbruch gequatscht hatten, war ich ihnen auch noch mit Taran gekommen und hatte ihnen von ihm berichtet.

»Er muss irgendwie seine Glaubwürdigkeit erhalten«, wandte meine Mom ein. »Da darf er für dich keine Ausnahme machen. Es reichte die, die er für Stavros gemacht hat. Trotzdem keine galante Art, dir das zu verdeutlichen.« Damit beruhigte sie Joshs hitziges Gemüt.

Ihre sonst so perfekt geglätteten, halblangen, dunkelbraunen Haare, die oft zum Dutt hochgesteckt wurden, schlugen Wellen. Die hinter das Ohr geklemmten Strähnen standen wirr ab. So sah ich meine Mom selten.

Wir saßen im Kreis vor Fabiennes Käfig, die mit ihren Händen wie eine Schlange nach den Chips schnappte, die wir mitgebrachten hatten. Ihren sonst so gezügelten Emotionen ließ sie hier freien Lauf, was ich in ihrem Gesicht erkannte. Wild und kämpferisch zog sie die Oberlippe hoch.

»Muss essen, bevor sterben«, sprach sie wie ein Roboter und schlang alles hinunter.

Sie kaute so schnell, dass nur noch Chipsbrei in ihrem Mund war, der an den Winkeln herauslief.

»Schluck doch mal«, sagte meine Mom.

Blitzschnell sauste Fabiennes Blick zu mir.

Sag jetzt nichts Perverses, bitte, Fabienne! Nicht, wenn meine Mom da ist. Das bist du mir schuldig.

Mit Krümeln im Gesicht winkte sie mir mit den Augenbrauen zu. Gut zu erfahren, dass sie so viel Kraft dann doch noch besaß.

»Natürlich, Mrs Bailey«, sagte sie, ihren Blick auf mich gerichtet.

Sie schluckte laut und leckte sich verführerisch über die Lippen. Ich schüttelte belustigt den Kopf und war heilfroh darüber, dass Josh und meine Mom nichts mitbekamen.

Ich hatte Fabienne natürlich noch nicht alles zu hundert Prozent verziehen. Im Gegenteil – Greta nannte mich oft die nachtragendste Kuh im Kuhuniversum. Dennoch musste ich mir ehrlich eingestehen, dass ich an ihrer Stelle ebenso reagiert hätte. Und ihre Freundschaft zu mir war nie gelogen. In mir gab es etwas, das mir sagte, dass Fabienne und Theo mit ihren Gefühlen für mich nicht gelogen hatten, und ich war mir sicher, dass jeder diese Emotion kennt, die ihm sagt: *Diese Person mag mich, wie ich bin.*

Das hatte ich bei den beiden. Sollte ich dennoch falschliegen, dann würde meine Naivität mich umbringen – aber ich wollte ohnehin in keiner Welt leben, in der ich meinem Herzen nicht trauen konnte, wenn es mir zu verstehen gab, dass jemand mich liebte.

Mein verletzter Stolz hingegen ging bei Fabienne auf Abstand. Schließlich hatte sie es nicht für nötig empfunden, mich einzuweihen. Trotzdem ließ sie mich nicht hängen und stimmte ein, mir bei der Suche nach Theo zu helfen. Dieses Mal hatte sie mir jedoch klipp und klar eingetrichtert, dass sie es auch tat, um so ihre Familie zu rächen.

Josh nahm einige Chipskrümel mit seinem Finger vom Boden und leckte sie von der Kuppe ab. Er wirkte weit, weit weg.

»Alles in Ordnung, Josh?«, kam meine Mom mir zuvor.

»Es gibt viel zu verarbeiten und ich habe Angst«, Josh musterte mich eindringlich, »Fleur wieder zu verlieren, aber diesmal für immer.«

So groß, muskulös und beharrt, aber dennoch wie ein kleiner, lieber Schoßhund. Ich legte meine Hand auf seine Wange.

»Ich verspreche dir, dass mir nichts passieren wird, okay?«

»Erdnussbutterwurst?«

»Erdnussbutterwurst«, stimmte ich zu.

»Ist das ein Insider für *Ich bin keine Jungfrau mehr?*«, hakte Fabienne nach.

Meine Mom bäumte sich auf und wurde plötzlich stocksteif. Seufzend kratzte ich mit geschlossenen Augen meine Nase und hoffte, wenn ich sie wieder öffnete, wäre ich allein. Spoiler-Alarm: Dem war nicht so.

»Nein, ist es nicht«, sagte ich kurz und schmerzlos.

»Ich werde trotzdem nicht nach Hause reisen«, warf Josh ein und lenkte somit das Thema zum ersten Mal auf *Flucht*.

Unsere Freundschaft währte bereits zu lang, als dass ich versucht hätte ihn umzustimmen. Als ich dann noch meine Mutter erspähte, die ihn nickend unterstützte, war die Sache in trockenen Tüchern. Beide würden keine Anstalten machen, hier zu verschwinden.

»Gut, dann passt auf euch auf. Okay?«

Beide willigten ein, meine Bedingung ernst zu nehmen.

»Wir wär's, wenn die Kerze zufällig umkippt und die Hütte abfackelt? Dann müsste man mich rausholen, oder?« Fabienne rutschte die Diamantstäbe entlang.

Seth hatte hier wahrlich alle Arbeit geleistet.

»Du wirst ohnehin morgen freigelassen«, sagte eine Stimme vor dem Fenster der Hütte, das halboffen stand, damit die stickige Luft entwich.

Mom und ich sprangen mit einem Ruck hoch. Josh rutschte in eine Ecke des Raumes nahe der Tür.

»Ey, Seth. Belauschst du uns schon wieder?«, grölte Fabienne hinaus.

Erleichtert, aber dennoch mit Herzrasen fiel ich zurück auf den Holzboden. Ein Chipsstück knackste unter mir.

»Mein Schatz! Nein!«, trauerte Fabienne wegen des getöteten Chipsstückes.

Josh eilte wieder neben meine Mom und mich, ehe Seth die Tür öffnete. Ein kühler Windzug betrat mit ihm den Raum.

»Natürlich habe ich das«, bestätigte Seth ihre Vermutung.

»Ist das wahr?«, wollte sie von ihm wissen. »Komme ich morgen hier wirklich raus?«

Ihre braunen Augen glitzerten vor Freude.

»Wegen den Abschlussprüfungen?«, mutmaßte ich, was Seth bejahte.

»Darf ich?« Seth zeigte auf die Chips am Boden. Natürlich hatte niemand etwas dagegen. Im Gegenteil.

Der Raum wurde überflutet von dickflüssigem Mitleid, der wie Schleim an uns haftete. Seth hatte nun auch seinen zweiten Bruder, Finch, verloren. Was er durchmachte, wollte ich gar nicht erst versuchen nachzuempfinden. Da schlug ihm natürlich niemand ein paar Chipsstücke aus.

Den Platz neben uns füllte er zwar aus, dennoch spürte ich, dass zwei Teile von ihm mit seinen Brüdern gestorben waren. Er war nicht mehr er selbst, auch wenn er alles Menschen- oder Enchanter-Mögliche tat, damit es nicht auffiel.

»Ich spreche es jetzt einfach an, ich hasse diese dicke Luft. Wie geht's dir, Seth?«, sprudelte es aus Fabienne heraus, der immer eine Ader im Kopf zu platzen schien, wenn sie etwas nicht sofort aussprach.

Seth grinste, als wäre es ihm ganz recht, dass wir ihm den Raum gaben, sich zu äußern. Ich fühlte mich, als wären wir die Letzten am Lagerfeuer eines Schulausfluges. Zumindest hatte es diese Atmosphäre. Hier zu fünft vor einer Kerze in dieser Hütte. Abgesehen von Fabienne, die wegen Hochverrats eingekerkert war und seit Tagen nicht geduscht hatte.

»Es ist scheiße.« Seths Stimme brach sofort.

Im Kerzenschein schimmerten seine Tränen wie flüssige Diamanten in seinen Augen.

Tief ein- und ausatmend, riss er sich zusammen.

»Meine beiden Brüder starben unter meiner Aufsicht. Ich habe es einfach nicht geschafft, sie vor dem Tod zu beschützen. Es ist die Hölle. Als wütete ein Feuer in mir, das in meine Gedärme ein riesiges schwarzes Loch gerissen hatte und das nun beständig meine Seele fraß und nie mehr damit aufhörte.«

Fabienne, die keine Ahnung hatte, was mit dem Rest ihrer Familie geschehen würde, sobald die Barriere wieder geschlossen war, versank ebenfalls in Trauer, die sie gerade eben noch überspielt hatte.

»Ich verstehe dich so gut. Die Wandler haben auch einen großen Teil meiner Familie auf dem Gewissen, weswegen ...«

»Ich weiß. Habe alles mitgehört. Ich hätte wie du gehandelt, Fabienne«, fiel Seth ihr ins Wort.

In solchen Momenten war es natürlich auch für mich kein Leichtes, die

Gestaltwandler nicht ebenfalls pauschal zu hassen und sie für alles verantwortlich zu machen. Doch solange es auch nur einen wie Theo in jedem Wald dieser Welt gab, lohnte es sich, dafür zu kämpfen, die Wandler und die Enchanter in den Frieden zu führen.

»Zusammen können wir das alles überstehen«, sagte meine Mutter, um die Stimmung zu heben.

Dabei zeigten ihre Worte mehr Wirkung als gedacht. Seth schaute sie an und dann mich. Er nickte und wischte sich seine Tränen weg.

»Das trifft eindeutig zu. Nur zusammen haben wir eine Chance!«, stimmte Seth meiner Mom energisch zu.

»Hast du denn eine Ahnung, wie diese Prüfung morgen aussieht?«, fragte Josh.

Seth schaute sich um, ehe er die Tür und das Fenster mit folgendem Spruch belegte: »Verschließe alle Türen und Fenster, damit das Gesagte nicht wegfliegt wie eine Elster.«

»Das ist so cool!«, kommentierte Josh händeklatschend.

Diese Begeisterung heiterte Seth ebenfalls sichtlich auf. Unter Leuten, wo dies alles Normalität war, tat es gut, Bewunderung für seine Gabe zu bekommen.

»Die Prüfung besteht aus einer Lichtkugel«, erklärte uns Seth flüsternd. »Zwei werden antreten. Ein Energieball erscheint und ihr müsst euch darum prügeln. Wer ihn zuerst berührt, besteht die Prüfung und wird *Enchanter Klasse eins*. Das bedeutet, ihr könntet euch für politische Posten bewerben, natürlich erst nach einigen Verdiensten im Kampf gegen die Wandler in eurer Heimat.«

»Und die, die verlieren?«, fragte Fabienne.

»Falls sie sich gut geschlagen haben, werden sie *Klasse zwei*. Da unterscheidet sich nichts, außer, dass sie niemals in die magische Politik gehen können oder Ausbilder in Camps sein dürfen.«

»Aha«, kommentierte Josh.

Dieses Klassendenken störte mich. Immer wieder fand ich neue Eckpunkte, die mich an diesem Gabensystem nervten.

»Und wenn einer gar nicht besteht?«, wollte ich nun wissen.

Wir rückten näher zusammen und lauschten seiner Geschichte wie einem spannenden Thriller.

»Hat das Konsequenzen?« Fabienne klopfte mir ihren Fingern nervös gegen den Boden.

»Der darf das Camp nicht verlassen und muss in die Nachprüfung.«

Seth erkannte, dass uns diese Antwort nicht genügte, also setzte er nach.

»Ihr dürft nur mit erfolgreich abgeschlossener Prüfung wieder in eure Heimat, um die Menschen dort vor den Wandlern zu beschützen. Ansonsten könnte es sein, dass ihr nicht nur euch und die anderen Enchanter in eurer Stadt, sondern auch die Menschen dort gefährdet.«

Seth wirkte ein wenig außer Atem, nachdem er uns alles erklärt hatte. Unglaublich, wie komplex das Ganze war.

»Dann würde ich sagen, wir sind für morgen gewappnet!«, jubelte Fabienne.

Wir hatten uns wie immer in diesem Camp zu früh gefreut. Denn draußen explodierte ein Fass an unserer Hüttenwand. Das Geräusch war so extrem, dass mir vor Angst schwindelig wurde.

Setzen, sechs!

»Rauskommen!«, brüllte jemand, dessen Stimme ich nur dumpf wahrnahm.

Meine Mom und ich schlichen hinaus. Josh suchte Schutz vor Fabienne, die ihn aufgrund ihres Käfigs nicht hätte beschützen können.

Draußen herrschte Trubel. Aus dem Schlaf gerissen, scheuchte eine Frau die anderen Camper aus ihren Hütten. In Unterwäsche standen sie an der Lagerfeuerstelle im Kreis. Mit den Armen umschlangen sie ihre Körper und schützten sich damit vor der Kälte der Nacht, die sie umhüllte wie eine Decke, die sie gerne hätten – wäre sie denn warm.

Endlich entdeckte ich auch die Person zu dem Rufen von gerade eben.

»Makoto?«, flüsterte ich Seth und meiner Mom zu.

»Die knöpfe ich mir vor«, zischte meine Mutter wütend, krempelte ihre Ärmel hoch und stapfte hinaus.

»Hey!«

Oh, nein, was machst du, Mom?

So kannte ich sie gar nicht. Normalerweise stank sie förmlich nach Disziplin, Perfektion und Zurückhaltung. Hier stand jedoch nicht mehr die Helikoptermutter, sondern eine Kriegerin.

Makoto schaute unbeeindruckt zu ihr.

»Misch dich nicht ein.«

»Ich bin eine Mutter, das ist mein Job!«, fauchte sie ihr entgegen, riss die Hände hoch und legte Makotos Körper mit ihrer Telekinesegabe lahm.

»Niemand erschreckt meine Tochter!«

Sie konnte sogar ziemlich cool sein. Makoto bewegte sich nicht mehr, bis sie durch ein Zwinkern die Gabe meiner Mom durchbrach, ihre Arme erhob und einen Telekinesestoß zurückschleuderte.

»Pass auf!«, warnte ich sie.

Meine Mutter war bereit zur Abwehr. Wie zwei unsichtbare Wellen prallten die Gaben der beiden aufeinander. Blaue Blitze züngelten um die Schnittstelle, an der die Magie zusammenprallte, angetrieben von der jeweiligen Kraft beider Hände. Makotos' zitterten, soweit ich das von meinem Platz aus erkennen konnte.

Mittlerweile standen alle rundum diesen Schlagabtausch. Auch Taran, Stavros und Romeo kamen aus den letzten Hütten gekrochen. Makoto kämpfte sich einige Schritte vor. Die Arme meiner Mutter knickten ein.

»Gib nicht auf, Mom!«

Was ging hier überhaupt vor sich? Warum griffen die vier uns an und warum droschen sie uns um diese Uhrzeit aus den Hütten? Hatte Taran mich jetzt auch hintergangen? Mittlerweile zweifelte ich an meiner geistigen Auffassungsgabe.

»Nicht meine Tochter!«, keifte sie Makoto zu.

Ich sah sie nur von hinten, konnte mir aber gut ihre aufgerissenen Augen und ihr wutentbranntes Gesicht vorstellen. Ungefähr so wie damals, als ich mich zu Greta geschlichen und sie gedacht hatte, ich wäre von der russischen Mafia entführt worden, weil drei Werbeanrufe aus Moskau auf dem Anrufbeantworter gewesen waren.

Geräusche der Anstrengung hallten durch die Luft. Zähneknirschen, Stöhnen und lautes Ausatmen. Die Energien, die sich hier begegneten wie alte Bekannte, surrten in unseren Ohren wie ein Bienenschwarm.

»Wir brauchen auch deine Tochter«, sagte Taran, als wäre es das Normalste der Welt.

»Nie …« Meine Mutter vollzog eine kreisförmige Bewegung mit den Händen über ihrem Kopf. »…mals!« Dann feuerte sie ihr die doppelte Spiritgabe entgegen.

Makoto hob vom Boden ab, als zöge jemand an Seilen, die an ihr befestigt waren, woraufhin sie gegen die Holzwand einer Hütte geschleudert wurde. Sie rutschte zu Boden und hievte sich an einem Rohr, das von der Dachrinne nach unten führte, hoch.

»Wow! Deine Mutter ist ja megastark«, flüsterte Josh in mein Ohr, der sich längst vorgeschlichen hatte.

»Wer lacht jetzt?«, schrie meine Mom ihr entgegen und machte komische Bewegungen, als wäre sie eine schlechte Rapperin.

»Mom, niemand hat gelacht, zerstör' jetzt nicht deinen coolen Moment.«

Sie räusperte sich und zupfte ihr Shirt glatt. Makoto hatte sich indessen wieder gefangen und saß auf ihrem Unterschenkel. Andächtig wischte sie sich Blut von der Stelle über ihrer Oberlippe. Nasenbluten war eine häufige Folge von großem Energieaufwand beim Ausüben seiner Kräfte. Sie begutachtete ihr Blut, als glaubte sie selbst nicht daran, besiegt worden zu sein.

»Nicht schlecht, Mrs Bailey«, sagte Makoto monoton.

Nicht schlecht? – Sie hat dich fertiggemacht!

»Warum greift ihr uns an?«, fragte Hannah, die einen dicken, langen Pulli trug.

Zwei Jungs neben ihr hielten Abstand zu ihr. Was war nur mit ihr los, was ich nicht wusste? Letztens hatte doch auch James den Umgang mit ihr verweigert.

»Wir haben euch nicht angegriffen, sondern euch nur unsanft aus dem Schlaf gerissen, wie es auch Wandler tun würden. Oder denkt ihr, die wecken euch mit einem Ed-Sheeran-Ständchen auf?«, korrigierte Romeo sie, offensichtlich genervt von diesem Aufstand.

»Was heißt das jetzt?«, kam es von Hunter, der neben James unweit von uns saß.

Unsere Blicke trafen sich für einen Moment, doch der Kontakt blieb nicht lange instand. Ich verteufelte diesen Streit zwischen uns. Der Angriff der Wandler hatte ihn nur noch extremer werden lassen. Er sah schwarz für meine Ansichten. Ob wir uns jemals wieder annähern würden?

»Das sollte lediglich ein ruppiger Weckruf zu euren Abschlussprüfungen werden«, sagte Stavros gewohnt kalt und ruhig.

»Sollten Südländer nicht irgendwie temperamentvoller sein, Felicitas?«, flüsterte Seth mir ins Ohr.

Ich musterte ihn genervt wegen des erneut falschen Frauennamens mit F, bevor ich antwortete.

»Klischeealarm. Nicht jeder Mensch, der seine Wurzeln im Süden hat, muss sofort ausrasten und extrovertierter sein als eine Chilischote.«

Jetzt verdrehte er genervt die Augen.

»Sebastian«, fügte ich noch hinzu, wodurch ich Seth für einen falschen Männernamen mit S doch noch ein Lächeln entlockte.

»Ach, Gottchen. Das tut mir jetzt aber leid, Makoto«, entschuldigte sich meine Mutter. Nervös legte sie ihre Finger auf die Lippen und wirkte, als hätte sie den Kuchen für die Schulfeier vergessen. Nicht mehr wie die abgebrühte Kämpferin von eben.

Stimmt, dann war ihr Angriff auf die Spirit ja völlig unbegründet. Irgendwie musste ich trotzdem innerlich darüber lachen.

»Keine Sorge, du hast richtig reagiert«, sagte Makoto. »Auch, wenn es für mich nicht gut endete. Mit einer Mutter und ihrer Tochter lege ich mich so schnell nicht mehr an.«

Meine Mom wandte sich mir zu. Sie streckte mir ihre Hand entgegen und ich schlug mit einem High Five ein.

»Da wir das geklärt hätten, lasst uns mit euren Abschlussprüfungen beginnen«, verkündete Taran.

»Euer Feuer«, zauberte Stavros und Flammen stiegen an der Lagerfeuerstelle empor.

Die Intensität an magischer Kraft, die in der Kürze seiner Sprüche lag, verblüffte mich immer wieder. Er war unglaublich stark. Stavros wollte bestimmt niemand als Feind haben. Umso ironischer, dass er Enchanter und Wandler zugleich war.

»Dann erkläre ich euch mal die Regeln, während ihr alle eure Namen auf ein Stück Papier schreibt und es ins Feuer werft«, begann Taran.

***

Da ich von Seth bereits erfahren hatte, wie die Prüfungen vonstattengingen, hielt sein Vortrag keine Überraschungen für mich bereit. Wir saßen um das Lagerfeuer herum und warteten gespannt darauf, wer gegen wen antreten musste. Fabienne hatten sie mittlerweile befreit. Sie saß neben mir und krallte sich krampfhaft an ihrer Hose fest.

Stavros schlenderte ausdruckslos zum Feuer, während Romeo umherhampelte wie ein Kleinkind. Makoto wirkte wie Taran gelangweilt.

Der Spellmaker legte die Handflächen nach oben, als wartete er darauf, dass man ihm etwas darauflegte.

»Papier hier«, sagte er und schaute auf seine Hand.

Tatsächlich schnellte ein Feuerarm aus den Flammen, die dünn und zierlich wirkten.

Zwischen Fabiennes Fingern steckten plötzlich zwei unversehrte Zettelchen. Sie gab sie Stavros und zog sich zurück wie eine Schnecke in ihr Schneckenhaus.

»Mach schon«, meckerte Fabienne neben mir.

»Der braucht so lange und ist so …«, sie zog das O lang, »lahm.«

»Und wer ist das erste Pärchen?«, hakte Taran nach, der nun selbst ungeduldig mit seinem Bart spielte.

»Fleur«, las er laut vor.

Alle Augenpaare wanderten zu mir, als zöge ich sie magnetisch an. Mein Herz rutschte mir in die Zehen. Wer würde wohl mein Gegner sein?

»Das ist so aufregend!«, quietschte Fabienne neben mir und hopste mit ihrem Hintern am Baumstamm auf und ab.

Da es bei dieser Auslosung um mich ging, ärgerte ich mich auch über Stavros Gelassenheit. Klar, es betraf ihn ja auch nicht!

Das Feuer knisterte vor mir. Mein Gesicht erhitzte sich. Wieder fiel mir auf, wie wenig wir nur noch waren. So viele Opfer brachte dieses Camp bereits und wir gingen normal unseren Abschlussprüfungen nach. Aber da Taran darauf bestand, musste ich spuren. Mir blieb keine andere Wahl, um von hier wegzukommen. Meine Mutter hatte mir ja schon verraten, dass die Prüfung eigentlich erst am Ende des Sommers stattfinden sollte. Sie hatten sie vorgezogen, um uns von hier wegbringen zu können. Wir waren also im *Agony Grove Camp* nicht mehr sicher genug.

Endlich faltete er das Stück Papier auf, das er sorgefältiger behandelte als eine alte Papyrus-Schriftrolle eines Pharaos.

»Hunter.«

Ein wahrer Enchanter

Ich schritt neben dem immer noch schwebenden Gewässer auf und ab. Die Barriere neben mir glitzerte im Sonnenlicht und hatte sich beinahe vollkommen wiederhergestellt. Wenige Stellen lagen noch frei und ich betete dafür, dass wir nicht angegriffen wurden, ehe der Schutzschild fertiggestellt war.

Doch das war tatsächlich meine geringere Sorge in diesem Augenblick. Mehr stresste mich mein bevorstehender Kampf mit Hunter. Er, getrieben von seiner Wut, und ich, angespornt von meinem Ziel, Theo zu retten, hatten eine Rechnung offen, das war mir bewusst.

»Hey, Fleur!«

Ich schenkte der Stimme meine Aufmerksamkeit.

»Hannah, was machst du hier?«

»Dir viel Glück wünschen.«

»Oh, danke. Dir auch!«

Irgendetwas bedrückte sie. Mir Glück zu wünschen trieb sie nicht an mich aufzusuchen.

»Was ist los?«

Sie flocht ihre Haare, zog sie wieder auseinander und streichelte sich mit einer Strähne dann über die Wange.

»Ich habe Angst vor meinem Duell mit James«, gab sie zu.

Hannah bohrte ihre Ballerina in das Gras und drehte den Fuß etwas nach links und rechts.

»Du schaffst das bestimmt, Hannah. Du bist clever.«

Na ja. Eigentlich weiß ich gar nicht so genau, ob sie clever ist.

Diesen Gedanken verkniff ich mir lieber.

»Wenn nicht, betöre ihn mit deinen Reizen. James ist ein Gentleman und wird dich niemals hart rannehmen«, fügte ich noch mit einem Augenzwinkern hinzu, um sie zu beruhigen.

»Das ist es ja, warum ich Angst habe vor ihm.«

»Was meinst du?«

»Ich muss dir etwas gestehen, Fleur.«

Sie schaute mich nicht mehr an. Ihren Kopf neigte sie so weit zum Brustkorb, dass ich nicht mal mehr erkannte, ob ihre Augen geöffnet waren oder nicht.

»Ja?«

»Ich bin eigentlich gar keine junge Frau.«

Alle Zahnräder in meinem Gehirn drehten sich, doch irgendwie fehlte mir ein Teil, um zu verstehen, was sie meinte.

»Bist du eine alte Frau?«, hakte ich unsensibel nach.

Ich mochte es nicht, wenn Leute in Rätseln sprachen.

»Ich bin eigentlich noch ein junger Mann, also eigentlich nicht. Also …« Hannah holte tief Luft. »Ich bin operiert, nehme Medikamente und bin vom Gesetz her eine Frau, aber eben … nicht ganz. Das wissen alle. Deswegen meiden mich die meisten«, offenbarte sie mir ihr Geheimnis.

Ich war geschockt. Nicht, weil es mich störte, sondern, weil ich das niemals vermutet hatte.

Überrumpelt blinzelte ich mir einige Sekunden die Verwirrtheit weg.

»Scheiß doch darauf, was die machen«, munterte ich Hannah auf. »Du siehst die vermutlich nie wieder, wenn wir alle in unsere Heimat zurückgehen. Tritt James in den Arsch, der braucht das manchmal.«

Nach meinen Worten schnellte ihr Kopf hoch, ohne Umschweife starrte sie mir in meine Augen. Begeisterung lag in ihrem Blick.

»Es stört dich nicht?«

»Öhm, nein. Warum auch? Du bist doch trotzdem Hannah, die Nervensäge.«

Ich sah ihr an, dass sie mit meiner Reaktion nicht gerechnet hatte.

»Außerdem leben wir nicht mehr in der Steinzeit. Meine Freundin Greta ist irre, Fabienne hat mich an die Wandler verraten und hat auch ihre Probleme, mein Freund ist ein Wandler, Josh steht auf Kerle und du bist jetzt eine Frau und warst früher ein Mann. Und ich ...«

»Bin ja auch nicht von dieser Welt. Ich werde meinen Puma-Exfreund befreien, obwohl ich vielleicht sterben werde. Was soll's?«

Ihre Antwort war eine stürmische Umarmung. Hannah fiel mir so schnell um den Hals, dass ich befürchtete nach hinten zu kippen und mir an einem Stein den Kopf aufzuschlagen. Das würde zumindest mein Aufeinandertreffen mit Hunter aufhalten.

»Danke, Fleur«, sagte Hannah ehrlich. »Zu Hause in New York habe ich selten damit Probleme, aber hier ...«

Selbst jetzt, nachdem ich ihr Geheimnis kannte, sah ich kaum Anzeichen dafür, dass Hannah jemals ein vollständiger Mann gewesen war.

»Wie war eigentlich dein Name als Junge? Hannoh? Honnoh?«

Sie prustete laut los und ich war froh, sie abgelenkt zu haben. Ihre düsteren Gedanken verscheucht, knuffte sie mich mit der Faust leicht an den Oberarm.

»Cole.«

»Wäre witzig, wenn du jetzt Phoebe heißen würdest.«

»Warum?«

»Ach, egal.«

Diese Anspielung auf eine meiner Lieblingsserien behielt ich für mich und legte meine Hände auf ihre Schultern.

»Aber jetzt«, ich schaute hinter Hannah, »musst du gehen.«

Sie warf einen Blick über meine Hand und erkannte, warum ich das gesagt hatte.

»Hunter«, wisperte Hannah.

»Yep. Es geht los.«

Hannah drückte mich noch mal, ehe sie zur durch Zauber neu aufgebauten Tribüne ging. Dieses Mal war die Holztribüne um einiges größer, sodass jeder Platz hatte, und wirkte moderner. Trotzdem vermisste ich den alten Charme, den ich mit Theo verband.

Hunters eisblaue Augen trafen mich wie ein Speer. Kürzer als jemals zuvor blitzte mir sein neu rasierter Undercut entgegen und seine hellbraunen Haare brannten beinahe blond in der aufgehenden Sonne. So intensiv wie damals seine Zuneigung brachte er mir nun seine Wut entgegen.

Die Ernsthaftigkeit, die er ausstrahlte, wurde von zwei Zöpfen hinter ihm ein wenig gemildert. Denn Fabienne hüpfte an ihm vorbei, musterte ihn böse und lief zu mir.

»Du schaffst«, sie röchelte außer Atem und legte ihre Hände auf meine Schultern, »das!«

Sie ließ ihren Kopf hängen, sog so viel Luft wie möglich ein, dann schaute sie wieder zu mir hoch. Ich lächelte ihr bekräftigend zu, trotz der fröstelnden Angst in mir.

»Was wollte Hannah von dir?«

»Sie hat mir gebeichtet, dass sie als Junge geboren wurde«, verriet ich ihr.

»Ahh.«

Ich runzelte die Stirn.

»Du wusstest das? Wieso hast du nichts gesagt?«

Währenddessen nahm Hunter seine Kampfstellung mir gegenüber, vor der Tribüne, ein.

»Jeder weiß es, Fleur«, meinte Fabienne. »Du hättest es auch mitbekommen, wenn du nicht so mit dir beschäftigt wärst.«

Ich strafte Fabienne mit einem Du-bist-doof-Blick.

»Bin ich gar nicht«, verteidigte ich mich eher schlecht als recht.

»Seht mich an«, äffte Fabienne mich nach. »Ich habe plötzlich Zauberkräfte und einen geilen Typen, der mich entjungfert hat. Oh, und er kann sich in einen Puma verwandeln ... Ich hingegen bin ja so arm.« Anschließend tänzelte sie um ihre eigene Achse.

Einige Sekunden gelang es mir, standhaft zu bleiben, ehe ich losprustete. Ich liebte und vermisste Fabiennes direkte Art. Außerdem war ich ihr auch überhaupt nicht böse. Trotz der überspitzten Satire über mein Leben hatte sie irgendwie recht.

»Genug Spaß, jetzt geht deine Prüfung los! Du wirst bestehen, okay?«, machte mir Fabienne Mut.

»Ja. Und du auch gegen Leyla, alles klar?«

Fabienne nickte.

Langsam verschwand sie Richtung Tribüne. Als sie Platz nahm, fühlte ich mich alleine und nervös. Alleine, weil ich bei diesem Test auf mich gestellt war. Nervös, weil meine Mutter und Josh zusahen und ich mich nicht blamieren wollte.

Taran schlenderte seelenruhig in die Mitte des alten Sportfeldes. Seine zu lange Kutte schleifte über das Gras, hatte jedoch keinen einzigen Schmutzfleck, was mich verwunderte.

Der Sonnenaufgang stieg wie ein Phönix empor und wärmte mich, während Taran beinahe in Zeitlupe die Feldmitte erreichte.

Endlich!

»Wie ihr wisst,«, er stoppte, hob seine Hand vor den Mund und räusperte sich laut, »beginnen die Prüfungen heute und damit starten wir mit dem ersten magischen Lichtball. Wer ihn zuerst berührt, besteht mit *Klasse eins*. Der andere kann ebenfalls durchkommen, sofern er oder sie sich gut anstellt.«

Ein bisschen planlos rief er Seth, Makoto, Romeo und Stavros zu sich.

Seth? Hat Taran ihn in einen Regierungsstand erhoben?

Taran hob den Zeigefinger und es wirkte andächtiger als eine Zeremonie für einen Ritterschlag. Die anderen vier taten es ihm gleich. Die Fingerkuppen berührten sich, als kreuzten sie Schwerter oder Zauberstäbe.

Ihre Gaben vermischten sich in einem Strudel aus blauen, grünen und roten Lichtern. Wie ein Orkan preschten die Farben gen Himmel, wirbelten die Luft um den Sportplatz auf, versprühten einen Duft von Curry und verformten sich schlussendlich zu einer gelb leuchtenden Energiekugel.

Der magische Ball stand hoch, als wollte er der Sonne Konkurrenz machen.

»Ihr habt höchstens zwanzig Minuten Zeit, sonst seid ihr beide durchgefallen«, verriet Taran nebenbei und ließ uns verwirrt zurück.

Makoto nickte uns zu. Diese Geste galt allerdings nicht uns, sondern der Kugel. Sie sauste mir entgegen, bremste ab, flog zu Hunter, der auf sie zusprang. Kurz vor ihm zog sie sich zurück und bahnte sich ihren Weg ins Innere des Camps.

Das Heulen, das die Energiekugel bei ihren schnellen Bewegungen hinterließ, leitete uns zwar zu ihr, doch ihre Geschwindigkeit war zu rasch, als dass mir das geholfen hätte.

»Hopp, hopp. Zwanzig Minuten«, wiederholte Taran ein wenig belustigt.

»Ihr müsst sie schon einholen«, fügte Romeo dazu, der die Hände hinter dem Kopf verschränkte und belustigt darauf wartete, dass wir handelten.

Hunter und ich warfen uns einen Blick zu, der ebenso in der Luft knisterte wie die umhersausende Magie.

»Los!«, befahlen wir uns gegenseitig.

Das Spiel hatte begonnen!

Hunter hechtete zuerst los, gefolgt von mir. Ich zweigte auf halbem Wege ab und nahm den längeren Weg zur Lagerfeuerstelle. Jede mögliche Braunschattierung verwischte neben mir zu einem unwirklichen Muster und ich schaute mich um. Die Kugel schwebte über dem Holz. Die Flammen brannten noch ein wenig wie eine langsam erlöschende Erinnerung.

Bevor ich meinen ersten Schritt vorwärts machen konnte, sprang Hunter aus dem Nichts auf die Kugel zu. Statt sie zu ergreifen, veräppelte sie ihn, zischte lautstark hoch und flog über die Holzdächer zurück zum Feld. Verblüfft darüber, wie viele Sekunden Hunter unsichtbar wie ein Geist geblieben war, schaute ich ihm jetzt zu, wie er ins Feuer fiel und es unter ihm endgültig ausging. Das erinnerte mich stark daran, wie unsere Freundschaft geendet hatte.

Und? In welcher Klasse bist du?

Mit einer unsichtbaren Peitsche schlug ich hinter mich, um mithilfe meiner Gabe schneller zu werden. Es funktionierte genau so, wie ich es mir vorgestellt hatte. Durch die Telekinese bewegten sich meine Beine rascher vor und zurück, als drückte ich die Doppelte-Geschwindigkeit-Taste auf der Fernbedienung.

Der Vorsprung half mir nicht. Der Lichtball schien zu ahnen, was wir vorhatten, und entkam uns jedes Mal.

In den vergangenen Minuten war ich oft durch das Camp gerast, wodurch ich mittlerweile jeden Baumstamm und jedes Fass auswendig kannte. Wie eine Hymne, gesungen auf unsere fehgeschlagenen Versuche, die Energiekugel zu fangen, sauste sie summend neben mir vorbei. Langsam, als könnte ich ihr ohnehin nichts anhaben.

Na warte!

Ich hechtete vor, sprang, fühlte die Wärme vor meinen Fingern, doch dann ließ sie sich fallen und zischte nach links weg.

Das gibt's doch nicht! Verfluchte Scheiße!

Wie ein Chamäleon tauchte Hunter vor der Hütte auf und fing den magischen Ball auf. Dachte er und auch ich. Sie verflüssigte sich wie Wasser und floss Hunter davon wie Eis in der Mittagssonne.

Wären wir nicht zerstritten, würden wir uns anlachen, weil die Absurdität dieser Prüfung zunahm. Mit einigen Schrammen auf den Beinen machte ich mich erneut auf den Weg. Ich musste gewinnen oder zumindest bestehen. Nur so konnte ich hier raus und Theo finden.

Ohne Umschweife stieß ich mich von der Holzwand ab und spürte kleine Steinchen vom Boden, die gegen mein Schienbein schlugen.

Mein Bauch stach, als würde jemand mit einem Säbel darin herumstochern, doch ich zwang mich weiterzulaufen. Am Ende des Lagers – dort wo wir damals die Barriere geöffnet hatten, um in den Wald zu gehen – hörte ich Geräusche. Ich blieb stehen. Sofort hielt ich den Atem an, auch wenn ich außer Puste war. Mein Herz pochte, dennoch lauschte ich den Lauten. Nach und nach konnte ich die Klänge zuordnen: Jubelgeschrei.

Hunter!

Ich Idiotin lief permanent in die falsche Richtung, während Hunter am Sportfeld auf die Kugel traf. Verdammt! Ich drehte mich, mein rechter Fuß knickte nach außen um. Meine Muskelkraft ließ mich im Stich.

Hallo, nicht vorhandene Kondition!

Das durfte es nicht gewesen sein. Im Mund schmeckte ich Blut, weil ich auf meine Unterlippe so stark biss, um den Schmerz im Knöchel nicht zu spüren, während ich dem Jubel entgegenlief. Dabei fühlte ich, dass ich zu spät kam. Als liefe ich lachend in eine Kreissäge. Trotzdem wollte ich nicht aufgeben.

Tatsächlich! Als ich angekommen war, spielte die Lichtkugel Katz und Maus mit Hunter. Sprang er zum Energieball nach links, sauste die Kugel über ihn nach rechts. Doch jetzt erkannte Hunter das Muster und machte sich einige Sekunden lang unsichtbar. Die fliegende Magie wusste nicht, wo er war, und ich konnte ihn mit meiner Gabe dadurch nicht wegschleudern. Gleich würde er die Kugel berühren.

Es sei denn!

Meine letzte Chance annehmend, schloss ich die Lider und verwarf meinen Fokus auf die Lichtkugel. Stattdessen richtete ich meine Aufmerksamkeit darauf, Hunters Gabe zu spüren wie bei Makoto. Nur, dass ich keinen Spirit suchte, sondern einen Cura. Zuerst dachte ich daran, Erde auf ihn zu werfen, aber er war ja nicht nur unsichtbar, sodass ich ihn damit enttarnen könnte, sondern auch völlig aufgelöst als magische Materie. Weswegen diese Methode auch so viel Energie kostete, dass es Jahrzehnte der Evolution gedauert hatte, bis Curas länger als wenige Sekunden in diesem Zustand bleiben konnten, ohne zu sterben. Jede Gabe ist nur so stark wie der Vorrat an Lebensenergie eines jeden Einzelnen.

Nachdem es mir gelungen war, die Geräusche und anderen Täuschungen auszublenden, empfing mich die Dunkelheit. Bis ich wenig später Grün vor mir schimmern sah. In meiner Vorstellung dauerte das alles Stunden, dabei vergingen höchstens zwei, drei Sekunden. Hunter musste derartig viel Energie abgesondert haben, damit seine Gabe leuchten konnte wie ein bunter Hund. Ich konzentrierte all meine Kraft auf seine Konturen, riss die Augen auf und schmetterte ihn mit voller Wucht gegen einen Holzstapel.

Der Stapel brach ein und darunter lag Hunter. Ich hatte es tatsächlich geschafft. Die Lichtkugel schwankte aufgeregt hin und her, als verwirrte mein Angriff sie. Dies nutzte ich, nahm den Energieball in meine Telekinesearme und zog ihn mit all meiner Kraft zu mir.

Für dich, Theo!

Die letzten Meter hatte ich noch Angst davor, dass die Kugel mich austricksen würde, aber sie glitt mir wahrhaftig in die Arme. Ich nahm die Magie in mir auf. Sofort verschmolz sie mit meinem Körper wie eine Schneeflocke auf meiner Handfläche.

Ich stöhnte laut auf und schlug mir die Hände vor den Mund, weil ich wusste, wie das klingen musste. Doch der Energieschub, der durch meine Adern floss, übermannte mich regelrecht. Es war eines der angenehmsten Gefühle, die ich jemals empfunden hatte.

Alle sprangen von ihren Plätzen auf und applaudierten, pfiffen und schrien. Als ich mich wieder gefangen hatte, erschlug mich der Beifall. Ich brauchte einige Zeit, um mich zu fangen. Das war es also, ich hatte es geschafft!

Mein Erstaunen wich meiner Freude. Natürlich bemerkte ich, dass sich ein Grinsen in meinem Gesicht auftat. Als ich meine Mom und Josh sah, erfüllten sich meine Seele mit Stolz und mein Herz mit Zuversicht.

Fabienne stürmte zu mir und umarmte mich heftiger als die magische Kugel.

»Wahnsinn! Du hast es dem«, sie richtete sich an Hunter und sprach absichtlich laut, »Hinterwäldler gezeigt!«

Ich wagte es nicht, ihm in die Augen zu schauen. Auch, wenn ich froh war, bestanden zu haben und seine Ansichten nicht teilte, vermisste ich den Freund, den ich in ihm gefunden hatte. Ich vermisste es, mit ihm zu reden und albern zu sein, aber damit musste ich leben. Ich hatte meinen Entschluss, Theo zu vertrauen, gefasst, auch wenn ich mich eventuell täuschen würde.

Taran näherte sich Fabienne und mir. Meine Freundin wich zurück und zog eine Grimasse.

»Sehr gut gemacht, mein Kind.«

»Danke.«

»Ich gestehe, ich habe mit deinem Sieg gerechnet.«

»Danke«, wiederholte ich. Irgendwie überforderte mich im Moment alles.

»Der Junge hat mit so viel Wut im Bauch gekämpft, dass er blind für die Prüfung gewesen ist. Außerdem ist er nicht für sich angetreten, sondern um die Ehre seiner Familie zu verteidigen. Das geht niemals gut.«

So schnell hatte der Präsident Hunter durchschaut? Wäre mir das damals auch so rasch gelungen, hätte mir das einiges an Mühen gespart.

»Dennoch ist er wahrscheinlich einer der stärksten im Camp, weswegen ich ihn bestehen lassen muss«, Taran wandte sich Hunter zu.

»Klasse zwei, bestanden.«

Wieder bei mir, zwinkerte er unauffällig.

»Klasse eins, bestanden.«

Holz schepperte. Hunter stampfte zu uns. Jetzt blieb mir nichts anderes mehr übrig, als ihn anzusehen. Er marschierte auf uns zu wie eine Dampflock.

»*Klasse zwei?*«, griff er seinen Prüfer an. »Keine Option, in die Politik der Gaben einzusteigen? Willst du mich verarschen? Ich bin ein Locklear!«

»Ich kenne deinen Vater«, setzte Taran zum Spott an, »und obwohl er wesentlich jünger ist als ich, hängt er mit seinen Ansichten weiter zurück als du bei dieser Prüfung.«

Nicht zu lachen forderte mir mehr Kraft ab als mein Kampf gegen die Wandler damals. Taran hatte es Hunter so was von gegeben. Bitchfight par excellence.

»Mein Vater ist ein hoch angesehener ...« Taran unterbrach ihn. »Mein Junge, es wird mir zu bunt mit dir. Zügel deine Zunge! Mit dieser Einstellung wirst du es nicht weit bringen. Kühle deinen Hitzkopf, dann könntest du viel erreichen und eventuell kann man die Regeln für dich dehnen. Aber dein Vater ist nichts weiter als ein Büroangestellter, der nichts mitzureden hat in politischen Angelegenheiten, aber euch das anscheinend verschweigt, um eure Ehre nicht zu kränken.«

Hunters Unterkiefer klappte herunter. Er machte keinen Hehl daraus, damit nicht gerechnet zu haben. Er sackte in sich zusammen, sein Gesicht wurde fahl.

»Im Leben geht es nicht um Ehre, sondern ums Leben! Denk darüber nach, Locklear.«

Hunter erwiderte nichts mehr darauf. Vor allen hatte Taran ihn zum Gespött gemacht. Vielleicht brauchte er diesen Schock, um seine Denkweise zu verändern. Ich wünschte es mir. Es gab einen Hunter, der vor wenigen Wochen noch nicht so festgefahren gewesen war. Ich hoffte auf ein Wiedersehen mit diesem Jungen. Er trottete verdattert ins Innere des Lagers.

»Danke dafür …«

»Kannst du auch was anderes sagen als *danke,* Mädchen?«

Ich schmunzelte.

»Danke, Taran.«

Er senkte sein Haupt und tadelte mich zum Spaße mit seinem Blick, ehe er sich umdrehte und die Arme hob.

»Wer sind wohl die nächsten zwei Anwärter für die Prüfung der Gaben?«

Romeo kaute auf etwas und brüllte Taran inzwischen: »Freiwillige vor!«

Wir lachten, doch verstummten ebenso abrupt, als Stavros auf jemanden zeigte.

Ein Freiwilliger.

Zeit für Plan Y

Dem Gesicht der anderen nach zu urteilen verwunderte das nicht nur mich. Niemand hätte damit gerechnet, dass sich jemand freiwillig melden würde. Dennoch starrte ich geradewegs auf einen emporgestreckten Arm. Ohne auf eine Aufforderung von Taran zu warten, der anscheinend selbst überrumpelt war, hüpfte sie hoch und schritt die Tribüne hinunter. Alle Köpfe drehten sich mit ihr mit, bis sie vor dem Präsidenten stehen blieb.

»Ich«, sagte sie.

Taran verstand nicht.

»Ich melde mich freiwillig«, ergänzte sie zum besseren Verständnis.

»Spellmakerin Leyla, also.« Taran schien sich wieder gefangen zu haben. Es kam wohl nicht oft vor, dass sich jemand freiwillig meldete.

Sie nickte. Ich schielte zu Fabienne, die, ihrem Blick zufolge, jetzt erst verstand, dass sie somit auch an der Reihe war.

Mist!, formte Fabienne mit ihrem Mund.

Eigentlich dachte ich, Leyla würde ohne ihre Schwester Dilara, die sie ständig beschützen musste, völlig untergehen. Doch wie es aussah, trat der gegenteilige Fall ein. Sie war gezwungen auf eigenen Beinen zu stehen und baute Stärke auf.

»Ach, dann bringen wir die Scheiße endlich hinter uns«, nörgelte Fabienne und schritt zu Leyla, während sie sich mit ihren Fingern die Schläfen massierte.

Es wunderte mich, dass Taran und seine Begleiter nicht strenger mit Fabienne umgingen. Auch, wenn sie die Prüfungen mitmachen musste, war sie streng genommen eine Enchanter-Verräterin.

Je mehr Zeit verging, desto höher stand die Sonne. Dazu kam, dass die Hitze bereits am Vormittag unerträglich wurde, als wollte die Sonne uns den Test noch zusätzlich erschweren.

»Dann möge es so sein, mein Täubchen«, kommentierte Taran Fabiennes Reaktion, seine Wange kratzend, nachdem diese sich neben Leyla gesellt hatte.

»Ich bin nicht ihr *Täubchen*«, konterte Leyla grummelig.

Ein Raunen ging durch die Massen. Und wie sie sich verändert hatte!

»Wer immer du auch bist, Leyla. Eines noch«, er machte eine Pause und ging zwei Schritte zurück, »Stavros!«

»Vergesst die Sprüche, sie seien nur noch Gerüchte«, reimte er und wackelte dabei einige Male mit seiner Nase.

Ob er ständig so ernst war, um auch ernster genommen zu werden? Um gar keinem Enchanter den Anlass zu geben, an ihm zu zweifeln, weil auch ein halber Wandler in ihm steckte? Durch sein Gewackle erkannte ich auch ein kleines Loch auf seiner Nasenspitze, als hätte ihm mal jemand ein Muttermal dort entfernt.

»Was soll das?«, quietschte Fabienne.

»Es wäre unfair, wenn ihr euch schon im Vorhinein Zaubersprüche ausgedacht hättet, die ihr während der Prüfung gebrauchen könntet. Deswegen habt ihr jetzt alle Zauber vergessen, die ihr seit dem Beginn der Prüfungen erfunden habt. Sonstige Strategien bringen euch sowieso nichts«, erklärte Taran.

Anerkennend verzog ich meinen Mund zu einer Grimasse und nickte.

Nicht schlecht. Die denken an alles. Schlecht für Fabienne.

»Mist, jetzt muss Plan Y her«, murmelte Fabienne.

»Und wie sieht der aus?«, fragte Taran.

»Das sage ich doch nicht neben meiner Konkurrenz!« Fabienne reckte ihr Kinn Richtung Leyla. »Ja, okay, okay, ich habe keinen Plan Y«, gab sie zu.

Taran schnaubte belustigt, wodurch sein Bart wackelte. Romeo lachte ungeniert und glockenhell, während Makoto hinter vorgehaltener Hand vermutlich auch kicherte.

»Dann stellt euch ein paar Meter auseinander, damit wir beginnen können.«

»Taran!«

Alle schauten neugierig, wer da gesprochen hatte. Ich zog meine Stirn in Falten und drehte mich zur Stimme.

Wer war das?

»Piper«, sagte Taran, ohne sich zu ihr zu wenden.

Piper? Wie hat sie sich befreit?

»Du hast ganz schön lange auf dich warten lassen, Pipe«, begrüßte er die ehemalige Campleiterin wie eine alte Freundin.

Pipe? Ihr Spitzname? Waren die mal besser aufeinander zu sprechen?

»Gut Ding braucht Weil.« Piper stemmte die Hände auf ihre Hüftknochen. »Sieh mich wenigstens an, Taran.«

Gesagt, getan. Der Präsident kehrte sich um und dann ging alles viel zu schnell.

Im Augenwinkel sah ich ein Zucken bei Piper. Irgendetwas Winziges schoss auf Taran zu. Danach stöhnte er auf, riss die Augen auf. Er krümmte sich und hielt sich den Bauch. Ich wusste nicht, wohin ich schauen sollte.

Die Camper auf der Tribüne sprangen hoch. Jemand zog an mir. Romeo und Stavros eilten zu Taran. Makoto kreiste ihre Hand, als würde sie eine Glühbirne in eine Deckenlampe schrauben.

Pipers aufkeimender Schrei erstickte wie das Feuer unter einer Decke, als sich ihr Kopf um dreihundertsechzig Grad drehte. Sofort danach sackte sie zusammen. Ihre geweiteten Augen schauten mich vorwurfsvoll an.

Meine Kehle schnürte sich zu. Ein kurzes, hohes Kreischen presste sich zwischen meine Lippen hindurch, ehe ich mir in den Unterarm biss, um mich nicht zu übergeben.

Weiter weg hörte ich einige Jugendliche würgen. Meine Mutter drehte mich hastig zu ihr und riss mich mit sich. Fabienne und Hannah waren plötzlich neben mir. Josh rannte stumm und kreidebleich vor uns.

Ich schluckte meinen Schock hinunter.

»Wovor laufen wir weg?«, hauchte ich meiner Mutter ins Ohr.

»Wer weiß, wer noch auf Pipes Seite steht und sich jetzt rächen will. Außerdem wissen wir nicht, welche Befehle Tarans Begleiter haben, sollte er sterben. Eventuell müssen sie alle, die es gesehen haben, auslöschen.«

Was?!

Leyla eilte selbst davon. Irgendein Junge lief verstört gegen eine Holzhütte und stürzte zu Boden. Ein Schrei drang vom Haupteingang des Camps zu uns. Behielt meine Mom recht? Begannen Stavros, Romeo, Makoto und nun vielleicht auch Seth alle zu töten? Das konnte ich mir nicht vorstellen. Schon gar nicht bei Seth und Stavros, aber eigentlich auch nicht bei Romeo. Makoto eventuell.

Die Luft vibrierte, der Schweiß lief mir von der Stirn und meine Klamotten klebten auf meiner Haut. Irgendetwas in meinem Mund hinterließ einen Geschmack von gebratener Leber, der mich bitter die Nase rümpfen ließ.

Meine gesamte Existenz fühlte sich plötzlich unwirklich an und meine Beine trugen mich vor Furcht ganz mühevoll. Als wir die letzten Hütten hinter uns ließen und das Lagerfeuer überquerten, brach meine gesamte Realität in sich zusammen wie ein Glasdach.

Das darf nicht wahr sein.

Ich atmete ein und aus. Meine Augen öffneten sich langsam. Ich atmete hastiger ein und aus. Meine Lider gingen immer weiter auf. Meine Atmung wurde zu einem Hyperventilieren.

»Nein.«

»Gestaltwandler«, sprach Hannah aus und bestätigte somit, dass ich nicht träumte.

»Wandler!«, donnerte es aus dem Mund meiner Mutter.

So laut, dass ich glaubte, mein Trommelfell platzte. Ihr Schreien klingelte in meinen Ohren. Ein Summen tanzte durch meinen Verstand.

Durch die letzte, klitzekleine Öffnung, die sich in der Barriere noch nicht geschlossen hatte, drängten sich die Tiere wie Motten ums Licht herein. Sie hatten sich anscheinend ihre Wunden geleckt und waren bereit für einen neuen Angriff. Im Gegensatz zu uns.

»Enchanter, kämpft!«

Ich warf einen Blick über meine Schultern. Makoto! Neben ihr stand Romeo, der Taran auf dem Arm trug. Stavros stampfte vor den beiden, gefolgt von Seth.

Ist er tot?

»Guck, guck, Fleur. So sieht man sich wieder.«

Ein Frösteln ging wie ein Ruck durch meinen Körper. Zugegebenermaßen, ich traute mich nicht mich umzudrehen, aber das brauchte ich auch nicht. Die Stimme würde ich überall wiedererkennen.

Nicht er …

Flügelchen

Das Schiff versank, die Crew musste über Board. Das beschrieb unsere Lage wohl ziemlich treffend. Immer mehr Wandler drangen ins Camp wie Wasser in ein sinkendes Boot. Die Kapitänin, Piper, konnte allerdings nicht mehr bleiben, bis es versunken war. Sie war längst untergegangen.

Wir waren zu wenige, um standhalten zu können. Unmöglich schafften wir es, zu bestehen. In einer perfekten Welt wären die Stärksten aus dem letzten Kampf übrig geblieben. Die Wahrheit war jedoch, dass zwar einige starke Enchanter überlebt hatten, doch die meisten Überlebenden waren die Camper, die zu feige gewesen waren und oder sich versteckt hatten.

Während alle im Getümmel das *Agony Grove Camp* verteidigten, blickte ich dem Teufel in Person ins Antlitz: Hector. Meine Mom stand schützend vor mir. Hannah und Fabienne neben mir. Josh hinter mir.

»Wer ist das?«

»Theos Vater«, antwortete ich auf Joshs Frage.

»Hast du eine neue Schutzgarde, nachdem mein Sohn da eher mittelmäßig dazu taugte?«, verhöhnte mich Hector.

Fabienne zitterte neben mir. Nicht vor Angst, sondern vor Wut. Zumindest erklärte ich mir so ihre zur Faust geballten Hände.

Schließlich antwortete ich ihm damit, dass ich seinem Blick standhielt.

»Ah, die Verräterin lebt auch noch? Du hast ihr tatsächlich verziehen?«

Statt meiner erwiderte Fabienne seine Frage.

»Was ist«, sie sog die Luft tief ein, um ihre zittrige Stimme und ihre Tränen, die im Sonnenlicht glänzten, zu verbergen, »mit meiner Familie.«

Er legte den Kopf schief, als wüsste er nicht, wovon sie sprach.

»Hör zu, du Möchtegern-Captain-Jack-Sparrow«, begann sie und ich begutachtete die langen, schwarzen Haare von Hector. »Was ist mit meiner Familie?«

Er legte seinen Finger an den Mund. Lautstark schnippte er, als fiele ihm plötzlich ein, was sie meinte.

»Ach! Die! Sag das doch gleich. Wie du siehst, sind wir ja noch mal durch die Barriere gekommen. Glück für dich. Ich sehe keinen Grund, deine Familie zu töten.«

Ein Wimmern erreichte mich. Zuerst sanft wie eine Feder, bis es zu einem Heulen wurde. Ich nahm Fabiennes Arm und legte ihn um meinen Körper. Sie weinte bitterlich vor Erleichterung.

»Sie leben, Fleur! Sie leben!«

Ich streichelte meiner Freundin über den Hinterkopf, während sie sich gegen meine Brust lehnte und sich von der Welt abschottete. Vorsichtig nahm ich die Hand meiner Mutter und drückte sie.

»Mom«, wisperte ich ruhig.

»Ja?«

»Ich werde Theo retten. Jetzt.«

Dank Fabiennes Reaktion auf das Überleben ihrer Familie bemerkte ich, wie der Schmerz in meiner Brust nachließ. Denn endlich erkannte ich, was der Auslöser des Schmerzes war. Es war die Liebe zu Theo. Sie wohnte in mir wie ein ungebetener Gast. Egal, wie dumm es war.

»Aber Fl...« Ich drückte ihre Hand fester.

»Ich bin so entschlossen wie du und Dad, als ihr euch vorgenommen habt mir meine Gabe vorzuenthalten.«

Hector wartete ungeduldig auf unsere Reaktion und wippte mit dem Fuß auf und ab. Die anderen kämpften neben uns wie in einem anderen Film. Ich hörte Zaubersprüche und sah das Licht der heilenden Curas. Zerberstende Fässer, weil ein Spirit einen Wandler dagegen warf. Ebenso nahm ich große Krallen wahr, die in die Haut eines Enchanters wanderten. Dann endlich antwortete meine Mom.

»Bitte, finde ihn und kommt beide heil zurück.«

Sie wusste, dass sie mich nicht umstimmen konnte. Das Vögelchen hatte Flügel bekommen und machte sich nun drauf und dran, aus dem Nest zu springen.

»Fabienne, Hannah, geht zurück«, nuschelte ich. Sie verstanden.

Ohne Fragen zu stellen, gesellten sie sich zu Josh.

»Was kommt jetzt?« Hector spielte mit einer Strähne.

»Mutter und Tochter werden dir in den Arsch treten.« Ich grinste über die Antwort meiner Mutter.

Hector lachte lediglich und drehte sich zu den Wandlern, die hinter ihm standen und ebenfalls dreckig losprusteten.

Als hätten wir mein ganzes Leben gemeinsam trainiert und uns abgesprochen, hoben wir unsere Arme wie eine perfekt synchrone Choreografie. Wie damals fokussierte ich nicht einen Menschen, sondern die ganze Gruppe der Wandler und ahnte, dass meine Mom das Gleiche tat. Die Unsicherheit blieb wie ein latentes Magenstechen. Sie wich erst, als ich die Erschrockenheit in Hectors Gesicht sah. Er war erstarrt aufgrund unserer Gabe.

»Jetzt!«, brüllte ich.

Mit all unserer Kraft schleuderten wir Hector und die Gruppe, die sich hinter ihm versammelt hatte, hinfort.

»Schnell!«, warnte mich meine Mutter

»Ich komme mit!«, rief Fabienne.

Ihr konnte niemand die Stirn bieten. Allein Fabiennes Gesicht wirkte erwachsener und selbstbewusster, wenn ich an meines dachte. Greta hatte schon immer gesagt, es sähe so zierlich und kindlich aus.

»Sie will zu Theo«, schlussfolgerte sie richtig und schaute zu Josh und Hannah.

»Ich gehe mit«, sagten Josh und Hannah gleichzeitig.

»Nein, es ...« Meine Mom unterbrach mich.

»Ihr habt nicht mehr viel Zeit!«, drängte sie und ich erkannte ihre sorgenvolle Miene und die Tränen in ihren Augen.

Es kostete sie Kraft, mich gehen zu lassen.

Hector sprang von seinen Leuten, die ihn abgefedert hatten.

»Na wartet!«

»Los!« Hannah hatte recht.

Es blieb keine Zeit, zu diskutieren. Meine Mom presste ihre Arme gegen Hector und den Rest seiner Gefolgschaft, damit sie nur langsam vorankamen.

»Du bleibst?«, wollte ich von ihr wissen.

»Alleine haben sie keine Chance, das Camp zu halten. Ich habe mich ebenso entschieden wie du.«

Mein Hals brannte vor Trauer und Wut.

»Gehen wir!«, entschied ich und wandte mich von meiner Mom ab.

Josh, Hannah, Fabienne und ich schlüpften durch das Loch in der Barriere. Ohne zurückzusehen, sprinteten wir in den Wald, um dort unsere Spuren zu verwischen, damit niemand uns folgen konnte.

Die Grasstrecke vor dem Wald wirkte endlos, doch wir liefen weiter. Unser Getrampel stimmte mich ein wenig ruhig, denn ich war nicht alleine.

»Folgt ihnen!«

Ich stoppte mich an einem Baumstamm und drehte mich zum Camp. Hector kam mit drei anderen seiner Männer. Was war mit meiner Mutter? Hatte er sie überlistet? Ich unterdrückte den Wunsch, zurückzulaufen, und verdrängte den Gedanken. Redete mir ein, ihr ginge es gut.

Dann liefen wir in den Wald. In die Heimat der Wandler, der sich wie ein Irrgarten vor uns ausbreitete, und zum ersten Mal blitzte eine grausame Erkenntnis vor mir auf: Ich hatte keine Ahnung, wo wir hinmussten.

Verloren in dir

Möglich, dass ich das *Agony Grove Camp* inzwischen wie meine Westentasche kannte. Das stellte sich aber auch nicht als große Schwierigkeit heraus. Die Wandler hingegen konnten sich über ihren Vorteil, den Wald ihr Zuhause nennen zu dürfen, deutlich glücklicher schätzen. Was hätte ich dafür gegeben, hier zu wissen, wo sich was befand.

Stattdessen irrten wir umher und ich hatte das Gefühl, wie in einem Labyrinth ständig an demselben alten Baum mit denselben singenden Vögeln vorbeizulaufen. Dass wir zeitgleich auch noch von dem Vater meines Was-auch-immer-Freundes Theo flüchteten, machte die Lage keinen Deut besser.

Mittlerweile störte es weder meine Freunde noch mich, dass wir lauter als ein Bagger durch den Wald wüteten.

Unter uns krachten liegende Hölzer und die Gebüsche raschelten wie bei einem heftigen Windstoß. Wo wir überall unsere Fußspuren hinterlassen hatten, wollte ich gar nicht wissen.

Wiedermal klatschte mir ein zu tief hängender Ast ins Gesicht. Den stechenden Schmerz, ähnlich eines Peitschenhiebes, nahm ich kaum noch wahr. Auch nicht meinen Knöchel, der sich bei jedem Schritt unangenehm zu Wort meldete, oder das Stechen in meiner Magengegend.

Vor und hinter mir hörte ich die Atemstöße von Josh, Hannah und Fabienne. Niemand sprach. Und obwohl wir uns die größte Mühe gaben, nicht erwischt zu werden, erschlich mich der Verdacht, dass Hector mit uns spielte.

Ich höre sie nirgends. Er will uns nur mürbemachen.

»Wartet!«, rief Hannah.

Wir hielten, bemüht, nicht zu laut zu sein. Sie stützte sich mit einer Hand an einem Baum ab. Mit der anderen rieb sie sich den Bauch.

»Ich«, Hannah keuchte und ich konnte ihre trockene Zunge hören, die sich mühsam vom Gaumen löste, »kann nicht mehr.«

»Wir müssen weiter, wenn die uns erwischen, dann ...« Fabienne unterbrach mich.

»Hätten die uns bereits erwischt, wenn sie das wirklich wollen würden?«, gab sie zu bedenken.

Sie dachte das Gleiche wie ich. Hannah entkam nur ein piepsiges »Hä?«, da sie zu schwach zum Reden war.

»Psychospielchen«, dämmerte es auch Josh.

»Genau. Hector will unser Hirn zu Matsch machen, dann können wir uns schlechter wehren«, fügte Fabienne hinzu.

Hannahs Augen verdrehten sich komisch. Hastig holte sie tief Luft.

»Aber, die sind doch eh stärker als wir«, presste sie schnell heraus, ehe sie wieder nach Sauerstoff röchelte.

Und ich dachte, ich hätte keine Kondition.

»Sollte ihnen niemand mehr gefolgt sein als Hilfe, sind sie circa so viele wie wir. Könnten wir schaffen«, mutmaßte ich, was Hannah anscheinend kaum tröstete.

»Irgendwelche Ideen?«, warf Josh in den Raum. »Und, *by the way*, ich kann nicht kämpfen.«

Stimmt. Das hatte ich nicht bedacht. Mist!

Zum Glück kühlte die Blätterdecke über uns mich ein wenig ab. Die Sonne drang nicht direkt zu uns durch. Wie Fleckenteppich sahen die Schatten aus, die hinabgeworfen wurden.

Ich hörte unsere Gehirne regelrecht nach Ideen suchen. Wie ein Plätschern eines ... Moment! Das waren nicht unsere Gehirne, sondern ...

»Wasser!«, platzte es aus mir.

»Sht!«, ermahnte mich Fabienne.

»Hier muss irgendwo ein Fluss sein, hört ihr?«, erklärte ich meinen Ausbruch deutlich leiser.

Einer nach dem anderen nickte und wir sausten los. Nach wenigen Metern fanden wir nicht nur einen kleinen Fluss, der sich durch den Wald zog, sondern auch einen breiten, ausgehöhlten Baumstamm davor.

»Oh, ja!«, jubelte Fabienne und tänzelte zum Ufer.

Hannah stürzte sich vor das Wasser, benetzte ihr Gesicht und schaufelte sich das kühle Nass direkt in den Mund. Josh und ich taten es ihnen gleich. Wieder trinken zu können fühlte sich an wie der Himmel auf Erden. Meine Kehle war staubtrocken.

Wir mussten uns diese Pause erlauben, um unsere Kräfte aufzutanken. Je schwächer wir waren, umso wirkungsloser waren auch unsere Gaben. Schließlich hängte unsere Magie mit unserer eigenen Stärke und Lebensenergie zusammen.

»Ich hoffe, dein Typ ist wenigstens scharf, wenn wir uns hier in Lebensgefahr bringen, Fleurella«, sagte Josh vorwurfsvoll und ich merkte, dass er es, trotz witzigem Unterton, ernst meinte.

»Ist er«, entgegnete ich ihm und streckte ihm meine Zunge entgegen wie ein kleines Mädchen, woraufhin wir beide lachten.

Mein bester Freund wollte es vor den anderen nicht zugeben, aber ich kannte ihn und es war mir klar, dass er Todesängste durchstand. Er versuchte tapferer zu sein, als es nötig war. Das kam daher, dass Josh meinte, dass er aufgrund seiner Liebe zu Dean sich doppelt so männlich geben musste, um wenigstens ein wenig von denen respektiert zu werden, die damit nicht klarkamen. Es tat mir weh, dass er nicht auf meinen Rat hörte, nicht daran zu denken, was andere von ihm hielten. Leider war ihm genau Letzteres wichtig. Was auch immer passierte, ich würde dafür sorgen, dass niemand ihm ein Haar krümmte.

»Fleur, ich glaube ganz ehrlich, dass Theo einfach in derselben brenzligen Situation war wie ich und keinen Ausweg mehr wusste.« Ob Fabienne wirklich recht hatte?

Egal, jetzt ist es zu spät für einen Rückzieher. Ich hoffe, ich bringe meine Freunde nicht unnötig in Gefahr.

»Ich war auch neidisch auf euch. In Theos Blick lag so viel Bewunderung, wenn er dich ansah«, munterte mich Hannah auf, die sich anscheinend wieder etwas erholt hatte.

Selbstverständlich wäre es gelogen, wenn ich es abstreiten würde, dass mir ihre Worte nicht geschmeichelt hatten. Immer wieder suchte ich Anzeichen dafür, dass es richtig von mir war, Theo zu vertrauen, wenn es genauso sein könnte, dass ich enttäuscht wurde. Irrte ich mich, könnte dieser Fehler mich das Leben kosten.

»Danke, Hannah. Ich will es mir auch nicht vorstellen, dass ich mir seine Liebe nur eingebildet habe.«

Deshalb konnte ich nicht leugnen, dass die Liebe zu Theo in mir brannte und ich fest daran glaubte, dass uns etwas verband. Etwas wie Seelenverwandtschaft? So kitschig es auch klang, ich wollte, dass es stimmte. Ich war verloren in ihm. Schon seitdem ich Theo das erste Mal gesehen hatte. Als zog sich ein unsichtbarer Faden aus meiner Gabe und verband sich mit dem aus Theos Wandlermagie.

»Ich habe auch mal mitangehört, wie er vor einem Jungen von dir geschwärmt hat. Seine Kumpels haben ihm dann geraten, auf kühl und unnahbar zu machen. Das mögen Frauen«, fiel es Hannah ein.

Ich lächelte. *War Theo deshalb oft so undurchdringlich und dann wieder nicht?*

Das Wasser schlug leichte Wellen von Joshs Bewegungen, dennoch betrachtete ich darin mein Spiegelbild. Hinter mir erkannte ich Theos verwuselten Haare, seine tiefschwarzen Augen und seinen Dreitagebart. Er lächelte mir liebevoll entgegen, als wollte er mir sagen: Bitte, Fleur, bitte zweifle nicht an uns.

Das werde ich nicht mehr, Theo. Das werde ich nicht mehr. Versprochen.

»Verschanzen wir uns jetzt in dem Baum da oder gehen wir weiter?«, hakte Fabienne nach, woraufhin sie mich alle musterten.

Ich blinzelte verwirrt. Selbst wenn ich nach und nach in meine neue Rolle der Kämpferin hineinwuchs, kam es mir merkwürdig vor, dass sie mich als eine Art Anführerin betrachteten.

»Ich, äh, ihr fragt mich?«

Josh nickte. Dabei dachte ich an die Zeit, in der ich noch zu Hause eingesperrt gewesen war und nicht zur Schule durfte, wenn im Umkreis von zwanzig Kilometern ein Einbruch passiert war – zumindest, wenn meine Eltern davon Wind bekommen hatten.

Jetzt hatte meine Mutter mich beinahe freiwillig in den Wald geschickt, um Theo zu retten. Irgendwie schien sie dennoch erleichtert darüber gewesen zu sein, dass ich über die Gaben Bescheid wusste. Als fiele es ihr selbst leichter, mich nicht mehr verstecken zu müssen.

»Ich würde hierbleiben«, sprach ich meine Gedanken dazu laut aus. »Wir sind planlos losgerannt und haben keinen blassen Schimmer, wo wir hinmüssen. Wir brauchen unsere Kräfte und im Wald selbst finden sie uns sogar noch eher als hier.«

»Das heißt, wir bleiben hier?«, informierte sich Hannah noch mal.

»Yep.«

»Alles klar, dann lasst uns Pläne schmieden«, verkündete ich zusätzlich händereibend.

Euphorisch schmissen wir uns in das riesige Loch im Baum, der schon ewig hier stehen musste. Ich hoffte, dass dieses Versteck natürlich entstanden war und nicht absichtlich von den Wandlern gemacht, sonst würden sie uns hier bald überraschen.

Als hätte jemand meinen Gedanken gelauscht, hörte ich einen Ast brechen. Aber jeder von uns vieren saß im Baumstamm.

»Habt ihr das …«, fing Josh an

»Ja«, bestätigte Fabienne.

»Sie haben uns gefunden.« Hannah knabberte an ihrem Fingernagel, was ich zum ersten Mal an ihr beobachtete.

Ich entfesselte meine Spiritmagie, um darauf vorbereitet zu sein, jeden Augenblick anzugreifen. Ich erhaschte einen Blick auf Hannah, die sich einen Zauberspruch zurechtreimte, und Josh, der verzweifelt etwas suchte, um sich zu verteidigen.

»Oh, ups! Das war ich«, kam es plötzlich von Fabienne und holte einen entzwei geknickten Ast unter ihrem Hintern hervor.

Sie hielt ihn wie eine Trophäe in die Höhe und wir straften sie mit Töterblicken.

»Ist das dein Ernst?« Josh wischte sich den Angstschweiß von der Stirn.

»Das ist dir nicht gleich eingefallen?«, zischte ich.

»Sorry, Bailey«, sagte sie nur.

Die Gemüter waren erhitzt, dennoch schmunzelten irgendwann alle, auch Hannah, die vor lauter Schreck nichts gesagt hatte.

Was ich den anderen nicht sagte: Ich fühlte, dass wir beobachtet wurden.

Alles muss versteckt sein

Nach unzähligen Überlegungen hatten wir folgende drei Ideen gesammelt:

1. Wir suchen im Wald weiter nach der Siedlung der Gestaltwandler und sterben, weil sie uns zuvorkommen.
2. Wir suchen einen Wandler und folgen ihm, werden aber vermutlich entdeckt und sterben.
3. Wir lassen uns fangen, damit wir hingebracht werden, sterben aber dabei.

Es war nicht förderlich, dass unsere Gruppe aus vier Pessimisten bestand. Auch wenn wir uns der Tragödie bewusst waren, half es uns nicht, diese Angelegenheit lockerer zu sehen. Fabienne lag am Bauch, ihr Kinn stützte sie summend auf ihrer Hand ab und starrte in den Himmel, als könnte sie dort unter einem Wolken-Memory die Lösung finden.

Josh schaute zu mir und sofort wieder weg, sobald ich ihn ansah. Er sorgte sich und jedes Mal, wenn ich auf ihn blickte, versetzte mir das einen Stich ins Herz, weil ich Angst hatte, ihm könnte etwas zustoßen.

Währenddessen ritzte Hannah etwas in die Innenseite des Baumes.

»Was machst du da?«, wollte ich wissen.

»Ich war schon mal hier und zeichne aus meinen Gedanken einen Plan des Waldes, damit wir die Wandler finden«, erklärte sie ernst.

Josh, Fabienne und ich hüpften hoch, starrten uns an und musterten Hannah dann mit offenen Mäulern.

»Wieso sagst du uns das nicht gleich?«, fauchte Fabienne sie an.

»Weil ich euch nur verarscht habe. Ich zeichne ein paar süße Mangamädchen, aber ich kann keine Finger malen.«

Josh, Fabienne und ich knickten ein wenig ein, ehe wir uns wieder in unsere Ausgangspositionen versetzten.

»Nicht lustig, Hannah.« Josh zerdrückte trockene Blätter, die wohl seinen Unmut symbolisierten.

»Eigentlich wäre das genau mein Humor, wenn wir nicht in der Höhle der Löwen wären«, kommentierte Fabienne das und wandte sich wieder ihren Wolken zu.

Der Geruch der Blätter, der Erde, des Bauminneren und des Mooses vom Fluss erinnerten mich an Theo, der ebenso duftete. Jetzt wusste ich auch, dass es kein Parfüm war, sondern daherkam, dass er einfach sein ganzes Leben im Wald verbracht hatte. Da roch man eben nach Wald wie ein Frittenbudenbesitzer nach Pommes.

»Noch jemand einen anderen Vorschlag?«

Josh gab die Hoffnung nicht auf und nahm meine Hand. Das äußerste Zeichen meines besten Freundes, dass er sich fürchtete. *Wenn er doch nur Kräfte hätte!*

»Wir könnten euch hinbringen.«

Binnen einer Sekunde wurden wir vier mucksmäuschenstill. Mein Herz rutschte mir in die Hose. Ich hatte mich nicht getäuscht. Meine Einbildung war real. Wir wurden die ganze Zeit beobachtet? Ich war nicht paranoid. Mein Hals wurde eng und ich konnte nicht mehr schlucken. Jede Pore stieß Schweiß ab und ich fühlte mich fahl und grau. Die Angst schnitt mich entzwei mit ihrer Klinge aus Tod und Elend.

Schatten spielten vor dem Eingang, in dem wir saßen. Der Umriss eines Wolfes, der zum Menschen wurde. Dann standen sie vor uns. Obwohl Hector und seine Truppe uns direkt in die Augen sahen, saßen wir nur starr vor Furcht. Wahrscheinlich dachten wir alle dasselbe: *Lass es nur eine Fata Morgana sein.*

Leider steckten wir nicht in der Wüste, sondern in einem griechischen Tal fest. Die Zeit der Zurückhaltung verabschiedete sich spätestens jetzt.

»Haltet eure Köpfe und Ohren geschützt«, sagte ich zu meinen Freunden.

Sofort reagierten sie, glücklich darüber, eine Anweisung bekommen zu haben, die sie eventuell retten konnte.

Ich ging in die Hocke, schrie laut wie eine Löwin, die ihre Kinder beschützte, und presste die Zähne aufeinander. Ich spürte, wie Adern und Muskeln an meinem Hals und am Rest meines Körpers hervortraten.

Kurz darauf explodierte der uralte Baum in alle Richtungen, ehe sich die Wandler einen Reim daraus machen konnten, was ich vorgehabt hatte.

Der Knall dröhnte in meinem Ohr nach, als stünde ich neben einem Verstärker in einem Klub. Ich wankte hin und her, als mich irgendjemand packte und wir kreuz und quer zwischen Bäumen umherliefen. Ich hörte nur noch ein Surren, ansonsten verstummte mein Leben. Die ganze Welt wirkte verschwommen und zeitversetzt. Ich fühlte mich betrunken. Folgte nur noch dem Druck an meiner Hand und funktionierte.

Mit jedem Schritt löste sich die Watte und der Druck in meinen Ohren und die Geräusche kamen zurück. Allen voran eines, das ich gut kannte. Der Klang meines Namens.

»Bailey!«, kreischte Fabienne panisch.

»Sie verfolgen uns! Du musst laufen!«, schrie Hannah zusätzlich.

Es dauerte, bis ich zuordnen konnte, dass sie mit mir sprachen. Als ich das verinnerlicht hatte, reagierte ich zügig, riss mich los und lief neben den anderen her.

»Zur Lichtung dort vorne. Da können wir besser kämpfen!«, befahl ich.

»Josh, du läufst weiter.« Er wollte etwas auf meine Anweisung erwidern, doch es kam kein Ton heraus. Also sagte er nichts, was ich als Zustimmung deutete.

»Wir schaffen das, Leute!«, feuerte Fabienne uns an, wobei ich ahnte, dass sie sich damit mehr selbst Mut einbläuen wollte als uns.

Wir hetzten uns durch das Ziel: die Lichtung. Wie abgesprochen, drehten Fabienne, Hannah und ich uns um. Josh rannte, wie ebenfalls abgesprochen, weiter. Zwei Spellmaker und ein Spirit, kein Cura, der uns heilen konnte.

Ob das gut ausgeht für uns?

Lange ließen sie nicht auf sich warten. Hector trat allen voran aus dem

Schatten des Waldes auf die lichtdurchflutete Öffnung mitten im Tal. Nach ihm kamen ein Wolf und ein Fuchs. Auf Hectors Schulter landete ein Falke, gekleidet in einen neongelben Federanzug.

Hoffentlich bleiben die in ihrer Tierform. Nackt will ich gegen die nicht kämpfen müssen.

Ich würde auf jeden Fall nie wieder so viele nackte Menschen sehen wie während meiner Zeit im Camp. Schließlich verwandelten sich Wandler ohne Klamotten zurück in Menschen.

»Verfolg den Jungen«, tuschelte er dem Vogel zu, gerade so, dass wir es hörten.

Gleich danach flimmerten die Konturen von Theos Vater. Seine Muskeln pumpten sich auf, wurden wieder kleiner, dann noch größer. Immer wieder wechselte seine Mimik zwischen Gelassenheit und Wut, als ob er hastig zwischen zwei Bildern hin- und herschaltete. Haare sprießten und dann stand er in seiner Bärenform vor uns.

Aus ist es mit niedlichen Teddybären in meinem Zimmer.

Als der Falke abhob, klingelte in mir erst die Glocke der Einsicht und die Bedeutung von Hectors Worten wurde mir klar. Mit dem Jungen meinte er Josh. Nein!

»Josh hat damit nichts zu tun. Er ist ein Mensch und steht nicht in diesem Krieg! Lasst in da raus«, flehte ich und verbarg meine Sorge um meinen besten Freund nicht.

Aus dem Bärengesicht konnte ich keine Reaktion herauslesen, aber mir war ohnehin bewusst, dass sie ihn jetzt erst recht angreifen würden.

»Josh, pass auf!«, kreischte ich so laut und lange, bis meine Stimme versagte.

Dieser Schrei diente auch als Startschuss für den Kampf. Der Falke sauste los, der Wolf und der Fuchs sprangen zu uns und der Bär rannte auf allen vieren in meine Richtung.

Mit meinen Händen hielt ich den Falken auf, sodass er zwar noch mit den Flügeln schlug, aber nicht mehr vorwärtskam. Dank meiner neuen Kraft, die ich von der magischen Lichtkugel bekommen hatte, schaffte ich es, auch

Hector zurückzudrängen. Einzig und allein mit einem Blick in seine Augen, die Theos ähnelten.

»Auf den Baum mit dir, du Tier!«, zauberte Hannah dem Fuchs entgegen.

Es wirkte, als liefe der Fuchs gegen ein unsichtbares Trampolin, das ihn ohne Umschweife in eine der unzähligen Baumkronen hinaufkatapultierte. Das Blattwerk raschelte und unzählige Äste stoppten den Fall, bis er am Boden aufschlug.

Es tat mir im Herzen weh, Tiere verletzen zu müssen, doch ich musste mir in Erinnerung rufen, dass es sich dabei um Menschen handelte, die uns töten wollten.

Indessen sprang Fabienne zurück und wich jedem Sprungangriff des Wolfes aus. Irgendwann verschwand sie hinter meinem Blickfeld und ich hörte nur ihr Wimmern anstelle eines Spruches.

»Konzentrier dich, Fabienne!« Ob ich ihr damit wirklich weiterhalf?

»Äh, dieselbe Barriere vom Camp soll mich schützen, damit deine Angriffe nichts nützen«, reimte sie stotternd.

Gerade rechtzeitig. Ich hörte ein Schnappen. Der Wolf wollte zubeißen. Als schlüge man gegen eine Tür, wimmelte der Zauber von Fabienne das Tier anscheinend ab, denn es landete direkt neben mir.

Mit gierigen Augen fing der Wolf sich rasch. Ich zuckte mit meinem Bein weg, wodurch Hector sich befreien konnte, da meine Augen den Wolf anstarrten, um ihn wegzuschleudern. Unbewusst reagierte ich auf den Bären und wehrte seine Pranke mit meinen Händen ab. Diese Reaktion rettete mich zwar, entließ aber gleichzeitig den Falken aus seiner Starre. Ehe ich das begriffen hatte, war er im Wald hinter uns in das Blättermeer eingetaucht und verschwunden.

»Josh!«

Meine Angst schwächte mich. Die Pranke drang durch meine Gabe und traf mich direkt in meinen Bauch. So unvorbereitet, dass ich meine Muskeln nicht anspannen konnte, um den Schlag abzumildern. Es drückte mir sämtliche Luft aus der Lunge. Ich fiel auf die Knie.

»Das Tier in mir, sei stärker als ihr.«

»Zurück von dort, wo du kamst her, das sei gar nicht schwer.«

Reimten Fabienne und Hannah hinter mir.

»Ich kann nicht mehr«, hauchte Hannah.

»Fleur, pass auf«, warnte mich Fabienne.

Sie waren beide selbst so außer Puste, dass ihre Zaubersprüche kaum noch Wirkung zeigten. Ehe ihre Magie einsetzte, wehrten sich der Wolf und der Fuchs anscheinend noch gegen die Wirkung.

Das nutzte Hector aus. Keiner kam mir zu Hilfe. Mit voller Wucht rammte er mir seine Pranke in die Seite. Ungebremst kippte ich seitlich zu Boden wie ein Sack Reis. Der Erdboden schürfte meinen Arm und mein Gesicht auf. Wäre ich ein Mensch ohne Gabe gewesen, hätten mich diese Angriffe noch heftiger verletzt.

Mühsam hievte ich mich hoch. Ich wollte meine Augen öffnen, als der Bär mir seine Pranke auf den Kopf legte und sich über mich beugte. Sofort riss es mich wieder auf den Erdboden zurück, dieses Mal auf die andere Seite. Panik versetzte mich in einen Schockzustand, der meine Gabe in der Mitte meines Körpers einfror und mich handlungsunfähig machte.

Ich erspähte Fabienne und Hannah. Aus beiden quoll ihre Magie wie eine Seifenblase. Der Wolf und der Fuchs stemmten sich dagegen. Meine Freundinnen waren zu schwach, um die Blase platzen zu lassen, damit die Spellmaker-Gabe unsere Feinde einhüllte und sie ihre Wirkung zeigte.

Hilfe suchend warfen sie mir einen besorgten Blick zu. Mein Blut rauschte in meinen Ohren. Die restlichen Geräusche drangen nur dumpf zu mir mit der behaarten Pranke an meinem Ohr, deren Härchen mich kitzelten.

»Sie haben Josh«, hörte ich leise und konnte nicht zuordnen, wer das gesagt hatte.

Ein kleines Fenster blieb offen, durch das ich zum Himmel schauen konnte. Da hing Josh unter den Fängen des Falken. Leblos.

Wir waren alle dem Tod auf das Schwert gesprungen und ich war die Initiatorin dieses Selbstmordkommandos.

Hilflosigkeit aus Tassen trinken

Die Situation war ausweglos. Die einzige Aussicht, die sich mir zeigte, stellte sich als der Tod heraus. Sollte es das wirklich gewesen sein?

Ich drückte und presste, konzentrierte mich und versuchte mich zu beruhigen, aber meine Gabe funktionierte nicht, wie ich es wollte. Hector bewegte sich keinen Millimeter. Die Furcht lähmte mich.

Theos Gesicht hatte bereits auf mich gewartet, als ich die Augen schloss und ihn sah. Sein Grübchen verriet mir, dass er lachte, noch bevor ich sein Grinsen wahrnahm. Er hob seine Hand und strich mir das Haar hinter die Ohren. Auch, wenn es nicht Wirklichkeit war, spürte ich seine Berührung. Als ich seine Finger hinter meinem Ohr, runter zu meinem Hals fühlte, übertrug sich seine Wärme auf mich. Gänsehaut breitete sich auf meinem Körper aus. So was konnte niemand mit mir machen, der es nicht verdient hatte, gerettet zu werden.

Plötzlich hörte ich ein angestrengtes Schreien, das mich aus meinem Traum riss. Gerade noch erkannte ich Josh.

Er lebt!

Angestrengt drückte er sich wie ein Sportler, der mit den Beinen unter einer Trainingsstange hing und mit seinen Bauchmuskeln den Oberkörper anhob, hoch. Im selben Moment zog er ein Messer mit Hülle aus einem Socken. Die Hülle fiel.

Wann hat er das da reingetan?

Völlig außer Atem stieß er die Klinge in den Falken. Er verwandelte sich im Flug zurück. Eine Wunde klaffte auf dem Bauch des ... Mädchens. Es schrie auf und sauste gemeinsam mit Josh zu Boden.

Josh lebt! Er lebt! Er lebt!

Natürlich lenkte das nicht nur uns, sondern auch Hector ab.

»Jetzt oder nie!«, feuerte ich mich selbst an.

Sein Überleben gab mir neuen Mut. Ich zog meine Hand, auf der der Bär stand, unter ihm heraus und riss mir die Haut auf. Trotzdem genügte das, um ihn von mir zu schleudern.

Ich hüpfte mit einem Mal hoch auf beide Beine und fing Josh auf. Ich sollte ihn wohl sachte betten, doch stattdessen warf ich ihn auf den Fuchs vor Hannah.

»Noch mal, Hannah!«

»Zurück von dort, wo du kamst her, dass sei gar nicht schwer«, reimte sie noch mal.

Der Fuchs schwebte hoch in den Himmel, exakt in dem Augenblick, in dem die junge Frau am Boden aufschlug. Danach nahm ich mich seiner an und warf ihn mit einer Handbewegung weit über die Baumkronen hinfort.

Das Mädchen wirkte aufgrund ihrer Kopfstellung nicht mehr sonderlich lebendig.

»Danke«, seufzte Josh, der sich aufsetzte und den Ellbogen rieb.

»Leute!«, lärmte Fabienne, die wieder auf sich aufmerksam machte.

Hector stürmte nicht wie ein Bär, sondern wütend und schäumend vor Aggressionen wie ein Stier, der rot sah, auf uns zu.

»Helft ihr, ich mache das«, kam es von Hannah.

»Fleur!«, machte Josh auf sich aufmerksam.

Als ich ihn ansah, warf er das Messer Richtung Fabienne. Ich verstand.

»Hier für dich«, sagte ich, an den Wolf gewandt, machte ein paar Bewegungen mit den Fingern und feuerte das Messer auf ihn.

Als es den Wolf traf, ging er als Mensch zu Boden. Ein älterer Mann. Er kroch zu dem Mädchen wie eine langsame Schlange. Keines Blickes würdigte er uns mehr. Nackt legte er sich neben sie, umschloss ihre Hand und starb.

Hannahs Spruch gegen Hector riss mich aus der dennoch rührenden Situation.

»Arm des Vaters des Bösen, er möge sich von dir lösen.«

Meint sie das ernst, dass sie …

Ich konnte meinen Gedanken nicht zu Ende denken, denn da passierte es bereits. Schmatzend und knackend kamen die Vorzeichen des Unheils. Ehe man etwas sah, wurde der Bär zu Hector.

»Hör auf!«, schrie ich panisch.

Hannah blinzelte kurz und unterbrach dadurch den Zauber.

»Bailey!«

»Nein, Fabienne. Das ist zu grausam. Wir können ihm nicht den Arm abreißen. Wenn wir sie schön außer Gefecht setzen müssen, weil sie uns nach dem Leben trachten, okay, aber nicht so.«

»Tut mir leid, ich ...«

»Nein, Hannah. Du hast uns das Leben gerettet, dennoch müssen wir eine Grenze ziehen. Wir sind nicht Hector!«

»Ich stimme Fleur zu. Obwohl das Mädchen, äh, der Falke, ein Arsch gewesen ist!«

Es tat mir so leid, dass Josh das erleben musste. Dennoch kamen wir heil durch diesen Kampf und konnten aus Hector den Standort ihres Zuhauses quetschen.

Ich ging zum nackten Vater meines Freundes.

»Das war dumm, sie zu unterbrechen«, würgte Hector lachend hervor. Sein Arm schien ihm trotzdem zu schmerzen – nach den Geräuschen, die wir gehört hatten.

»Was meinst du?«, rief Hannah von hinten.

»Dann hättet ihr es mit einem weniger zu tun gehabt.« Warum sprach er in Rätseln?

Lange sollten wir nicht auf die Lösung warten müssen. Beinahe geräuschlos wanderten sie aus den Bäumen. Gestaltwandler. Alle als Menschen. Sie durften noch nicht verwandelt gewesen sein, da sie Klamotten trugen.

»Jetzt sind wir aber so was von im Arsch.« Damit brachte Fabienne unsere Lage auf den Punkt.

Ich ging rückwärts. Wir stellten uns aneinander im Kreis auf. Josh nahm meine Hand. Ich die von Fabienne. Sie Hannahs und die wiederum Joshs.

Es wurden mehr. Ausdruckslos starrten sie uns entgegen. Nicht, als wären wir ihr neues Futter. Eher, als wussten sie, dass sie uns hier gleich töten würden.

Das werden wir nicht überleben.

Einer von ihnen half Hector hoch. Sein Arm hing herunter und ich verteufelte mich dafür, Hannah gestoppt zu haben. Jetzt würde ich alles dafür geben, ihm nicht nur den Arm, sondern den Kopf abreißen zu können.

Hector grinste mir entgegen. Alle gingen sie Schritt für Schritt auf uns zu. Ich hingegen ertrank in einem Meer aus Hilflosigkeit. Ich trank sie nicht aus einer kleinen Teetasse, sondern literweise.

»Attacke!«

Von Aasfressern, in Liebe

Die Telekinese, die aus mir sprudelte wie Mineralwasser, schlug Wellen, während sich die Gestaltwandler gegen meine Gabe drückten. Niemals zuvor zapfte ich so viel Lebensenergie von mir ab, um meine magischen Fähigkeiten einzusetzen. Dabei hatten sie sich bisher noch nicht mal in ihre tierische Form verwandelt. Wie ein Heer aus Soldaten sprangen die Männer und Frauen gegen meine kaum sichtbare Spiritgabe.

Sie streckten lachend die Zunge raus, zwinkerten und grölten, weil sie Spaß daran hatten, uns zu quälen. Quälten uns mit ihrem süffisanten, selbstsicheren Grinsen, da sie bestimmt ahnten, dass sie uns überlegen waren.

Ich hatte das Gefühl, als stürmte die Armee eines alten Mittelalterfilmes auf uns zu.

»Ich kann nicht mehr«, jammerte Hannah.

Sie und Fabienne versuchten sich ebenfalls an einem Schutzschild, doch wir waren alle zu geschwächt. Unsere Magie verblasste zusammen mit unserer Energie. Einerseits hatte es seine Vorteile, dass unsere Gaben zwar mit unserer Erfahrung wuchsen, aber stets an unsere körperlichen Reserven gebunden waren, damit niemand unbesiegbar wurde, aber gerade jetzt wünschte ich mir, meine Telekinese würde mich nicht den letzten Tropfen Lebenslicht kosten.

»Reiß dich zusammen, Collins!«

Weiß Fabienne von jedem Menschen den Nachnamen?

Josh stand regungslos neben mir. Aber irgendwie hatte ich das Gefühl, als handelte es sich dabei nicht um Angst. Er wirkte eher ruhig.

»Es tut mir leid«, sagte ich aus heiterem Himmel und hasste mich sofort selbst dafür, dass ich das unüberlegt ausgesprochen hatte.

»Nein, Bailey. Wir …«

»Doch, Roux! Ihr seid hier wegen mir und …«

»Nein! Wir sind hier, weil wir gesagt haben, wir kommen mit und du warst zu überrumpelt, um es uns auszureden«, meldete sich Hannah zu Wort.

»Genau. Wir sind erwachsen – zumindest fast, bald – und treffen unsere eigenen Entscheidungen.« Fabienne ging einen Schritt zurück und wir standen Rücken an Rücken. »Ich war es dir schuldig, Bailey«, flüsterte sie mir zu.

Leise hörte ich ihr Schluchzen. Die Gewissensbisse, weil sie das Camp und mich verraten hatte, nagten noch immer an ihr wie ein Aasfresser an einem Kadaver.

Mir stieg es heiß auf. Doch das schüttelte ich sofort ab. Ich konnte es mir nicht leisten, jetzt zu weinen. Vielleicht waren das meine letzten Minuten auf Erden, aber noch war ich nicht besiegt. In Gedanken an meine Freunde schoss mir Tarans und Hunters Geschichte in den Kopf.

Die Gaben haben ihre Wurzeln in dem Wunsch des Menschen, zu helfen. Vielleicht, wenn ich mich an diesen Gedanken klammere, dass ich meine Freunde retten will, steigt dadurch die Kraft meiner Gabe.

Immer wieder rief ich mir ihre Namen und Gesichter ins Gedächtnis.

Josh, Fabienne, Hannah. Dunkle Haare, zu viel Bart für sein Alter. Braune Haare, wunderschön. Rosa Haare, gut so, wie sie ist. Josh, Fabienne, Hannah!

Gerade als ich spürte, wie neue Kraft durch meine Adern floss, entdeckte ich etwas, das unmöglich der Wahrheit entsprechen konnte. Sofort verlor ich jeden Anflug neuer Energie. Helle, blonde Haare leuchteten aus der Masse und das Gesicht dazu brachte meinen Körper zum Zittern.

Das muss eine Verwechslung sein. Es gibt doch oft Doppelgänger.

Die Gestaltwandler, die sich gegen unsere Gaben pressten und uns immer mehr auslaugten, wurden zur Nebensache. Lediglich ihr Gelächter hallte in meinen Ohren wider. Als wären wir eine vorbeiziehende Kirmes, mit denen sie sich vergnügten.

Egal, wie oft ich hin- und wieder wegschaute, es blieb dieselbe Person. Die letzte Woche wiederfuhr mir einiges an Unmöglichem, aber das legte wieder eine Schippe drauf.

»Josh, ist das …?«

»Ja«, antwortete er lediglich, als wunderte es ihn nicht.

In mir schrie eine Stimme: »Nein, nicht schon wieder!«

Fabienne und Hannah meldeten sich nicht. Ich schätzte, sie hatte keine Ahnung, was ich meinte. Wie auch? Nur Josh konnte mehr als jeder andere im Bilde darüber sein, was ich meinte. Und genau das war das Schlimme daran.

»Bitte, sag mir, dass er ihm nur ähnlich sieht.«

»Nein, Fleur.«

Bitte, sag es nicht, sonst wird er zur Realität. Bitte, sag es nicht, Josh.

Mein bester Freund zögerte. Wie von selbst gaben meine Arme nach. Langsam sanken sie Millimeter um Millimeter, als wären sie sich sicher, dass meine Verteidigung nichts mehr brachte.

»Das ist Dean.«

Nein!

Was machte Dean, der blonde, schüchterne, feste Freund von Josh, hier? Und vor allem mitten unter den Gestaltwandlern? Ich wollte das Puzzle nicht zusammensetzen und das gesamte Bild erkennen. Noch einen Verrat würde ich nicht aushalten.

»Es tut mir leid, Fleurella«, wisperte mir mein bester Freund ins Ohr. »Sehr leid.«

Einen Augenaufschlag später sog ich hastig die Luft ein. Meine Arme baumelten neben meinem Körper und meine Gabe zog sich so abrupt in mich zurück, dass ein Wandler, der gerade dagegen sprang, auf den Boden prallte. Mit geweiteten Augen schaute ich Dean direkt ins Gesicht und er mir. Der ehemalige Neue in unserer Clique mit Greta und Josh verhöhnte mich mit geschürzten Lippen und einem erheiterten Ausdruck.

Fabienne und Hannah drehten sich zu mir, als sie merkten, dass etwas nicht stimmte, und brüllten.

Irgendjemand schrie auf Josh ein und hämmerte ihm gegen die Brust. Unsere Feinde umzingelten uns, schlichen näher und standen rund um uns. Zwei Schritte von uns entfernt. Ich spürte ihre Hitze. Roch ihren Atem, der mich an rohes Fleisch erinnerte.

Doch das alles überblickte ich nur gedämpft wie als Außenstehende.

Fabienne hüpfte vor mein Gesicht, kümmerte sich nicht um unsere Gegenspieler und rüttelte mich. Ihre Mimik zeigte mir, dass sie außer sich vor Panik war. Nicht wegen denen, die uns gerade besiegt hatten, sondern wegen mir und als ich nach unten schaute, erkannte ich auch den Grund ihrer Sorgen.

Blut quoll aus meinem Bauch, färbte meine Kleidung in das markante Rot des Todes und tropfte auf das Gras. Noch spürte ich keinen Schmerz. Der Schock lähmte mich. Der Dolch in der Wunde wirkte wie etwas, das keinen Sinn ergab. Ich folgte der Hand am Griff und traf auf Joshs für sein Alter viel zu dichten Bart.

Ohne zu reagieren, schaute ich wieder hinab auf meinen Bauch. Das Rot wurde ganz zart wie in Zeitlupe von Schwarz abgelöst. Wie ein neuer Tanzpartner, der nun mit mir über das Parkett schwingen wollte.

Als es mich vollständig erreicht hatte, spürte ich nichts mehr.

Sterben fühlte sich anders an, als ich es mir immer vorgestellt hatte. Ich spürte kaum etwas. Nur das flaue Gefühl im Magen, jedes Mal, wenn ich eine sehr schlechte Nachricht bekommen hatte. Danach zog sich die Wirklichkeit zu einem dünnen Schlangenpfad zusammen, der einen wie ein Staubsauger emporschweben ließ.

Ich nahm mich dabei selbst nur als ein Nichts in dem Schwarz wahr, das hier existierte. In einem Raum voller Unlogik, in dem ich bestand, aber auch wieder nicht. Wie ein Schatten ohne Licht.

Es tut mir leid, Mom. Ich komme nicht mehr zurück. Hab keine Schuldgefühle und pass auf Dad und Greta auf. Theo, auch bei dir möchte ich mich entschuldigen. Ich hoffe und will an nichts anderes glauben, als dass dich jemand anderes aus deinem glänzenden Gefängnis befreien wird.

Nach und nach verblassten Namen und Bilder. Die Konturen meines Lebens verschwanden zusammen mit mir. Das ging so lange, bis ich mich selbst nicht mehr denken hörte.

Trauer des Glücks

Ich schlug meine Augen ruckartig auf und kotzte mir, ohne nachzudenken, die Seele aus dem Leib. Ein Feuerwehrschlauch wäre ein Witz dagegen gewesen. Als ob ich Feuer spie, schmerzte meine Speiseröhre, bis ich glaubte ohnmächtig zu werden. Endlich flachte der Würgereiz ab. Tränen benetzten meine Wangen und mischten sich mit Schweiß. Ich atmete, als täte ich es zum letzten Mal.

Wie oft habe ich schon gedacht, ich würde das letzte Mal atmen? Zehn-, zwanzigmal in den vergangenen Wochen?

Ich war so traurig darüber, so glücklich sein zu müssen, noch leben zu dürfen. Erst als ich mich an eine rote Ziegelsteinmauer zurückfallen ließ, schluchzte ich auf und begutachtete meine Umgebung. Mein Magen knurrte. Keine Diät der Welt hätte mich so viel abnehmen lassen wie die letzten Wochen. So wirkte ich noch unscheinbarer, als ich es sowieso schon tat.

Kein natürliches Licht erfüllte den Raum. Überall standen Kerzen über längst zerschmolzenem Wachs und leuchteten orangefarben.

Bin ich in einem Keller?

Der Staub des gewöhnlichen Betonbodens wirbelte neben mir umher, weil ich mich so schnell bewegt hatte. Die im Raum stehende Luft erinnerte mich an mein erstes Aufwachen im *Agony Grove Camp*. Zumindest punktete diese Unterkunft mit Kühle, die mir half mich an das zu erinnern, was passiert war. Meine offene Gürtelschnalle schabte an der Wand, als ich aufsprang. Im Laufen riss ich mir den Gürtel herunter und warf ihn weg. Klangvoll schepperte er am Boden, bis ich an der einzigen Metalltür im Raum ankam.

»Fabienne, Hannah!«, schrie ich und klopfte dagegen.

Keine Reaktion auf mein Rufen.

Josh.

Seinen Namen auszusprechen wagte ich nicht. Ich rutschte mit dem Rücken die Metalltür entlang. Einige herausstehende, rostige Nägel schnitten mir nicht nur das weiße, bauchfreie Shirt, sondern auch die Haut auf, doch es störte mich nicht. Zwar fragte ich mich, wer mein Oberteil gewechselt hatte und warum mein Gürtel vorhin geöffnet gewesen war, aber mein Kopf dröhnte zu sehr, als dass ich mir darüber Gedanken machen konnte und wollte.

Leer und gleichsam überfüllt von Emotionen, starrte ich in eine Flamme direkt vor mir. Die rote Kerze nahm mich ein. Sie flackerte vor mir.

»Hat sich die ganze Welt gegen mich verschworen?«, fragte ich das Feuer.

Die Antwort darauf war ein Hin- und Herschlängeln der Flamme. Die Freude, wieder aufgewacht zu sein, überwog, auch wenn ich mich fragte, wie ich noch leben konnte. Dennoch gruselte es mich davor, was noch kommen würde. Ich überlegte, ob Josh ebenfalls zu diesem Verrat gezwungen wurde. Aber dann tauchte Deans Grinsen vor mir auf und die Ruhe, die Josh ausstrahlte.

Ich schüttelte den Kopf. Nein, das war zu viel. Ich verdrängte den Gedanken und stand auf. Seufzend kämmte ich mit den Fingern meine Haare zurück und schaute mich um.

Ich habe doch noch meine Gabe!

Mit neuer Hoffnung wandte ich mich dem Metall zu. Ich benutzte meinen Zeigefinger als eine Art Schraubenzieher und drehte gedanklich eine Schraube heraus.

Es funktioniert!

Eine dunkelblonde Strähne stürzte vor und ich pustete sie zurück. Was auch immer mich da draußen erwarten würde, ich musste dagegen ankämpfen. Fabienne und Hannah könnten ebenso noch leben und gefangen genommen worden sein. Warum hätten sie mich sonst behandeln sollen?

Wobei ich nicht nachvollziehen konnte, wie ihnen das gelungen war. Meines Wissenstandes nach hatten die Wandler keine Magie, bis auf ihre Fähigkeit, zu Tieren zu werden. Wie konnten sie dann meine Verletzung vollkommen heilen? Ein Blick auf mein bauchfreies Shirt zeigte mir lediglich eine winzige Narbe.

Nach einigen Krämpfen in meinem Finger und Minuten später klickte es. Die Tür öffnete sich nicht nur, sie kippte nach hinten.

»Ahhh!«, schrie ich auf und hob abwehrend meine Hände.

Gerade so fing ich die schwere Tür auf. Es kostete mich Kraft, sie so leise wie möglich auf den Boden schweben zu lassen.

Wenn ich das hier alles überlebe, mache ich auf Tarans Kosten Urlaub auf einer einsamen Insel.

Eine Treppe führte nach oben ins Licht.

Wie lange war ich weggetreten?

Ich stieg hinauf zur ersten Stufe, als jemand die ersten paar Stufen zu mir heruntterstieg. Erstarrt blieb ich stehen. Es dauerte, bis er mich bemerkte. Als er es tat, verwandelte er sich in ein Tier. Sein Kopf platzte auf zu dem scheußlichen Maul eines Löwen.

»Die Gefangene ...«, begann er noch während seines Verwandlungsprozesses.

Ich unterbrach ihn nicht. Er sprach nicht weiter, weil er starb. Erst als es passiert gewesen war, verstand ich es. Verstört schaute ich auf meine Hand. Mein Feind legte den Kopf schief und blickte mich mit leeren Augen, aber angsterfülltem Gesichtsausdruck an.

Ich hatte ihn getötet. Ein kurzer, seitlicher Dreh mit dem Handgelenk und sein Genick gab nach. Als ob es sein Körper jetzt erst verstanden hätte, dass er nicht mehr lebte, fiel er nach vorne. Auch ihn zauberte ich vorsichtig zu Boden, auf die Metalltür.

Vermutlich hätte er mich umgebracht oder zumindest verraten, was eventuell zu meinem Tod geführt hätte. Ich habe mich nur verteidigt. Oder? Aber er hat mich doch gar nicht angegriffen! Argh!

Egal, ich schob diesen Gedanken zur Seite und legte ihn weit hinten ab. Ich schlich hoch, stieg über die, durch seine beginnende Verwandlung zerfetzten Klamotten des Jungen, den ich getötet hatte, und lugte vorsichtig auf den Boden.

Eine Frau mit roten, langen Haaren und ein älterer Mann fungierten als Wachen. Zumindest wirkte es so. Der Steinboden war abgenutzt.

Augenscheinlich befand ich mich in einer Höhle. Die Steinwände, das Loch als Ausgang und die nicht vorhandenen Fenster. Es war eine Höhle. Und trotzdem hatte ich kaum etwas Schöneres gesehen.

Am Boden lagen weit ausgebreitete Perserteppiche in Rot, Gelb, Blau und vielen anderen Farben. An der Steindecke hingen unzählige verschiedene Leuchter mit brennenden Kerzen darauf. Überall waren Gemälde und entlang der Mauer reihten sich Kamine aneinander. Sie passten irgendwie nicht zusammen, weil sie so unterschiedlich waren, und genau deshalb wirkte es schon wieder unendlich cool. Auch in ihnen begrüßten mich kleine Feuerstellen.

Haben die sich das alles über die Jahrzehnte zusammengeklaut von ihren Besuchen bei den Menschen? Ob die hier auch normale Stromleitungen haben?

Sie würden mich bald entdecken, sobald ihr Freund nicht zurückgekommen wäre. Ich benötigte einen Plan. Dringender als ein Ertrinkender Luft. Bevor ich dazu kam, mir etwas zu überlegen, hörte ich Geräusche.

»Na, knöpft ihr euch schon wieder die doppelte Verräterin vor?«, witzelte die Rothaarige.

»Wenn ich hier rauskomme, schiebe ich dir mein Bein so tief in deinen Mmphpft…« Diese Stimme!

Der Satz endete und als ich den Körper zur Stimme erkannte, der gefesselt vorbeigeschleift wurde, erkannte ich den Knebel im Mund.

Fabienne!

Unsere Blicke trafen sich wie zwei Magneten, die sich anzogen. Zum Glück war Fabienne intelligent genug, um sofort wegzublicken und so zu tun, als hätte sie mich nicht gesehen.

Sie lebt!

Zwei andere Wandler zerrten Fabienne weiter und ich reckte meinen Kopf vor, um sie zu sehen. Es tat so gut, meine Freundin in meiner Nähe zu wissen.

»Kommt die Hure heute lebend zurück?«, rief der ältere Mann den anderen nach.

»Wenn sie nicht spurt, nicht. Und eure Hure?«, brüllte er fragend zurück.

»Die versuchen wir gerade zu wecken!«

Die vier prusteten los. Das war zu viel. Keiner würde Fabienne töten. Weder heute noch morgen. Ich hielt inne, bis die anderen beiden außer Hörweite waren. Stampfend betrat ich die Höhle nun vollkommen. Die Frau und der Opa drehten sich zu mir.

»Diese *Hure* hier wird euch gleich den Hintern versohlen!«

Tausendundeine Nacht

Indem ich meine Hände voneinander wegzog, als würde ich zwei Bühnenvorhänge zur Seite schieben, um hindurchzugehen, drückte ich die beiden Wachen gegen die Steinmauern. Ich stellte mir vor, wie spitze Steinchen sich in ihre Rücken bohrten.

»Hilf …«

Ehe die Rothaarige schreien konnte, drückte ich mit meinen Augen beiden den Mund zusammen. Das passierte so spontan, dass ich selbst darüber erschrocken war, mich auf derart viele Kleinigkeiten gleichzeitig konzentrieren zu können.

»Wäre ich eine skrupellose Mörderin, würde ich euch beide zuerst töten«, drohte ich ihnen.

Ihre Blicke zeigten mir, wie sehr sie mich umbringen wollten. Stattdessen klatschte ich meine Hände aneinander, als würde ich eine Fliege dazwischen zerquetschen wollen. Die beiden stießen am Kopf aneinander. Der laute, dumpfe Ton ließ mich die Augen zusammenkneifen.

Ich öffnete ein Lid und erkannte, dass beide ohnmächtig am Boden lagen. Erst dann holte ich sie mit einem Fingerschwenk zu mir.

Um sicherzugehen, warf ich sie weiter in den Raum hinein und zauberte die Metalltür wieder hoch. So würde es ein wenig länger dauern, bis die drei wieder hinaufkonnten.

Auf den abgetretenen Teppichen entlanglaufend, drückte ich mich am Ende der Höhle gegen die Wand. Vorsichtig lugte ich um die Ecke und was ich dort sah, verschlug mir die Sprache. Was sich meinem Auge darbot, war nicht nur ein einfaches Camplager, wie wir es hatten. Überall standen wunderschöne Zelte, die mich an orientalische Filme erinnerten. Pompös und voller goldener Stickereien. Niemals hätte ich gedacht, dass Wandler, die immer als wilde Tiere beschrieben wurden, so lebten, und das mitten in einem Tal.

Die Lage konnte ich nicht einschätzen. Die Siedlung lag an einem Gebirgszug. Rundum eingekesselt von Wald und gesichert von einer steilen Felswand direkt in ihrem Rücken. Darüber ein weit verzweigtes Blätterdach, an dem unzählige Lichterketten hingen.

Okay, von irgendwoher haben sie hier Strom.

Allerdings blieb mir nicht viel Zeit, alles im Detail unter die Lupe zu nehmen. Denn neben den schönen Einzelheiten warteten unzählige Wandler auf mich.

Und Dean ist einer von ihnen. Zusammen mit Josh auf seiner Seite.

Kopfschüttelnd spuckte ich symbolisch meine Trauer auf den Boden und zwang mich nicht daran zu denken. Ich huschte querfeldein hinter etwas, das aussah wie ein Whirlpool, gemacht aus aneinandergeschraubten Holzfässern.

Ich schätzte, dass Hector im größten, violetten Zelt untergebracht war. Dort musste er auch den Diamanten sowie das Juwel aufbewahren.

Vielleicht auch Josh und Dean?

Ich genehmigte mir eine Verschnaufpause, um mir die weiteren Schritte zu überlegen, aber alles führte mich nur zu einer Erkenntnis: Ich bin unter all diesen Wandlern alleine aufgeschmissen. Niemals wäre es mir möglich, gegen all diese Kreaturen anzukommen. So stark wären wir nicht mal zu dritt. Deshalb fasste ich einen folgenschweren Entschluss. Vielleicht handelte ich zu unüberlegt, zu hastig, zu ungeduldig, aber wer wusste, wie lang ich noch unentdeckt bliebe.

Zittrig strich ich mir immer wieder die Haare zurück, als könnte ich meine Angst unterdrücken. Als es mir nicht gelang, stand ich auf und ballte meine Hände zu Fäusten. Entschlossen legte ich eine Maske des Mutes auf und schritt anmutig auf den Weg.

Ich marschierte vorwärts. Da niemand mit mir rechnete, dauerte es einige Zeit – für mich Stunden –, bis jemand auf mich aufmerksam wurde. Sie tippten sich gegenseitig an, stießen sich oder zeigten mit den Fingern auf mich.

Irgendwann stand ich im Mittelpunkt und zwang mich nach vorne zu gucken und nicht zur Seite oder zurück. Trotzdem erspähte ich einige offene Münder.

Es dauerte länger, als gedacht, bis jemand aufschrie und Wandler auf mich zuliefen. Nur eine Handvoll verwandelte sich in ihre Tierform. Sie gingen selbst nicht davon aus, dass ich eine große Chance gegen sie hatte.

Trotzdem breitete ich meine Arme aus, als würde ich zwei Wände, die mich drohten zu erdrücken, von mir fernhalten. Dieser Trick, die Feinde von mir fernzuhalten, funktionierte noch einige Schritte, bis ich kurz vor dem Hauptzelt keine Kraft mehr hatte und sie sich alle auf mich stürzten wie auf ein lang ersehntes Mahl.

Überall spürte ich Haut, Haare, Fingernägel und irgendwelche Flüssigkeiten.

»Hector!«, brüllte ich.

Sie zerrten an mir und es tat so schrecklich weh. Als würde ich bald entzweigerissen werden.

»Hector! Komm heraus, du feiges Schwein!«

Schwungvoll flatterte ein Zeltvorhang hoch. Hector trat halbnackt heraus. Hinter ihm einige Frauen.

»Fleur! Wenn ich gewusst hätte, du kommst mich besuchen, hätte ich aufgeräumt.«

Theos Vater drehte sich im Kreis.

»Wie gefällt es dir hier? Wie würdet ihr sagen? *Tausendundeine Nacht mitten im griechischen Gebirge?*«

Ich hatte so große Angst, dass ich seinen Worten kaum folgen konnte.

»Lasst sie los. Wir behandeln unsere Gäste nicht so. Wir sind doch keine Tiere«, verhöhnte er mich.

Sofort ließen alle von mir ab. Es gab keine Widerrede.

»Komm, Kleines.«

Sie spurten allerdings wie Tiere, sobald er den Mund aufmachte. Die meisten trugen nur erdfarbene Gewänder, die wie aus *Game of Thrones* wirkten. Oftmals sah es aus, als hätten sie sich lediglich nur Stoffe um den Leib geschnürt. Vermutlich, weil ihre Kleidung ohnehin oft kaputtgeht oder im Matsch landet, wenn sie sich verwandeln.

Ihre Gesichter empfingen mich unterschiedlich. Einige wirkten interessiert, doch die meisten wechselten sich zwischen Ärger, Wut, Todeslust und Abscheu ab.

»Ich eile, Hector.«

»Nenn mich *Daddy*. Wir sind doch eine Familie, wenn du meinen Sohn heiraten willst. In seinem kleinen Juwel.«

Ich presste meine Fingernägel noch fester in meine Haut hinein. Jetzt durfte ich mich nicht zu einer blöden Aussage verleiten lassen. Darauf würden sie nur warten.

Drinnen angekommen, wiederholte sich der übertriebene Prunk. Unzählige Kissen, Decken, Teppiche, goldene Kerzenständer und noch viel mehr. Mein Interesse richtete sich auf etwas anderes.

»Oh, was erkennen meine Äugelchen da. Du hast deinen Liebsten bereits entdeckt?«, sagte Hector zuckersüß, als würde er sich tatsächlich für mich freuen.

Ohne auf ihn zu achten, ging ich zu dem bronzefarbenen Kissen, auf dem das rote Juwel lag. Er hielt mich nicht auf, also nahm ich ihn in die Hand. Ich bildete mir ein einen winzigen, schwarzen Punkt zu erkennen.

Ist das Theo?

Meine Bemühungen, stolz zu wirken, brachen in diesem Moment ein wie eine Lawine, die nur darauf gewartet hatte, alles zu zerstören. Meine Lippen bebten, mein Kinn zitterte. Zunächst kam nur ein Wimmer, gefolgt von einem Schluchzen, das in Weinen seinen Höhepunkt fand.

»Ist, ist da …«, ich zog meine Nase hoch, »da Theo drinnen?«, informierte ich mich.

»Na, das hoffe ich doch, sonst wärst du umsonst bis hierher vorgedrungen, Kleine.«

Das stimmte.

»Kann ich ihn befreien und du lässt uns einfach gehen?«, fragte ich in einem Anflug kindlicher Dummheit.

»Ich weiß nicht, ob du das kannst und schaffst«, antwortete er, als würde er auch mit einem Kind sprechen.

Er nahm mich weniger ernst als ein Löwe eine Fliege.

»Darf ich dann wenigsten zu ihm?«

»In das Juwel?«

Er sah meine Reaktion auf diese Frage nicht, da ich ihm den Rücken zuwandte und das Juwel gegen das Licht hielt.

Theo, ich bin da.

»Diesen Wunsch kann ich dir erfüllen«, sagte Hector schließlich.

Wassermelonenkaugummi

Zuerst dachte ich daran, den Spieß umzudrehen und Hector in das Juwel einzusperren. Dass das nicht funktionieren würde, war Hector und mir klar, sonst hätte er mir nicht erlaubt ihn anzufassen. Erstens besaß ich keinerlei Kenntnisse, wie man ihn einsetzte, und zweitens würden mich seine Anhänger zerfleischen, sobald ich das Juwel gegen ihn erhöbe.

Ich fragte mich, wie es nur dazu kommen konnte. Hier stand ich nun. Inmitten von Wesen, die danach lechzten, mich zu töten. Und warum das Ganze? Weil ich meine erste große Liebe, meinen Seelenverwandten zurückhaben wollte.

So theatralisch es auch klang, ich fühlte Theo in diesem Juwel. Wie er mit all seinen Gedanken dafür brannte, mich von meinem Vorhaben abzubringen, ins Juwel zu kommen. Warum sollte ich es nicht machen? Was war die Alternative? Sterben oder hier für immer eingesperrt bleiben.

»Bist du dir sicher?«, hakte Hector nach. »Ich meine, ich bin ein netter Kerl. Ich erfülle dir gerne diesen Wunsch, aber versteh' mein Nachfragen. Ein wenig ... verblüfft es mich dennoch.«

Mit meinen Augen folgte ich den verblassten Narben an seiner Schulter. Wie schafften sie es, Wunden so gut zu versorgen? Schließlich hatten wir ihm beinahe den Arm abgetrennt.

»Bin ich.«

Als ich auf Hector zuschritt, spürte ich mein Herz schneller schlagen. Die Nähe zu Theo erfüllte mich mit Kraft, Liebe und Sicherheit.

»Das ist besser als jede Orgie. Ich werde das genießen, das weißt du, oder, Kleines?«

Ich antwortete Hector nicht, aber es schien ihn nicht zu stören. Das Juwel klebte an meiner verschwitzten Hand, löste sich zunächst zögerlich davon ab und landete dann auf Hectors Handfläche.

Ohne Anweisung vergrößerte ich den Abstand zwischen uns und wartete darauf, von dem roten Strahl getroffen zu werden, den auch damals Theo gefangen genommen hatte. Ich fühlte noch das fein geschliffene Juwel an meiner Haut und bald wäre ich darin.

Er hielt mir das Juwel entgegen mit einem Ausdruck von Genuss, den ich sonst nur kannte, wenn ich ein Pizzastück vor mir sah.

»Tu es endlich!«

Bevor mich meine Furcht dazu überredet, es mir anders zu überlegen.

Dramatisch schmiss er sich seine schwarze Haarpracht über die Schultern und öffnete seinen Mund.

»Bald, Theo«, flüsterte ich.

»Sag Tschüss!, Kleine«, verabschiedete sich Hector.

Plötzlich wirbelten alle Seiten des Zeltes hoch, als würde uns ein Tornado erfassen. Hector hielt sich schützend den Arm vors Gesicht. Ein Wandler lief ins Zelt. Unter eine der Seitenwände schlüpfte noch einer hindurch. Erst später erkannte ich, dass es sich um jemand anderen handelte.

»*Tschüss, Kleine!*«, wiederholte sie Hectors Worte.

»Fabienne!«, rief ich ihr entgegen.

Sie hatte es geschafft, zu entkommen, als alle wegen mir abgelenkt gewesen waren. Zumindest erklärte ich mir es so.

»Hör auf herumzuschwirren wie ein Flummi, klebe auf allen vieren wie ein Wassermelonenkaugummi«, reimte Fabienne.

Dem anderen Wandler wuchsen Hörner, doch ehe es zu weit ging, schleuderte ich ihn hinaus.

»Flummi? Er hat sich doch gar nicht bewegt«, sagte ich hektisch zu Fabienne, während ich die anderen Wandler mit meiner Gabe zurückdrängte.

Hector kippte vor. Das Juwel rollte vor meine Füße und er klebte mit Händen und Füßen am Boden fest. Sosehr er auch versuchte sich loszureißen, es gelang ihm nicht.

»Ich dachte, ihr kämpft«, kläffte meine Freundin zurück.

Hannah quälte sich flink herein. Jemand hielt sie am Fuß fest. Sie trat dagegen und zog ihn ins Zelt.

»Bleibt draußen, ihr Schweine, sonst fehlen euch die Beine«, zauberte Hannah hastig.

»Ich liebe dich, Fabienne«, bedankte ich mich.

»Beschwere dich ja nicht! Ich habe dich gerettet«, schrie Fabienne gespielt wütend zurück, ehe sie hinzufügte: »Ich dich auch, Bailey.«

Hannah sprintete zu uns.

»Zusammen mit ihr sind wir drei und geben uns nicht mehr frei«, ergänzte Fabienne den Zauber von Hannah, wodurch mithilfe ihrer Barriere und meiner Telekinese niemand mehr hereinkam.

»Ich bin übrigens auch schon da«, meldete sich Hannah zu Wort.

»Dich lieben wir natürlich auch, du reizendes Geschöpf«, begrüßte sie Fabienne.

Mein Adrenalinpegel würde jedes Thermometer sprengen, ließe er sich in Temperaturen messen. Die Freude, die beiden lebend zu sehen sowie eine Chance am Horizont zu erblicken, hier heil hinauszukommen, war immens. Doch zuerst brauchten wir den Diamanten, der Theo befreien konnte.

»Halt sie auf, mein Schatz!«

Mit wem redete Hector da?

»Dreht der jetzt schon am Rad, nur, weil er am Boden festklebt?«, mutmaßte Fabienne, die deutlich ins Schwitzen geriet.

Die Anstrengung, die paar Dutzend Wandler, die gegen das Zelt sprangen und dagegen schlugen, brachte uns an den Rand unserer Kräfte. Ich spürte förmlich, wie meine Lebensenergie aus mir floss wie aus einem geplatzten Damm.

»Vielleicht hat er sich den Kopf gestoßen«, stotterte Hannah vor Erschöpfung.

Ich suchte den Raum ab, entdeckte jedoch nichts. Bis ganz ruhig und entspannt eine klitzekleine Spinne zwischen Hector und mir krabbelte.

Oh, nein.

Die Beine schwollen an, wurden hautfarben und glatt. Der Körper plusterte sich auf wie eine Hüpfburg, die gerade aufgepumpt wurde. Kurz darauf stand Theos Mutter, wie Gott sie geschaffen hatte, vor uns. Ihre Schneewittchenhaare reichten über die Brüste bis hinunter in ihren Schritt.

»Holla, die Waldfee!« Fabienne würde, selbst, wenn ihr Haus im Flammen stünde, noch einen witzigen Spruch in petto haben.

Ihre grünen Augen glänzten mir entgegen, bis ich entdeckte, dass es nur ein Auge war. Das andere schimmerte gelblich.

»Ihr sucht den Diamanten, richtig?«, fragte die Mutter.

Ich nickte.

»Um meinen Theo zu befreien?«

Wieder bejahte ich ihre Frage. Hector wirkte nervös hinter ihr.

»Meine Schöne, töte sie! Bitte!« Hector wirkte gehetzt, nervös und seine Augen verrieten seine Furcht.

Nur vor was hatte er Angst?

»Fleur, töte sie, bevor sie es macht! Wir können nicht jeden retten. Fabienne und ich halten die Stellung solange«, riet mir Hannah.

Wie steht Theo zu seinen Eltern? Würde er es mir verzeihen, wenn ich seine Eltern umbringen würde? Aber, wenn ich es nicht tue, töten sie uns.

»Bailey!«

Fabienne und Hannah hätten in dieser Situation deutlich weniger Skrupel gehabt als ich, aber ihre Kräfte nützten für die Barriere sehr viel mehr als für das direkte Kämpfen.

»Meine Teuerste ...«

»Schweig, Hector.«

Irgendetwas stimmte nicht mit Hectors Frau. Ihre Haltung gegenüber ihrem Mann war steif und abwehrend. War es möglich, dass ...?

»Gibst du mir den Diamanten?«, wollte ich wissen.

»Wenn du das tust, werde ich dich vor allen ausweiden, du Miststück«, beschimpfte Hector seine eigene Frau, während Speichel an seinen Mundwinkeln auf den Boden tropfte.

Theos Mutter lächelte, als hätte er ihr ein Kompliment gemacht.

»Also, gibst du ihn uns?«, fauchte Fabienne sie ungeduldig an.

»Wenn ihr den Diamanten wollt, dann müsst ihr mich schon angreifen.«

Also doch. Ich würde die Eltern meines Freundes umbringen müssen, um ihn zu retten.

Spinneneier

Um Zeit zu schinden, trat ich extra langsam vor Theos Mutter. Sie konnte also auch ihre Größe verändern. Sofort als ich sie gesehen hatte, war ich mir hundertprozentig sicher gewesen, dass diese Spinne dieselbe *Big-Mama-Spinne* von damals war. Sie hatte uns im Wald angegriffen und im Angriff auf das *Agony Grove Camp* an Hectors Seite gestanden.

»Wie können sie als Mutter ihres Sohnes Theo in diesem Juwel verfaulen lassen?«, keifte ich ohne Vorwarnung.

»Sie hat auch einen Namen.« Theos Mutter zeigte auf sich selbst.

»Cruella?«, riet Fabienne links von mir.

»Wie kommst du auf *Cruella?*«, fragte sie erstaunt.

Die kannten hier wohl keine Disneyfilme. Fabienne schwitzte und zitterte. Ohne meine Gabe fiel es Hannah und Fabienne schwer, ihre herbeigezauberte Barriere aufrechtzuerhalten. Was mich nicht wunderte, wenn ich daran dachte, wie viele Wandler sich außerhalb des Zeltes gegen ihre Zauber auflehnen mochten.

»Nein, mein Name ist ... Hope.«

Fabienne lachte laut auf.

»Hoffnung? Und meiner ist Partyqueen«, erwiderte ich belustigt.

Hope verstand den Witz daran zwar nicht, aber das galt auch eher Fabienne und Hannah, die sehr wohl verstanden, dass der Name *Partyqueen* zu mir ebenso gut passte wie zu Hope der Name *Hoffnung*. Sie wirkte für mich nicht wie die Verkörperung von Hoffnung.

Hector und Hope.

Ich stellte mir vor, wie Theo mit mir bei ihnen am Frühstückstisch saß und wir uns über den neusten Klatsch und Tratsch aus dem Wald unterhielten. Dazu würde es wohl niemals kommen.

»Also?«, hakte ich abermals nach. »Ist es dir, Hope, tatsächlich so wichtig, die Regeln zu befolgen, dass du dafür deinen Sohn in dem Juwel verkümmern lässt?«

»Und sind euch eure Regeln so wichtig, dass ihr meine Tochter umbringen musstet?«, konterte Hope mit zitternder Unterlippe.

Meine Augen sausten umher. Überallhin, nur um sie nicht ansehen zu müssen. Hope sprach die Wahrheit. Und sie so zu sehen: als Kämpferin, die versuchte stark zu wirken, während sie um ihre verstorbene Tochter trauerte, versetzte mir einen Stich ins Herz.

Hope hortete vermutlich einen Haufen Erinnerungen an ihre Tochter, Theos Schwester, und alles, an das ich mich erinnerte, war ihr Rücken und wie wir sie getötet hatten. Ich hatte nichts dazu beigetragen, aber auch nichts dagegen unternommen.

»Ich kann dich wahrscheinlich nicht verstehen«, erklärte ich, »aber das, was du sagst, stimmt, Hope. All die Opfer sind zu viele und ich bin kein Fan vom Regelwerk der Enchanter, aber auch kein Freund eurer Wandlergepflogenheiten.«

Hope schaute mich an. Doch nicht, als musterte sie mich. Eher, als wollte sie mich sehen. Wirklich mich, meine Seele. Erkennen, was ich für einen Charakter hatte. Ich fixierte ihr gelbes, trübes Auge, das wie Milch schimmerte.

Woran bin ich bei ihr?

Mein Herz klopfte, als würde ich den beschleunigten Remix eines bereits temporeichen Songs hören.

»Du bist die, die Dean entführt hat, richtig?«, fragte Hope plötzlich, wodurch sie mir der Boden unter den Füßen wegriss.

Schlagartig landete meine Hand auf meinen Lippen und drückte dagegen, damit ich mich nicht übergab.

»Du wusstest nichts davon?«

»Wer ist Dean?«, äußerte sich Hannah hinter mir zu dieser Frage.

»Der Freund von Josh«, informierte ich sie automatisch.

»Nein, ich hatte keine Ahnung. Ich dachte, es war nur Harry, aber da er ja gemeinsame Sache mit euch macht, sollte es mich nicht wundern.«

Hope legte ihren Zeigefinger an ihr Kinn, als schätzte sie ab, ob ich die Wahrheit spräche.

»Natürlich, deshalb konnte Josh dich so gut beschatten.« Hope klang, als wäre das etwas Schlechtes. Dabei sollte sie doch erfreut darüber sein, dass Josh, mein bester Freund, mich hintergangen hatte.

Wenn ich darüber nachdachte. Der letzte Schultag. Wir hatten uns alle über die Sommerferien gefreut. Die Feier in meinem Garten. Josh war die ganze Zeit darüber in Kenntnis gesetzt gewesen, wer ich war, bevor ich es noch gewusst hatte. Er hatte mit mir angestoßen und hatte noch während des ersten Schluckes darüber nachgedacht, dass ich an diesem Tag entführt werden würde.

Ich kotze gleich im Strahl.

»Ich kann es dir wirklich nicht verübeln, dass du weder uns noch deinesgleichen verstehen kannst«, fügte Hope hinzu.

»Ich liebe deinen Sohn, Hope. Auch, wenn mein Vertrauen von beinahe jedem Menschen, den ich kenne – eingeschlossen Theo – auf die Probe gestellt wurde, liebe ich ihn«, sprudelte es aus mir.

»Lange Zeit wollte ich es nicht wahrhaben, habe es verdrängt und ihn abgeblockt, aber nachdem er mir genommen wurde, wurde mir bewusst, dass ich ihn liebe. Ich brauche ihn nicht wie ein naiver Teenager. Natürlich könnte ich ohne ihn leben, aber ich will es einfach nicht.«

Erst nachdem ich zu Ende gesprochen hatte, bemerkte ich die Tränen auf meinem Gesicht.

»Dann greif mich an und rette meinen Sohn.«

»Ich kann seine Mutter nicht umbringen.«

»Davon war nicht die Rede.«

»Was meinst du?«

»Du weißt genau, wo der Diamant ist, um Theo zu befreien«, sprach Hope in einem Rätsel, das nicht lange ungelöst blieb.

Hector schüttelte seit Minuten lediglich den Kopf, behielt aber jeden Kommentar für sich. Zum Glück.

Meint Hope etwa …

Es dauerte nicht lange, da fiel mein Blick wieder auf das gelbe Auge.

»Genau«, stimmte Hope mir zu, noch ehe ich etwas gesagt hatte, aber sie deutete meinen Blick.

»Der Diamant ist in deinem Auge? Aber …«

»Wie?«, unterbrach sie mich.

Hope deutete mit ihrem Kinn hinter sich.

Hector?

»Er hat dir das angetan?« Fabiennes Frage blieb mir selbst im Halse stecken.

»Ich bin der perfekte Tresor. Beweglich, sicher und immer in seiner Nähe.«

Jetzt erst fielen mir ihre Blessuren am Körper auf. Sie wurde schrecklicher behandelt als so manche Königin von ihrem Mann in *Game Of Thrones*.

»Hol dir den Schlüssel und rette meinen Sohn, bitte. Reiß mir diese Bürde aus der Augenhöhle!«

Ich erstarrte.

Der Tanz mit dem Teufel

Der Diamant lag wie ein schutzloses Wesen auf meiner Handfläche. Schleimig wie eine Schnecke, blutig wie ein Neugeborenes und nass wie eine Träne. Hope schrie seit einigen Sekunden. Kniend drückte sie sich beide Hände auf den Platz, an dem vorher noch der Diamant geruht hatte.

»Geht es dir gut, meine Königin?«

»Halt dein besudeltes Maul, du Monster!«, donnerte Hope zu Hector, der verstummte wie ein Hund, den man zurechtgewiesen hatte.

Die Schreie ihrer Anführerin verliehen den Wandlern draußen neuen Mut sowie Stärke. Die Stoffe des Zeltes wurden an einer Seite durchgerissen. Dort strömten sie herein.

»Tut mir leid!«, entschuldigte sich Hannah, die vor Erschöpfung kaum noch auf den Beinen stehen konnte.

»Flieht und rettet meinen Sohn. Ich kann sie nicht aufhalten. Sie sind außer sich vor Wut und gehorchen meinem debilen Mann mehr als mir«, warnte uns Hope, die nackt, eingerahmt von ihren Haaren, inmitten eines roten Teppichs kauerte.

»Wie kommen wir hier wieder heraus?«

Fabienne traf den Nagel wieder auf den Kopf. Wir besaßen nun Theos Käfig und den Schlüssel, hatten aber keinen Schimmer, wie wir aus diesem Zelt, umzingelt von unseren Feinden, kommen und den Diamanten einsetzen sollten.

»Beeilt euch!«, schrie Hope, die ihren Kopf nicht hob, worüber ich sogar froh war.

»Ich kann nicht mehr zaubern«, teilte Fabienne uns mit.

Hannah pflichtete ihr bei und ich hatte generell nicht die Macht, diese Horde von Wandlern zurückzuhalten. Immer mehr kamen durch den gebrochenen Schutzschild. Einige als Tiere, andere als Menschen.

Nicht jetzt. Wir sind so weit gekommen!

Ich hörte etwas, das klang wie Hufe, auf uns zureiten. Schneller, gieriger und immer näherkommend. Das dazugehörige Tier drängte sich durch alle hindurch.

»Ein Hirsch?«, fragte Hannah.

»James Potter?« Wahnsinn! Wie konnte Fabienne auch jetzt noch an so was denken.

Darauf thronte ein Reiter. Nicht irgendeiner.

»Josh«, nuschelte ich.

Er ritt auf dem Hirsch, den ich deshalb als Dean identifizierte.

»Kommt rauf!«, brüllte Josh und ritt geradewegs auf uns zu. Zentimeter von uns entfernt, bremste der Hirsch und drehte sich zu uns, damit wir aufspringen konnten. »Steigt endlich auf!« Ich musterte ihn misstrauisch. Hannah und Fabienne erwarteten eine Antwort von mir. »Erdnussbutterwurst!« Josh benutzte unser Wort.

Egal, wir müssen hier weg.

Ohne weitere Diskussion, die wir uns auch nicht hätten leisten können, packte ich seine Hand und sprang hoch. Zusammen mit den anderen ritt Dean zur anderen Seite. Ich warf mit letzter Kraft alle Wandler zur Seite. Dean, der größte Hirsch mit dem weitest verzweigten Geweih auf der Welt, galoppierte durch die Menge.

Überall riefen sie: »Verräter! Missgeburt! Tötet ihn! Überläufer!«

Es schien also kein Trick gewesen zu sein, uns zu retten.

Außer, dass die Wandler ebenso gut mitspielen wie Josh und Dean.

Ich hielt mich an Josh fest, als würden wir auf einem Motorrad sitzen, und zwickte ihn so heftig, dass er laut aufschrie.

»Das geschieht dir recht, du saublödes Arschloch!«, keifte ich in sein Ohr. »Du hast mir einiges zu erklären, wenn wir heil hier herauskommen!«

Josh antwortete nichts darauf und nickte lediglich. Hinter uns war eine Herde Wölfe, Löwen, Pumas, Kojoten, Bären, Stiere, Vögel und andere Tiere her. Staub wirbelte überall auf und belegte meine Zunge mit dem Geschmack von Erde. Der Wind peitschte meine Haare wild umher und in meinen Händen brannten Theo und der Schlüssel, der ihn retten konnte.

Dean rannte mitten auf einen Berg zu. Wollten die sich zusammen mit uns umbringen?

»Hey!«, kreischte Hannah panisch.

»Ach, du Scheiße!«, tönte Fabienne, taktvoll wie immer.

»Josh! Was habt ihr vor?« Dieses Mal war er mir eine Antwort schuldig.

»Er will, dass ihr ihm mit eurer Gabe auf das Gebirge hochhelft«, sagte Josh schließlich.

»So viel Kraft habe ich aber nicht mehr«, jammerte Hannah, deren rosa Strähnen zu mir hervorsausten.

»Dann reiß dich zusammen, sonst verrecken wir hier und werden aufgefressen!«, beschimpfte ich Hannah forsch und es tat mir sofort leid.

Das hätte ich mir auch sparen könne, aber meine Kraftreserven und Nerven lagen blank. Betrogen, belogen, besiegt, beschimpft, gefangen genommen und verfolgt. All diese Eindrücke zu verarbeiten, während das nächste Drama an die Tür klopfte, ließ meinen Kopf zum Kochen bringen.

Dean sprang auf den Berg zu. Wir drohten daran abzuprallen. Zu sterben.

»Lass diesen Tanz mit dem Teufel zu Ende sein und bring uns hinauf zum Gebirge mit Herz und Bein«, reimte Hannah, der mein Aussetzer anscheinend zusätzliche Kraft verliehen hatte.

»Unterstütze Hannah mit meiner Gabe und trage uns nicht zu Grabe«, half ihr Fabienne mit einem kombinierten Zauber.

Wir flogen hoch, als hätte uns ein Katapult hinaufgefeuert. Zweige und breite Äste warteten auf uns, die ich mit meiner Telekinese wegdrückte, damit wir mitten hindurchsausen konnten.

Als lebendige Kanonenkugel kamen wir oben an. Was wir nicht bedacht hatten: Wir schossen über das Ziel hinaus und stoppten nicht.

»Nicht in die Himmel, du Pimmel!« So ein Zauber konnte nur von einer Person ausgeführt werden.

Aber es funktionierte! Als hätte Fabienne mit diesen Worten ihre Gabe beleidigt, fielen wir mitten im Flug wieder nach unten auf das steinige Plateau des Gebirges.

Hannah taumelte vor und legte sich auf den Rand der Klippe, um nachzusehen, was unten vor sich ging.

»Die Vögel kommen!«, warnte sie uns.

Wir kehrten um und liefen weiter nach unten. Dean als Hirsch legte einen Zahn zu und war uns einiges voraus. Josh rannte neben uns her, wohl um uns zu zeigen, dass er einer von uns war.

Dutzende Vögel taten sich wie eine Gewitterwolke hinter uns auf und stürzten sich wie Pfeile auf uns. Im Rennen konnte ich mich einige Male umdrehen und die Vögel gegeneinander feuern oder vom Weg abbringen, doch es blieben zu viele.

»Bringt die Vögel in ihr Lager, diese Versager!«

Hannahs Zauber bewirkte nichts.

Ebenso wenig Fabiennes. »Stoppt die Flügel der Vogelarten, es soll nicht ausarten.«

»Wir haben keine Kraft mehr. Unser Körper gibt keine Energie mehr frei, wir würden sonst nicht mehr überleben«, erklärte Hannah.

»Gibt es hier irgendwo eine Höhle?«, fragte Fabienne Josh.

»Das fragst du mich?«

»Du bist doch der Überläufer!«

»Ich habe euch gerettet!«

»Und uns zuerst ausgeliefert!«

»Fabienne! Josh! Nicht jetzt!«, mischte ich mich ein, wobei es vielleicht kein Später geben würde.

Meine Füße schmerzten, als ich über den steinigen Untergrund lief, und mein Knöchel dankte mir meine Strapazen auch nicht. Einige Sturzflüge der Vögel blieben ohne Folgen. Andere ritzten uns an Armen oder Beinen auf, ehe sie eine Kurve machten und sich für einen neuen Angriff bereit machten.

»Wo ist dein Freund?«, wollte Hannah von Josh wissen.

Tatsächlich war Dean außer Sichtweite.

»Ich ... ich weiß es nicht«, gestand er.

»Hat er dich jetzt stehen lassen, oder was?«, fragte ich gereizt, woraufhin er mich böse anschaute.

Wie ich es wagen kann, dich das zu fragen? Nachdem du *mich verraten hast?*

Die Vögel setzten zu einem neuen Angriff an.

»Bailey!«, alarmierte mich Fabienne, deren Miene voller Furcht auf meine Hilfe wartete.

Ich drehte mich um und wollte zu einer Attacke ansetzen, bis ich merkte, sie waren zu stark.

»Ich kann nichts machen, sie …«, sprach ich resigniert.

»Nein, vor dir!«, korrigierte mich Hannah.

Ein Loch, nein, ein Krater.

Es gibt kein Zurück mehr. Theo, was soll ich machen?

In diesem Moment fiel mir die enorme Energie ein, die ich wie eine Lawine spürte, als Hector Theo eingesperrt hatte. Ich hatte nichts zu verlieren, also versuchte ich meinen Gedanken in die Tat umzusetzen. Ich nahm das Juwel und den Diamanten aus meiner Hosentasche und hielt sie hoch.

»Lauft weiter!«

»Was hast du vor, Fleur?« Hannah verstand nicht, aber Fabienne anscheinend. Sie schnappte sich Hannahs Hand und rannte weiter. Weiter auf den Abgrund zu.

Entweder die bringen uns um oder der Sturz.

Ich bremste mich ab, machte auf der Stelle kehrt und wandte mich nicht von der Bedrohung ab.

Theo, hilf mir!

Ohne länger abzuwarten, mehr Zeit blieb mir ohnehin nicht, klatschte ich die Hände hoch über mir zusammen und presste somit den ungeschliffenen, gelben Diamanten gegen den glatten, roten Juwel.

Eine gigantische Energie setzte sich frei und übermannte die Vögel wie eine Welle aus Magie. Einmal getroffen, verwandelten sie sich zurück. Es regnete nackte Menschen, die auf dem Steinboden aufschlugen.

Die ganze Welt um mich färbte sich rot, dann gelb, dann wieder rot. Es roch nach Rost und Zuckerwatte, als ich nach oben blickte und ein Schatten durch den Himmel zuckte.

»Bailey!«

Ehe ich etwas erwidern konnte, tat der Boden, auf dem ich nun barfuß weiterlief, nicht mehr weh. Keine Schmerzen. Denn da war gar kein Boden mehr. Kein Untergrund. Nur ein tiefes Loch.

Sturz zu dir

Ich blinzelte, bis die Schwärze wich und ein dunkles Grau zurückblieb. Müde drehte ich mich zur Seite. Ein Gesicht erwartete mich wie ein freudiger Hund seinen Besitzer. Meine dunkelblauen Augen zu Schlitzen gezogen, erkannte ich es nicht. Dennoch stieß der Anblick ein wohliges Gefühl in mir aus.

Ich massierte die Stelle zwischen meinen Augen und versuchte es erneut.

»Theo?«

»Guten Morgen, Fleur.«

Ich grinste und schloss meine Lider vor Erschöpfung. Tränen sammelten sich dahinter, sodass ich kurz gezwungen war, sie zu öffnen. Seine Stimme jagte mir einen Schauer über den Rücken.

»Bitte, lass mich nicht aufwachen. Ich habe dich so sehr vermisst«, jammerte ich schluchzend und atmete tief seinen süßlichen Waldgeruch ein.

Genau diese Mischung aus süßem Wald mit irgendetwas Unbekanntem, wie ein Duft aus dem Universum, der nur zu Theo gehörte, machte ihn aus.

»Sonst bist du wieder weg, wenn ich aufwache«, fügte ich mit schwerer Zunge hinzu.

Ich berührte seine Haut, die sich so weich wie ein Baby, aber gleichzeitig rau und trocken wie ein Baum anfühlte. Niemals mehr wollte ich etwas anderes fühlen.

»Aber, wenn ich dich nicht aufwachen lasse, dann sieht du mich gar nicht mehr«, sagte er mit seiner sanften, tiefen Stimme, die sich wie eine Decke um mich legte und behütete, als wären wir Vertraute, die einander seit Jahrtausenden kannten.

Mit der Zeit dämmerte es mir und seine Worte drangen durch den Schleier meiner Müdigkeit hindurch. Noch nie war ich so rasch aus dem Schlaf gefahren.

»Theo!«

Sein verschmitztes Grinsen, seine unschuldig hochgezogenen Augenbrauen, sein Muttermahl am Ende seines markanten Kinns und die Augen, die die Nacht bedeuteten. Alles war an seiner Stelle. Alles war da, wo es hingehörte. Bei mir.

»Theo«, wiederholte ich weinerlich.

Ohne zu zögern, fiel ich ihm in die Arme. Seine Anwesenheit und seine starken Arme um mich ließen mich schwindeln. Ich konnte es nicht glauben. Er war da. Und somit waren die restlichen Zweifel beseitigt. Theo war es. Der Mann, um den sich jeder Lovesong, jeder Liebesroman und jeder Liebesfilm drehte.

»Du hast mich gerettet, Fleur.«

Ich schüttelte den Kopf.

»Du hast mich gerettet, Theo. Aus meinem eigenen Gefängnis der Unsicherheit.«

Er streichelte mir über den Hinterkopf, fuhr unter meine Haare und umfasste mit seiner großen Hand meinen Nacken. Nirgendwo würde ich mehr Sicherheit finden als hier. Niemals.

»Ich habe alles gehört durch das Juwel. Deine Worte an meine Mutter und an meinen ... an Hector.«

Ich wusste sofort, worauf er anspielte, und konnte nicht mehr darauf warten, es zu hören.

»Ich liebe dich auch, Fleur Bailey«, sagte er endlich und dann löste ich mich von ihm.

Nur kurz, um ihm noch näher zu kommen. Wir küssten uns. Es war einer dieser leidenschaftlichen Küsse, die einen alles um sich herum vergessen ließen. Der Kuss einer jungen Frau, die gedacht hatte ihre erste große Liebe an den Tod verloren zu haben.

Immer wieder setzte ich an, ihn noch inniger zu küssen, was kaum noch ging. Setzte mich auf seinen Schoß und krallte mich an seinen wilden Haaren fest. Die Gier, die hinter unserem Kuss stand, wurde von der Angst, jemals wieder getrennt zu werden, beflügelt.

»Langsam wird es peinlich für uns, Bailey.«

Aufgeschreckt wie ein Reh, das in einen Lichtkegel geraten war, hüpfte ich hoch.

»Fabienne!«

»Wir sind auch hier«, meldete sich Hannah und dann erkannte ich auch Josh und Dean.

Ich musste mich bemühen alle zu sehen, da es ziemlich dunkel war.

»Der Sturz.« Deshalb fiel es mir so schwer, jemanden zu erkennen.

»Wie weit sind wir gefallen?«, informierte ich mich.

Josh zeigte nach oben und ich entdeckte Sonnenuntergangsorange. Einige Meter mussten es bis dorthin sein.

»Wie lang seid ihr schon wach?«, fragte ich.

»Wir waren gar nicht ohnmächtig«, sagte Josh.

Ich fasste an meinen Kopf, spürte aber keine Wunde. Vielleicht hatte mich auch die Energiewelle, die aus dem Juwel und dem Diamanten kam, ausgeknockt.

»Josh!«, entfuhr es mir.

Mit geballten Fäusten und wirr abstehenden Haaren trampelte ich zu ihm wie eine Furie. Er rutschte zurück, presste sich gegen die Steinwand und hob abwehrend seine Arme, die ihm als schlechtesten Schutzschild der Welt dienen sollten. Mit einem Blinzeln drückte ich sie wieder herunter und musterte ihn.

Ist das mein Josh? Oder eine böse Kopie?

»Warum?«

»Ich erzähle es dir«, meldete sich Dean, statt Josh, der nackt neben ihm saß. Auf seinem Schritt lag das Shirt seines Liebsten.

Ich bin gespannt.

Ich verschränkte meine Arme wie eine Schleife vor meiner Brust und wartete auf seine Geschichte, wobei ich mich fühlte, als wäre ich der böse Cop bei einer Befragung. Nur dass der gute Cop fehlte.

»Ich bin ein Wandler«, gestand Dean.

»Was du nicht sagst, dass hätten wir jetzt nicht gedacht«, zischte ich.

»Lass ihn ausreden, Fleur.« Theos Worte besänftigten mich und ich fragte mich, ob er Deans Story kannte.

Mit einer Geste der Hand bedeutete ich Dean weiterzusprechen.

»Ich bin ja nicht der größte Proll oder so selbstbewusst. Für mich war's auch ziemlich schwierig, mich während ich unter den Menschen war, nicht zu verwandeln, aber zum Glück musste ich ja nur in der Schule menschlich bleiben.« Er knetete verlegen den Ärmel von Joshs Shirt.

»Also wurde ich gezwungen mit Harry mitzugehen und dabei zu helfen, dich mitzubringen. Somit konnte ich auch trainieren, länger Mensch zu bleiben und meine Verwandlungen hinauszuzögern. Also bin ich zu euch in die Schule gekommen und ...«

»Und hast dich an Josh rangemacht, um an mich zu kommen«, unterbrach ich ihn harsch.

»Nein, nein!« Er schüttelte energisch den Kopf, als wollte er eine Fliege verscheuchen.

»Meine Familie ist kein Freund von gleichgeschlechtlicher Liebe. Sie meinen, es macht krank und schwach. Als ich Josh kennengelernt habe, haben wir uns in kürzester Zeit verliebt und nichts davon ist jemals gespielt gewesen. Irgendwann habe ich ihm auch alles erzählt ...«

Ich musste einfach wieder dazwischenfunken, das war mir zu ungenau. So leicht kamen mir die beiden nicht davon.

»Und du warst dir darüber im Klaren ... *was* ich bin?«

Josh übernahm diesen Teil der Erklärung.

»Ja, aber ... Lass mich ausreden«, er kannte mich zu gut, er war ja auch mein bester Freund, »so einfach ist das nicht.«

Josh setzte sich weiter vor und nahm Deans Hand. »Dean hat mir gesagt, er mag die Lebensweise der Wandler nicht und er versicherte mir, würde er nicht mithelfen, dich ins Camp zu bringen, würde nicht nur er sterben, sondern auch jemand viel Gefährlicheres kommen, der dich holen wird. So oder so, irgendwann hätten sie dich gefunden und ins Camp geschleift«, quasselte Josh so schnell, dass ich nichts sagen konnte.

»Ich«, übernahm nun Dean, »bin auch bei deiner Entführung dabei gewesen und habe darauf geachtet, dass die anderen beiden Enchanter deine Eltern nicht umbringen.«

In meinen Ohren klang das wie eine einzige Melodie von Lügen. Unstimmig und irgendetwas fehlte.

»Und die anderen beiden Enchanter haben nicht gecheckt, dass Harry zu euch gehört und du keiner von ihnen bist?«, hakte ich nach.

»Antworte schneller!«, rief Hannah, die dem Braten auch nicht traute.

»Harry kann gut spielen, wenn es um seine Kinder geht und …«

»*Kinder?*«, unterbrach Fabienne.

»Er hält nur zu uns … zu den Wandlern, weil Hector seine Kinder hat. Jetzt ist er mit ihnen in einem ähnlichen Keller wie du untergebracht.«

Wow. Damit hätte ich niemals gerechnet. Ich dachte, Harry ist schlichtweg böse.

»Weiter.« Theo kam zu mir und nahm meine Hand.

Zwei Pärchen, die sich gegenüberstanden und herausfinden wollten, woran sie beim anderen waren.

»Harry hat erzählt, ich bin ein Cura. Die beiden anderen sind von deiner Stadt gewesen. Sie sind nur bei deiner Entführung dabei gewesen, also haben sie nicht gesehen, dass ich nicht mit ins Camp gekommen bin. Dennoch haben sie den Befehl bekommen, deine Eltern zu töten, falls wir dich nicht frei kriegen. Eine Teilnahme an dem Camp ist schließlich verpflichtend.«

Bestimmt eine Regel von Taran.

Deans Erklärungen klangen logisch und nachvollziehbar. Trotzdem wollte ich als gebranntes Kind nicht anbeißen. Das merkte auch Dean und sprach von selbst weiter.

»Ich bin sowieso nur dabei gewesen, weil Hector einen Beweis dafür wollte, dass Harry zu uns gehört und keine geheimen Absprachen mit den beiden anderen Enchantern hält.«

»Und warum sollten die Wandler Josh bei euch aufnehmen? Menschen hasst ihr doch noch mehr als Enchanter, oder nicht?« Bei meiner Frage achtete ich darauf, Dean, ohne zu blinzeln, anzustarren.

Er wirkte nervöser als ich bei einem Mathetest, und das hieß etwas. Josh ließ seine Hand los und wischte sich den Angstschweiß an der Hose ab.

»Josh haben sie akzeptiert, weil ich gesagt habe, er hätte ja bewiesen, dass er zu uns hält, weil er dich ... erstochen hat. Die im Camp kennen ihn ja, weil er zu dir gekommen ist. Also hätten wir ihn als einzigen Überlebenden zurückschicken können, um Infos zu beschaffen. Danach hätten wir ihn ja töten können.«

Na toll!

»Später haben Josh und ich ja schon geplant euch zu retten und abzuhauen, damit niemand stirbt. Ich wollte Josh auch nicht in Gefahr bringen, aber als er mit euch mitgekommen ist, um Theo zu retten, und dann das Spiel begonnen hat, sich auf die Seite der Wandler zu stellen, blieb mir nichts anderes übrig, als mitzuspielen«, stotterte Dean noch, als hätte er meine Gedanken gelesen. Seine hellblonden Haare zitterten beim Sprechen mit.

»Also hast du mich nicht verraten, sondern die letzte Option gewählt, die es gegeben hat, uns zu retten?«, wandte ich mich an meinen besten Freund.

»Ja, Fleur. Erdnussbutterwurst! Du weißt, dass ich mich niemals gegen dich stellen könnte. Ich weiß nur, wie misstrauisch du bist. Hätte ich dir davon erzählt, hätte ich Angst gehabt, dass du im Camp irgendwem davon erzählst und das auf Dean zurückfällt. Harry durfte nichts ahnen. Sonst hätte er Hector davon erzählt, damit seinen Kindern nichts passiert.«

Josh überlegte offensichtlich, was er noch sagen könnte, um glaubhaft zu wirken.

»Ich habe mir gedacht, wir ziehen das durch, und nach deiner Ausbildung im Camp ist alles vorbei. Dass ein großer, magischer Krieg ausbricht und du dich in den Sohn des Wandlerkönigs verliebst, hatte ich ja nicht vorhersehen können.«

Damit beendeten Josh und Dean ihre Erläuterungen und ich war nun an der Reihe, mir meine Meinung zu bilden.

Das dauerte auch nicht lange.

»Wenn du das noch einmal machst, zwinge ich euch beide mit Greta zu schlafen«, drohte ich den beiden und versuchte nicht zu grinsen, was mir nicht gelang.

Viel zu groß war meine Freude darüber, dass Josh mich nicht verlassen hatte. Dazu hätten sie auch gar keinen Grund mehr. Steckte ich zwar in einer noch größeren, abgekarteten Inszenierung fest, hatten es sich die beiden jedoch völlig bei den Wandlern verscherzt.

Theo drehte mich zu sich wie bei einem Tanz.

»Ich will dir auch noch mal für dein Vertrauen danken. Ohne dich wäre ich gefangen in der Ewigkeit des Juwels. Und ich hoffe, du weißt, auch ohne Erklärung, dass ich dich niemals verraten würde.«

»Ich weiß, Theo.«

Fabienne räusperte sich.

»Wenn ihr Turteltauben jetzt fertig seid, würde ich gern eine Frage in den Raum werfen«, unterbrach sie die friedliche, fast feierliche Stimmung.

»Und zwar?«, wollte Hannah wissen, die neben ihr auf einem Felsen hockte.

»Wie kommen wir hier wieder hinaus?«

Magisches Lagerfeuer

Hier saßen wir also. Im Kreis. Vor uns ein violettes Feuer, das Hannah gezaubert hatte. Warum violett? Weil es gut zu ihrem Reim gepasst hatte, um Feuer zu erschaffen. Über uns war die Nacht angebrochen, doch dank des magischen Lagerfeuers, an dem wir uns aufhielten, stieg kein Rauch auf. Zum Glück hatte Fabienne diese Idee gehabt.

»Und eure Energie reicht nicht, um uns alle hinaufzuzaubern? Oder ein Loch zu sprengen? Das Gebirge wegzuzaubern?«, fragte Josh zum keine Ahnung wievielten Mal, während er zum ebenso tausendsten Mal guckte, ob Deans Hose, die sie mit ihrer letzten Kraft, herbeigezaubert hatten, auch tatsächlich noch da war.

»Nein, wir haben alle zu wenig Kraft«, erklärte Fabienne mit zusammengebissenen Zähnen, »auch Bailey. Wir bräuchten alle mehr Schlaf, erholsamen Schlaf. Essen, Trinken und eben Ruhe. Sonst zaubere ich uns bis zur Hälfte hoch und wir fallen wieder herunter.«

»Unsere Gabe ist eben mit unserem Leben verknüpft«, fügte ich hinzu, um es verständlicher zu machen.

»Kann Dean denn nicht als Rentier hochfliegen und den Weihnachtsschlitten holen, um uns hier herauszubringen?«, setzte Fabienne bissig nach, die nur noch genervt war und nur noch frei sein wollte.

»Ich bin ein Hirsch, kein Rentier!«, verteidigte sich Dean mit dünnem Stimmchen.

»Pardon.«

»Sag mal, Fabienne«, begann ich, um dem Streit den Wind aus den Segeln zu nehmen, »hast du jetzt eigentlich deine …« Ja, wie nannte ich das jetzt? »Probleme mit dem Essen oder hast du das nur gesagt, um mir etwas vorzuspielen?«

Fabiennes Augen sausten in der Höhle umher und es schien ihr deutlich unangenehm zu sein, dass ich darüber sprach. Sie flocht ihre Haare, kaute ihre Unterlippe und zog die Strähnchen wieder auseinander.

»Es ist ein bisschen anders«, gestand sie. »Ich bringe einfach nichts hinunter wegen meiner Familie und natürlich musste ich modeln, um alleine mein Geld zu verdienen, was mich beeinflusst hat, aber hauptsächlich ging es mir auch darum, dass ich es mir nicht zugestanden habe, zu essen, während meine Familie eventuell hungern muss.«

Sie war wie gefesselt von den violetten Flammen und ich konnte mir immer noch nicht vorstellen, wie es in ihr aussah.

»Weißt du denn, wie es Fabiennes Familie geht?«, richtete Josh das Wort an Dean.

»Darüber weiß ich nichts. Soweit ich gehört habe, sind die aber bei Wandlern in Frankreich untergebracht und am Leben.«

Fabienne wirkte wenig erleichtert. Verständlich, wenn ich bedachte, dass sie dennoch in Gefangenschaft lebten. Aber immerhin, verweilten sie noch unter uns.

Unter meinen Fingern spürte ich Theos Schlüsselbein. Es störte mich nicht, dass auch er nur eine braune Stoffhose herbeigezaubert bekommen hatte und kein Shirt. Viel zu lange musste ich mich nach seinem Oberkörper und jedem anderen Winkel seines Körpers sehnen.

»War denn schon jemand die Höhle hier weiterverfolgen?« Hannah stand auf und zeigte in die dunkle hintere Hälfte. Ich betrachtete ihr Gesicht und würde selbst jetzt, mit hochgesteckten Haaren und verschwitztem Make-up, niemals erkennen, dass sie früher ein Mann gewesen war.

»Ich war vorhin dort pinkeln. Da ist eine Steinwand. Geht nicht weiter.«

Wann ist Theo pinkeln gewesen?

»Okay«, Hannah zog das O lang, »so genau wollte ich es auch nicht wissen.«

Abermals verstummten wir und niemand sprach. Keiner hatte einen Plan, wie wir vorgehen sollten oder von hier wegkommen würden. Und irgendwann würden die Wandler uns hier sowieso finden.

Theo streichelte meine Beine, die ich auf seine Oberschenkel gelegt hatte. Für mich wirkte es wie ein surrealer Traum, dass Theo hier neben mir saß und lebte. Egal, wie beschissen unsere Situation gerade war – mein ganzer Körper spannte sich vor Glück an. Ich hatte eines meiner Ziele erreicht und Theo gerettet. Jetzt mussten wir es nur noch schaffen, wieder lebend ins Camp und danach nach Hause zu kommen.

Leichter gesagt, als getan.

»Und wenn wir versuchen zu schlafen? Vielleicht seid ihr morgen ausgeruht genug, um uns oder wenigstens einen von uns hinauf zu zaubern?«, schlug Josh vor, der nicht wahrhaben wollte, dass wir Gaben hatten und es nicht schafften, uns zu befreien.

»Wahrscheinlich ist das sogar die einzige Wahl, die wir haben. Außer, jemand kennt einen geheimen Weg, der hinausführt«, beschloss Fabienne und schaute in die Runde.

Niemand widersprach ihr. Vermutlich traute sich das auch niemand bei ihrem Gesichtsausdruck, der wirkte, als hätte sie Tollwut.

Mit einer Handbewegung nach unten dimmte ich die Intensität der Flamme und die Umgebung der Höhle wurde dunkler, als legte sie sich mit uns schlafen.

Dean und Josh schmiegten sich eng aneinander, sodass Josh den Blondhaarigen wie eine Decke umschlang und wärmte. Dennoch blieb eine gewisse Distanz zwischen ihnen, als wäre es ihnen selbst vor uns unangenehm, ihre Liebe öffentlich zu zeigen. Was mich wieder in die Zeit zurückversetzte, in der Josh nach und nach damit startete, sich selbst zu akzeptieren.

Es hatte gute Tage gegeben, an denen er nicht so griesgrämig wirkte, sondern im Einklang mit sich. Als hätte sich die leere Seite einer Waage gefüllt.

Dennoch vergaß ich auch nicht die Tage, an denen er geweint hatte und er sich nichts lieber gewünscht hätte, als zu sein, wie die Gesellschaft ihn wollte.

Mittlerweile sprach Josh kaum noch darüber, was nicht bedeuten musste, dass es nichts mehr gab, worüber er sich den Kopf zerbrach. Als ich ihn so mit Dean sah, vertraut, aber dennoch zurückhaltend, freute ich mich für ihn seine Liebe gefunden zu haben. Aber es schwang auch meine Sorge mit, dass er sich niemals dem Gedanken, was andere von ihm hielten, entziehen könnte. Dass er einfach mit Dean aneinanderklebend und halb nackt liegen konnte wie ich mit Theo in diesem Moment, ohne sich darüber Gedanken zu machen.

Hannah und Fabienne traten rasch weg und ich betete dafür, dass wir in ein paar Stunden die Kraft gefunden hatten, hier herauszukommen.

»Worüber denkst du so viel nach, Fleur?«

Theos Flüstern streichelte meine Seele wie eine gute Ballade, die einen in den Schlaf wog.

»Alles und nichts.«

»Danke, dass es dich gibt.«

Ich grinste in Theos Oberkörper und küsste dann den Bereich neben seiner Brustwarze.

»Gerne.«

»Weißt du, wie die Wandler uns heilen konnten, ohne Cura?«, zischelte ich.

»Wer sagt, dass wir keinen Cura haben?«

Was meint Theo?

Er deutete mein Schweigen richtig. Ich verstand nicht.

»Du hast Harry damals mit den anderen Wandlern aus dem Camp geschleudert. Er ist bei uns gefangen. Wahrscheinlich haben sie ihn gezwungen euch so weit zu heilen, dass zwar Narben bleiben, ihr aber überlebt«, erklärte er und dann erkannte ich auch die Zusammenhänge.

Irgendwann, als meine Augen schwer und schwerer wurden, als fütterte jemand Unsichtbares sie mit Müdigkeit, fiel auch ich in den Schlaf. Meine Gelenke zuckten, als sie erschlafften und die Anstrengungen der letzten Stunden von mir abfielen. Für diese Nacht hätte es kein besseres Kissen als meinen Freund gegeben. Ich zog ihn fester an mich, damit ihn mir auch niemand mehr stehlen konnte. Und so drifteten wir beide in den Schlaf. Als eine Einheit.

***

Eine Explosion ließ uns alle gemeinsam aufschrecken. Theo drängte sich vor und drückte mich zurück. Uns allen war die Müdigkeit ins Gesicht geschrieben. Meine Augen konnte ich kaum offen halten. Einzig der Schock über den spontanen Angriff versetzte mich in einen hellwachen Zustand.

Die Staubwolke lichtete sich. Von oben fiel ein Sonnenstrahl exakt auf das neu entstandene Loch. Doch ich erkannte noch immer nichts.

Sie haben uns!

Dieser Satz schlich sich wie ein schwaches Licht in meine Gedankenwelt, erstrahlte nach einiger Zeit heller und blendete letztendlich meinen Verstand. Es mussten die Wandler sein, die Hannah, Fabienne, mich und die Abtrünnigen suchten.

Wir müssen hier heraus!

Wild fuchtelte ich mit den Händen um mich, als verscheuchte ich unzählige, aggressive Bienen vor mir. Doch die Hoffnung, zufällig jemanden zu erwischen, erlosch, als ich bemerkte, dass ich, ohne einen Körper wahrzunehmen, niemanden wegschleudern konnte.

»Dean!«, brüllte Theo und verwandelte sich in den silbernen Puma, der mich damals in Angst versetzt hatte.

Mittlerweile war aus dieser Angst Bewunderung geworden. Ich bestaunte den Mann, den ich liebte, der sich als Tier den Feinden stellte, die mich bedrohten.

Das Silber glänzte im schwachen Licht, als er sich den Leuten stellte, die zu uns durchgedrungen waren. Stimmen drangen zu uns durch.

»Haben wir euch endlich gefunden!«

Theo drängte sich vor mich, als er merkte, dass ich ihn hinter mich wissen wollte. Wir kämpften beide darum, wer den anderen beschützen durfte. Er gewann, als er mich mit gefletschten Zähnen anknurrte. In dieser Form flößte er einem auf jeden Fall Respekt ein.

Behutsam legte ich meine Hand auf sein samtweiches Fell, das sich anfühlte, als hätte er es mit hundert Litern Spülung gewaschen – Kokosspülung.

Der Puma wollte mich beschützen. Vermutlich lag das zum Teil an den Instinkten eines Tieres, aber zum Teil auch an seinem Stolz. Damit schien er mir nicht nur beweisen zu wollen, dass nicht nur ich ihn retten und verteidigen musste, sondern dass er auch das Gleiche für mich tun konnte. Bestimmt schlich sich auch schlechtes Gewissen ein, das er mit sich trug, weil er mir nicht von Anfang an erzählt hatte, dass er ein Wandler war.

Unsere Feinde handelten noch nicht, als gefiele es ihnen, unsere Angst zu sehen, zu riechen und zu hören.

»Sei vorsichtig, Theo«, wisperte ich.

Ich nahm ein Knurren war und ehe ich es deuten konnte, sprang bereits ein Fuchs über Theo auf mich zu. Es ging so rasch, dass ich nicht handeln konnte. Doch Theo handelte umso zügiger. Wie ein silberner Wirbelsturm wandte sich der Puma, schnappte sich den Fuchs am Schwanz, schmetterte ihn auf den Boden und brüllte ihn so laut an, dass Gesteinsstücke von den Wänden bröckelten.

Es klang, als wollte Theo damit sagen: *Lass mein Mädchen in Ruhe!*

Und abgesehen von all der Gefahr, in der wir uns befanden, schmeichelte es mir. Niemals hätte ich gedacht, dass ein Junge für mich kämpfen würde.

Der Fuchs sprang auf und fuhr Theo an. Doch der Fuchs war zu lahm. Theo fuhr herum, packte seinen Schwanz und schleuderte ihn gegen die Felswand.

Niemand griff an. Wieder standen wir uns gegenüber und die Atmosphäre wurde zunehmend einengender, bis sich etwas bewegte.

Kriege

Ich knabberte verbissen an meinem Daumennagel, was ich sonst nie tat. Aber wann war ich bis zu diesem Moment auch schon von einem Dutzend Gestaltwandler verfolgt worden, die meinen Freunden und mir nach dem Leben trachteten?

»Schneller!«, feuerte ich Hannah und Fabienne an.

Die beiden hatten zügiger als ich geschaltet und mit einem Reim ein Energiefeld erschaffen, das uns alle einhüllte. Darin hoben wir ab, hinauf zu dem Platz, an dem wir abgestürzt waren.

»Mehr geht nicht«, keuchte Hannah und klang, als benötigte sie ein Asthmaspray.

»Uns geht die Kraft aus. Ich hoffe, wir schaffen es überhaupt hoch.«

Fabienne merkte ich deutlich an, wie wenig Kraft sie noch in sich hatte. Eingefallene Wangen, als hätte sie den Brunnen ihrer Gabe bereits leer geschöpft.

»Sie sind weg«, lärmte ich, als ich nach unten guckte.

Dean als Hirsch hatte mich angerempelt und Theo mit seiner Schnauze nach unten gedeutet, damit ich es erkannte. Leider zeugte das nicht von Frieden. Eher im Gegenteil. Sie machten sich ebenfalls auf den Weg nach oben.

»Wir müssen von hier weg, bevor die uns erwarten.«

»Ach, das hätte ich nicht gedacht, Bailey!«

Diese Stresssituation brachte uns nicht nur physisch, sondern auch menschlich an unsere Grenzen. Kein Wunder, dass wir stritten und fluchten wie die Kesselflicker.

»Ich muss euch helfen«, schlug ich vor.

»Nein, Fleur«, wandte Hannah ein. »Wenn wir ankommen und sie auf uns warten, bringt es nichts, wenn wir alle drei keine Energie zum Kämpfen mehr haben.« Damit erinnerte sie mich an unsere Abmachung, die wir getroffen hatten.

Niemand glaubte daran, dass ein Hirsch, ein Puma und eine Spirit es schaffen würden, gegen Dutzende Wandler anzukommen, aber das sprach niemand aus.

Endlich durchbrachen wir die Einsturzstelle. Die Helligkeit blendete mich. Trotzdem zwang ich mich die Augen zu öffnen. Besser brennende Augen als ein Überraschungsangriff mit einer Kralle durch mein Herz.

Gerade so schafften wir es auf den Boden. Keine Sekunde zu früh. Die durchsichtige Energiehülle brach zusammen und wir landeten auf dem steinigen Untergrund.

Noch erkannte ich keinen Wandler. Hannah hustete wild und umarmte einen Felsen, an dem sie Halt suchte. Fabienne ebenfalls. Uns alle hier hinaufzutragen stellte ich mir wahnsinnig kräftezehrend vor.

»Danke, ihr habt uns das Leben gerettet«, richtete ich meine Worte an die beiden.

»Wir müssen jetzt aber weiter. Ich weiß, ihr habt ...«

»Halt deine Klappe, Bailey, und lass uns von hier verschwinden«, unterbrach mich Fabienne liebreizend wie eh und je.

Josh, der ohnmächtig auf Deans Rücken lag, wachte endlich auf. »Haben sie uns erwischt?«

»Nein, aber bestimmt nicht dank dir, *Mr. Ich kippe vor Angst aus den Latschen*«, neckte ich meinen besten Freund, während ich Hannah auf Theos Pumarücken legte. »Du warst toll, aber ruhe dich jetzt aus, okay?« Hannah erwiderte nur ein Krächzen, das ich als Zustimmung wertete.

Mein Kopf schwenkte zu Fabienne. »Ich kann noch selbst laufen«, informierte sie mich.

Also liefen wir los, das Gebirge hinunter. Theo kannte diesen Teil des Tals unter uns und brachte uns zu den Stellen, die am ungefährlichsten wirkten. Von dort aus ging es weiter. Der Boden verlief auch hier noch steil bergab, was sich allerdings als machbar herausstellte.

Steine, nasse Erde und Pflanzen erschwerten den Abstieg, aber wir hatten keine Wahl. Dabei stach uns die Hitze in den Nacken, die sich anfühlte, als drückte sie mir die Schädeldecke ein, und die meine Lider packte, um sie zuzuziehen.

»Fleur!«, brüllte Josh hinter mir.

Ich brauchte mich nicht umdrehen. An seiner Stimmlage hörte ich die Bedrohung heraus wie einen falschen Ton inmitten harmonischer Orchesterklänge.

Nicht viel später hörte ich auch die Hufe, die Pfoten, die Flügelschläge und all die anderen Geräusche der Tierarmee, die uns verfolgte wie die letzten Luftreserven auf der Welt. Ein Vorteil der Tiere: Sie waren auf jeden Fall zügiger unterwegs als wir.

Jetzt wagte auch ich es, der Armee in die Augen zu sehen. Ein Fehler. Mein Magen drehte sich um, als balancierte ich auf einem dünnen Seil zwischen zwei Planeten.

Theos Nachtaugen trafen meine. Die schwarze Nacht traf auf die dunkle See. Ich fühlte seine Sorge tief in meinem Herzen, aber ich konnte auf mich selbst aufpassen.

Dann erkannte ich Harry auf einem riesigen Adler. Das erschreckte mich weniger als die daneben. Bogenschützen auf verschiedenen, riesigen Vögeln.

Einer stach sofort heraus: ein neonpinker Vogel. Auf ihm stand eine Frau und zielte. Sie zielte direkt auf uns.

»Für unsere Schwester!«, kreischte sie wie eine Krähe so laut, dass ich befürchtete, das Gebirge bräche entzwei.

Sofort ahnte ich, wovon sie sprach. Josh hatte einen neonfarbigen Vogel mit einem Dolch getötet und jetzt hatte er, zusammen mit Dean, die Wandler auch noch hintergangen.

»Dean! Josh!«, alarmierte ich die beiden.

Zu spät! Der Pfeil sauste los. Schnitt die Luft durch. Das Sonnenlicht brach sich auf dem Metall. Ebenso leicht wie durch den Wind drängte es sich durch Deans Hirschhaut.

Er röhrte auf und stürzte.

Nein!

Josh brüllte laut auf, als es ihn mit dem Gesicht voraus auf den steinigen Boden hangabwärts katapultierte. Dean kugelte mit Josh Richtung Tal und riss Theo und Hannah mit sich. Ich wollte mich umdrehen, um sie mit meiner Gabe aufzuhalten, als ich stolperte und mit meinem angeschlagenen Knöchel erneut umknickte.

Sofort nahmen sie mich ein und gleich danach Fabienne, die ohnehin kaum noch Kraft hatte.

Meine Gedanken kugelten mit uns zusammen. Ich schaffte es nicht, irgendeinen geraden Satz zu denken. Alles überschlug sich. Überall Stimmen, Geräusche sowie Schreie und Knacken. Meine Klamotten blieben hängen, rissen auf, Haut schürfte auf und einige Stellen bekamen Schnitte ab. Steine schlugen gegen meinen Kopf. Das ging so rasch, dass ich mich auf nichts konzentrieren konnte, um meine Gabe einzusetzen. Schmerzen spürte ich kaum, die würden erst später einsetzen, falls ich überlebte und noch die Zeit hätte, Schmerzen zu spüren.

Irgendwann war ich plötzlich auf den Beinen, rannte drei, vier Schritte, ehe ich wegknickte und wieder hinabrollte.

Genauso schnell, wie es losgegangen war, stoppte es. An einem Baum. Mein Körper prallte so heftig und ungebremst dagegen, dass ich meinte ersticken zu müssen.

Ohne weitere Zeit zu verschwenden, breitete ich die Arme aus, fokussierte all meine Freunde, die von nichts aufgehalten wurden, und schrie laut vor Anstrengung auf.

Telekinesefäden platzten aus meinen Handflächen wie ein Netz. Mit vollem Gewicht fielen meine Freunde hinein und rissen meine Arme zurück, sodass es sich anfühlte, als sprengten sie all meine Bänder, Muskeln und Knochen in Hunderte Stücke. Jeder Arm drehte sich so weit zurück, dass ich buchstäblich aus dem letzten Loch pfiff. Sauerstoff quetschte sich aus den kleinsten Öffnungen durch meine zusammengebissenen Zähne.

Nachdem alle irgendwo liegen geblieben waren, zog ich mich am Baumstamm hoch. Wir waren beinah ganz unten. Ich erkannte den Wald und somit eine Chance, zu entkommen.

Wir müssen es zum Camp schaffen. Haben sie dort noch nicht alle umgebracht, ist das unsere letzte Chance.

Das Bild meiner toten Mutter verdrängte ich sofort wieder. Sie musste einfach überlebt haben. Anders könnte *ich* nicht leben.

»Aufstehen!«

Ich klatschte in die Hände. Fabienne und Hannah erhoben sich mühsam. Theo streckte seine vier Beine durch. Hannah schüttelte den Kopf und sah Theo dabei an. Sie wollte also selbst laufen, nicht mehr getragen werden. Josh hielt den nackten Dean in seinen Armen.

Überall Blut. An mir, an Hannah, an Fabienne und auch an Theos Fell. Nichts im Vergleich zu Josh und Dean. Ich konnte kaum zuordnen, ob es von meinem besten Freund oder seinem Freund kam.

»Fleur«, murmelte Josh weinerlich.

Wir hatten einfach keine Zeit. Verdammt! Schwach erkannte ich, dass sich Deans Brust hob und senkte.

»Er lebt noch, wir müssen jetzt los!«, sagte Fabienne.

Theo lief zu ihm und nahm ihm Dean ab. Dann ging es weiter. Hinein in den Wald. Theos Zuhause, aber auch seine Familie kannte den Wald hier wie ihre Westentasche.

Dieser Krieg durfte keine Leben mehr kosten, doch wie jeder würde er noch seinen Preis fordern. Das war mir bewusst.

Ich ignorierte jeden Schmerz und stechenden Blitz, der durch meine Glieder huschte, und schleppte mich vorwärts. Der Tod wäre schlimmer als jedes verlorene Bein.

Wir haben es bis hierher geschafft. Also werden wir es auch zurück ins Camp schaffen.

Manchmal erlaubte ich es mir, Josh anzuschauen. Sein leerer Blick bereitete mir Sorgen. Ich verstand seine Teilnahmslosigkeit. Möglicherweise lag seine erste Liebe im Sterben. Niemand konnte das besser nachvollziehen als ich. Dennoch lenkte ihn seine Trauer im Moment ab.

»Es bringt Dean nichts, wenn er überlebt, aber du nicht«, rief ich ihm zu, während ich einigen Bäumen auswich und über einen Busch hüpfte.

»Ich weiß«, antwortete er und schüttelte den Kopf, als hätte er verstanden.

Hannah und Fabienne preschten lautstark durchs Gebüsch, dessen Rascheln mir signalisierte, dass ich ebenfalls hindurchsprinten konnte. Aus jeder Ecke knackte und lärmte etwas. Anders ging es im Wald eben nicht. Bevor wir es uns leisten konnten, uns vor den Wandlern zu verstecken, mussten wir erst mal genügend Abstand zwischen uns und ihnen bringen.

Das klappte auch. Zumindest dachte ich das, bis ein großer Löwe auf Hannah sprang und sie niederriss.

Instinkte

Dem Löwen schenkte ich keine Zeit, sich an Hannah zu vergehen. Nicht mal einen Biss gönnte ich ihm, schon kickte ich ihn wutentbrannt in ein Gebüsch. Nackt kroch der Mann wieder heraus.

»O Mann! Ich habe die Nase voll!«, meckerte Hannah, deren rosa Haare so voller Erde und Staub waren, dass ich die Farbe kaum noch erkennen konnte.

»Danke, Fleur.«

»Fass meine Freunde nicht an!«, schrie ich den ehemaligen Löwen an und wollte ihn gerade weiterbekämpfen, als Theo vor mich sprang.

»Geh ihr aus dem Weg, spinnst du?« Fabienne schob ihn zur Seite. Zumindest schien so ihr Plan.

Theo bewegte sich in seiner Pumaform keinen Millimeter, wie eine tonnenschwere Statue. Der Unbekannte mit dem gestählten Körper und den Tattoos sprach kein Wort. Er und Theo lieferten sich einen Kampf der Blicke.

Sekunden später stand der nackte Mann auf, verwandelte sich wieder in einen Löwen und sprintete davon. Nicht in die Richtung, aus der die Wandler kamen, und nicht in die, in die ich vorhatte zu laufen.

Was haben sie wohl gesprochen?

»Böser Wolf!«, schimpfte ich Theo und schlug ihm im Vorbeilaufen auf die Schnauze.

Er winselte kurz, ehe wir uns auf den Weg machten.

Ich vertraue dir, was immer du auch gemacht hast.

»Beeilt euch«, drängelte uns Josh, der nur Dean im Kopf hatte.

»Weiß jemand die Richtung ins Camp?«

»Ich hoffe, Theo weiß es«, antwortete ich Hannah.

Wahrscheinlich kannte er die Richtung. Nur fragte ich mich, ob die Wandler nicht erwarteten, dass wir dorthin flüchten würden. Und was würde uns dort erwarten? Die Überlebenden? Der Tod?

Unwillkürlich ploppten Bilder von meinem Vater und Greta auf und ich war glücklich darüber, dass zumindest die beiden zu Hause waren und nicht hier herumirrten wie meine Mutter.

Ich hatte es satt, Menschen, Enchanter oder Wandler sterben zu sehen. Konnten wir nicht alle normal sein? Wenn normal sein bedeutete sich zu wünschen ein langes, glückliches, gesundes Leben zu leben, ohne Kämpfe, Kriege und allem, was oftmals dazugehörte?

Meine Naivität wurde mir bewusst, als ich Deans blutenden Körper neben mir auf Theos Rücken hängen sah. Ohne kindliche Überlegungen rannte ich Theo nach und hoffte bald Licht am Ende des Tunnels zu erkennen.

Ohne Vorwarnung stoppte mein Freund und wir bremsten alle. In einem Zeichentrickfilm hätte man an dieser Stelle quietschende Reifen gehört.

»Was …« Fabienne verstummte.

Ich umrundete Theo und erkannte das Hindernis.

»Ist das …«

Theo bewegte seinen Kopf auf und ab und Josh bekam die Antwort auf seine Frage serviert.

»Ach, du Scheiße«, kommentiert ich das Stück Fleisch, das vor mir lag.

Ein Torso. Der Torso des tätowierten Mannes von vorhin blutete auf dem Boden. Ohne Arme, ohne Beine und ohne Kopf. An den Tattoos erkannte ich ihn sofort. Bevor ich zu Theo guckte, wandte ich mich der Baumkrone zu.

»Leute!«

Die anderen hatten es vermutlich gemerkt. Über uns hockten einige Tiere. Es raschelte und ich drehte mich im Kreis. Immer mehr Wandler traten aus dem Wald hervor zu uns.

Wie haben die uns so schnell einholen können?

Hector trat aus dem Schatten zu uns.

»Ihr seht, was wir leider mit Verrätern tun müssen.«

Er stellte einen Fuß auf den Torso, als wäre er ein Eroberer, der eine Insel eingenommen hatte.

»Als hätte dich jemand gezwungen«, spie Fabienne ihm entgegen.

»Er hat mich mit seinem Verrat dazu gezwungen.«

Selbst Fabienne hatte nichts zu erwidern.

»Warum können wir nicht Frieden schließen?«, wimmerte Hannah, die offensichtlich um ihr Leben bibberte.

»Weil Frieden bedeuten würde, dass wir unser Maul halten und in den Wäldern der Welt verrotten, nur, weil wir unsere Verwandlungen nicht ewig zurückhalten können«, antwortete Hector und es klang wie auswendig gelernt. »Nur, weil ihr«, jetzt schaute er auf Josh, »zu dumm seid, um zu akzeptieren, dass es auch etwas wie Magie gibt.«

Es fiel mir schwer, aber ich musste ihm zu einem gewissen Grad zustimmen, aber vielleicht verschaffte mir das Sympathien. Oder wenigstens Zeit.

»Damit liegst du auch richtig.« Ich spürte ungläubige Augen, die mich begutachteten.

»So, so?« Selbst Hector schien verwirrt.

»Würden wir ...«, ich zählte mich immer noch zu den Menschen, »würden die Menschen nicht so beschränkt sein in ihrer Sicht, könntet ihr friedlich unter uns leben. Daran könnte man arbeiten, wenn ihr nicht ständig mit Mord und Totschlag auf euren Frust antworten würdet!«

»Als läge es nur an uns!«, verteidigte er sich. »Die Enchanter haben uns selbst aus jedem Gebiet der Menschen verbannt und drohen uns mit dem Tod, falls wir nur vorbeischlendern.«

»Ich sage auch nicht, dass wir alles richtig machen. Klar, müssen Menschen beschützt werden, wenn ihr sie vernichten wollt. Aber auch die Enchanter dürfen die Menschen nicht glorifizieren, sondern sollten einsehen, dass auch sie über ihren Tellerrand hinwegschauen und dazulernen müssen!«, verhandelte ich und merkte selbst, wie wichtig mir dieses Thema war.

»Denkst du, ich lüge, wenn ich deinen Sohn – einen Wandler – als Enchanter liebe? Und mein bester Freund ebenfalls?«

»Ihr habt echt ein paar heiße Schnitten bei euch«, pflichtete mir Fabienne unnötigerweise zu.

Hector machte einen Schritt vor, zwei zurück, öffnete seinen Mund und schloss ihn wieder. Er haderte mit sich selbst. Schaute bedrückt zu seinem Rudel und wirkte verwirrt. Meinten wir es ernst oder nicht?

»Ihr Enchanter und Menschen seid immer gut im Reden und Wortefinden, aber leider ist da nie etwas dahinter. Oder, was meint ihr?«, grölte Hector und drehte sich zu seinen Leuten um, die ihm applaudierten und zustimmten.

Natürlich, Hector. Mach es dir nur leicht. Du willst doch gar keinen Frieden und unter Menschen leben, weil du Angst hättest, deine Macht über diese Leute zu verlieren.

Doch diesen Gedanken verkniff ich mir auszusprechen. Außerdem mochte ich mir gar nicht vorstellen, wie Theos Kindheit unter ihm gewesen sein musste.

»Sie spricht aber die Wahrheit. Ich bin doch auch nur ein Mensch und mich stört ...«

»Halt deine Fresse, du hast unseren Dean verdorben mit deinen ... Schweinereien.«

Josh zuckte zurück bei Hectors Anschuldigungen und sagte nichts mehr. Er wirkte geknickt, obwohl er nichts auf die Meinung von Hector geben sollte.

»Schnappt sie euch«, gab Theos Vater den Befehl.

Wie ein eingespieltes Team seilten sich Spinnen von den Ästen ab und umwoben Hannah sowie Fabienne mit ihren Netzen. Ihre Augen baten mich panisch um Hilfe, während meine beiden Freundinnen aussahen wie Mumien.

»Bitte, glaube mir!«, flehte ich Hector an, der mich nicht anhörte, sondern sich lediglich zurückzog.

Mein Puma griff einige Wölfe an und ich spürte, wie unangenehm es ihm war. Denn schließlich handelte es sich bei ihnen immer noch um seine Familie.

Josh holte Dean von Theo herunter, damit er ungestört kämpfen konnte, was nicht lang ungestört gut ging. Zwei Wandler schnappten sie. Einer legte Dean auf einen Kojoten, die andere schlug Josh nieder.

Sofort hob ich die Arme, um sie von meinem besten Freund fernzuhalten, als ein Schmerz durch meine Hand zog wie die weiten Verzweigungen eines Blitzes. Als ich hochschaute, erkannte ich einen Pfeil darin.

Meine Beine wurden weich wie Marshmallows. Einen Augenaufschlag später fühlte ich den Boden unter meinen Knien. Mein Schrei machte Theo auf mich aufmerksam, der von seiner Familie übermannt wurde.

Jetzt kam die Zeit, schleichend wie der Sand einer Sanduhr. Wir würden sterben. Vereint als Liebespaar und getrennt durch den Tod.

»Theo!« Tränen trübten meine Sicht, wodurch ich sie erst wahrnahm.

Wieder als nackter Mann auf die Erde gedrückt, hatte er trotz eigener Verletzungen nur Augen für mich. Egal, was auch geschehen mochte, ihm wäre es immer wichtiger, wie es mir erginge. Überall beschützte er und kämpfte er für mich. Dieses Gefühl, in einem Blick zu erkennen, wie viel man einem bedeutete, war der größte Schatz der Welt.

Ich wartete auf den erlösenden Tod, als die Wandler, die Theo niederdrückten, allesamt wegflogen.

»Lasst sie in Ruhe!«

»Mom!«, rief ich voller Freude.

Nicht nur, weil sie lebte, sondern, weil sie uns das Leben rettete.

Danke!

Hector kam als Bär hervor. Immer mehr Wandler zogen nach. Wir waren trotzdem zu wenig.

»Wie könnt ihr es wagen, meine Tochter anzurühren, ihr Monster!«, zischte meine Mutter und schmiss sie einen nach dem anderen voller Wut gegen Bäume.

»Pass auf!«

Hector schlug mit seiner Pranke auf den Rücken meiner Mutter, woraufhin sie auf allen vieren landete.

»Schluss damit!«

Ein breiter, klebriger Faden sauste auf Hector und schlängelte sich fesselnd um ihn.

»Mama!«, kam es dieses Mal von Theo.

Das nannte man wohl präzise funktionierenden Mutterinstinkt. Die Spinne stellte sich, ebenso triumphierend wie Hector bei dem Torso, auf ihn. Danach wurde sie wieder zur Frau. Sie warf Theo ein paar Klamottenfetzen zu. Er schnappte sie und eilte zu mir. Mit einem Lumpen verband er spärlich meine Wunde und drückte mich fest an sich.

»Bring sie zurück ins Camp und ihr«, Theos Mom zeigte auf die Wandler, »krümmt ihnen kein Haar!«, befahl sie meiner Mutter und gleichzeitig auch ihren Leuten

Sie hörten auf ihre Königin.

»Danke«, sagte meine Mutter lediglich.

Opfergaben

Wir grölten alle aus vollem Halse. So verbrachten wir den gesamten Weg vom letzten Baum zur Barriere. Die Aufmerksamkeit gehörte uns. Am vorderen Eingang zum Camp empfingen uns ein paar Leute. Unter anderem Taran, der den Schutzschild für uns öffnete.

Wir lachten erleichtert auf. Ich reckte meinen Arm empor und spürte den Wind der Freiheit, während ich auf dem Rücken des Pumas saß und mit meiner verwundeten Hand Deans Körper festhielt. Seine Wunden hatten wir zwar besser, aber ebenso dürftig versorgt wie meine. Zum Glück lebte er noch.

Wir rutschten durch die Öffnung und dabei bemerkte ich die bösen Blicke, die Theo trafen, ignorierte sie aber. Nach uns kamen auch Mom, Hannah, Fabienne und Josh, ehe der Präsident die Barriere wieder verschloss.

Ohne nachzuhaken, was geschehen war, stürzten sich Curas auf uns und heilten unsere Wunden. Sogar die von Theo.

»Danke«, sagte ich an James gewandt.

»Danke, Hunter«, hörte ich von Fabienne hinter mir.

»Ich tue das nicht, weil ich das will, sondern weil ich das tun muss«, entgegnete er und huschte an mir vorbei.

Von hinten erkannte ich seine frisch rasierten Haare. Für mich hatte er keinen Blick übrig.

»Wie war es bei ihnen?«, wollte James wissen.

Ich nahm eine Decke, die er über die Schulter geworfen hatte, und schwang sie über Theo. Der wurde wieder zum Mensch und schlang sie sich um.

»Seltsam«, mehr brachte ich momentan nicht hervor.

»Ich bin so froh, dass du noch lebst, du doofer Gestaltwandler!« Josh lag auf Deans Brust, der auf einer Decke am Boden geheilt worden war.

Dean streichelte ihm über den Kopf und hob sein Kinn an. Sie unterhielten sich zuerst ohne Worte, bevor Dean etwas sagte.

»Hirsch, wenn ich bitten darf! Aber jetzt sind keine Tränen mehr nötig, wir haben es geschafft.«

»Ja, du hast recht.« Josh wischte sich seine Tränen weg und legte seine Lippen auf Deans. So behutsam, als ob er fürchtete ihm wehzutun.

Theo legte seinen Arm um meine Hüfte, zog mich zu sich und küsste mich ebenfalls. Sein Bart pikste mich, doch dieses Mal beschwerte ich mich nicht, sondern genoss es, weil es bedeutete, dass er da war. Hier bei mir.

»Fleur!«, sprach Hannah eindringlich hinter mir.

Grinsend huschte mein Kopf zu ihr. Hannahs weit aufgerissene Augen wiesen mir die Richtung. Ich folgte ihrem Blick.

Warum ist sie so nervös?

Makoto kam mit Fesseln an, kniete sich und legte sie an Deans Hand. Sofort war er auf den Beinen. Josh wollte sie ihr aus der Hand reißen, als sie ihn mit eindringlichem Blick zurückwarf.

»Was soll das?«, schrie ich ihr entgegen und wollte auf sie zugehen.

»Fleur.« Ich wandte mich zu Theo.

Im selben Moment klickten die Handschellen bei Theo.

»James, wieso?«

»Es tut mir leid, Fleur.«

»Seid ihr alle wahnsinnig geworden? Wir kommen von den Psychos – nichts für ungut, Theo, Dean – und treffen hier auf die nächsten Irren?«, hakte Fabienne mit ihren typischen Floskeln nach.

Ich suchte Antworten. Drehte mich zu jedem Gesicht. In einem fand ich, wonach ich suchte.

»Theo und Dean haben uns gerettet, Mom!«

»Taran«, begann meine Mutter auf ihn einzureden, »ich bitte dich, diese beiden Jugendlichen haben sich von den Wandlern abgewandt! Was wärst du für ein Präsident, der ständig predigt, wie uneinsichtig die Wandler sind und dass es nur an ihnen liegt, dass es keinen Frieden gibt, nur um dann jene von ihnen, die einsichtig sind, wegzusperren?«

Sie legte eine Hand auf seinen Arm und bat ihn um Milde. Seine Mimik verriet, dass sein Gehirn gerade ratterte wie ein altes Internetmodem, um herauszufinden, was er machen sollte.

»Ich liebe ihn, Taran.«

»Ich auch, also Dean. Also nicht, dass ich überhaupt irgendwas zähle, aber ja«, murmelte Josh, der mit der Hand im Rücken wieder zu uns taumelte.

Die anderen Camper, die ich jetzt erst registrierte, zogen den Kreis um uns, in dem sie standen, enger.

»Dann müsst ihr mich auch einsperren. Schließlich habe ich den Baum damals ausgeschaltet, um sie hereinzulassen«, kam es von Fabienne, die ich mit einem bösen Blick strafte. Es half keinem, wenn sie auch in Ketten gelegt werden würde.

»Dich haben wir nicht vergessen, Ms Roux. Aber dieser Junge«, Taran zeigte auf Theo, »hat auch ein falsches Spiel gespielt.«

»Ja! Und warum? Weil er bei den Wandlern genauso gezwungen wurde den stupiden Regeln zu folgen, die wir hier haben«, warf ich ihm an den Kopf. »Er wollte dort nicht sein, stand aber unter Druck. Genau wie wir Enchanter hier bei euch. Wir werden doch auch gleich alle verbannt und geächtet, passen wir nicht dazu. Wo soll Theo denn dann hin?«, fragte ich ihn und strich vor Wut meine verknoteten Haare zurück.

»Fleur«, zischte meine Mom, wahrscheinlich besorgt, dass sie mir auch etwas antun würden.

»Nein. Es ist so!«

»Mr Taran, Sir, Herr, Meister, Master, Magier. Ich«, begann Theo stotternd. »Ich kann Sie verstehen. Aber ich hatte Angst vor meinem Vater, Hector, konnte aber auch nicht hierher, weil man mir nicht geglaubt hätte. Und die Menschen konnte ich ohnehin vergessen. Einmal unabsichtlich verwandeln und ich wäre aufgeflogen. Nicht verwandelt, wäre ich gestorben.«

Seine Herzprobleme damals im Camp sind auch nur gekommen, weil er zu lange nicht verwandelt gewesen ist und fast gestorben wäre bei dem Versuch, es zu unterdrücken.

Behutsam legte ich meine Hand auf seine Schulter.

»Ich fand in keinem meiner Träume eine Lösung. Immer wieder endete jedes Gedankenkarussell im Tod. Ich wollte nur noch sterben, weil ich nirgendwo Halt fand und ohnehin nur fallen konnte. Bis ich Fleur kennenlernte und ihre Sichtweisen. Endlich gab es für mich irgendwo auf dieser Welt einen Ort, an dem mir Halt gegeben wurde. Mehr musste ich nicht über sie in Erfahrung bringen, um mir bewusst zu werden, dass ich nichts mehr wollte, als dass sie mich mochte.«

Diese Worte. Sie rührten mich. Erst stand ich nur unter Schock, bis sie mich erreichten und mit geballter Wucht, in Kombination mit den Qualen, die wir erlitten hatten, in mein Herz trafen.

»Siehst du denn nicht, dass …«

»Romeo ist tot«, unterbrach mich Taran.

Ich verstummte.

»Siehst du die Camper?«, hakte Taran nach.

Ich erkannte Hunter, James, Leyla, Seth und drei andere.

»Zwei kümmern sich um unsere Abreise.«

»Und die anderen?« Hannah ahnte bestimmt wie wir alle, worauf er hinauswollte.

»Tot. Sie sind alle tot. Wir haben den Angriff gerade so überstanden, aber mit vielen Opfern.«

Bestimmt hörte jeder mein Schlucken. Ich erinnerte mich zurück an die ersten Tage im Camp. An meine Eingewöhnungsphase hier. Wie alle sich freuten, hier zu sein. Das *Agony Grove Camp*, mit dessen Geschichten sie aufgewachsen waren. Sonnige Tage, Gelächter, Leben, Feiern, Streiche und neue Geschichten für ihre Kinder. Nun wurde aus ihnen genau das: Geschichten, die im Feuer verbrannt wurden. Sofort richteten sich meine Gedanken an die Eltern. Sie mussten außer sich vor Verzweiflung sein.

»Das tut mir so schrecklich leid.«

»Und deshalb, verstehe mich, Fleur, werde ich deine beiden Freunde einsperren. Vorerst. Wenn die Eltern dieser toten Kinder kommen, soll ich ihnen etwa erklären, dass wir zwei Wandler freilassen werden?«

Tarans Mimik erinnerte mich zum ersten Mal an einen alten Mann. Seine

Haut, die stets frisch gewirkt hatte, sah auf einmal fahl und faltig aus. Er war selbst müde. Müde von diesem Krieg.

»Ich verstehe deine Zwickmühle«, begann meine Mutter zu argumentieren, die mir meine Kraftlosigkeit ansah, »aber diese beiden Jugendlichen können nichts dafür! Man sperrt doch auch nicht vorsorglich alle Männer weg, sobald zwei einen Einbruch begangen haben.«

»Diese Antwort ist ziemlich einseitig und naiv«, kam es von Makoto, die Taran den Rücken stärkte.

Verräterin. Ich habe gedacht, du siehst es wie ich!

Taran schüttelte den Kopf.

»Führt sie ab.«

»Wenn ihr das tut, Taran!«, drohte ich ihm.

»Was dann?« Er hielt meinen Augen stand.

»Ich habe nicht so viel durchgemacht, um ihn jetzt an euch zu verlieren.«

Statt einer Antwort hob Taran die Hand und streckte einen Finger nach dem anderen aus. Einen für meine Mom, einen für Hannah, einen für Fabienne, einen für Josh und einen für mich. Sofort erstarrten wir unter seiner Kraft. Selbst mein Mund blieb steif und ich konnte nichts mehr sagen.

Die Fesseln schimmerten wie Diamanten. Wie der Stahl der Gitter, hinter denen Fabienne gesessen hatte. Sie würden halten, selbst wenn sich Dean oder Theo in Hirsch oder Puma verwandelten. Außerdem wären beide zu schwach, um gegen Taran, Makoto, James, Hunter, Leyla und die anderen zu bestehen.

Also glotzte ich auf ein wahrgewordenes Déjà-vu mit vertauschten Rollen. Bisher waren wir diejenigen in der Unterzahl gewesen. Jetzt waren die beiden Wandler von Enchantern eingekreist.

Theo und Dean wandten sich, um sich loszureißen, aber es klappte nicht. Er und ich schauten uns ohne Unterbrechung an. Bis er in einer der Hütten verschwand.

Ab diesem Moment war mir klar, dass ich weder zu den Wandlern noch zu den Enchantern gehörte, und das würde Taran bald zu spüren bekommen.

Das ewig getrennte Paar

Über vierundzwanzig Stunden ertrug ich die Qual, die mich wie eine Schraubzwinge hier festhielt. Aneinandergereiht wie Pokale, saßen Hannah, Josh, meine Mom und ich an einem Baumstamm, während die anderen feierten. Sie veranstalteten eine Party. Ich kam mir vor wie auf einer überteuerten Hochzeit, von der jemand ein Jahr hätte leben können.

Überall hatten sie Fässer mit Laternen aufgestellt. Kerzen tanzten wie Ballerinas in der Luft. Mit den Vorräten, die noch vorhanden waren, hatten sie Essen hergezaubert sowie Deko für die Tische.

Alles wirkte so glücklich, als hätten wir ein Heilmittel gegen Krebs entdeckt. Es sah aus, als hätten sie alle vergessen, dass Unzählige ihr Leben hatten lassen müssen. Einzig Seths Mimik verriet, dass er nur mitspielte, um Taran einen Gefallen zu tun. Bei den anderen war ich mir nicht so sicher, ob sie eine Maske aufgesetzt hatten oder einfach hohl waren. Obwohl ich James nicht zutraute in Partystimmung zu sein. Hunter hingegen nahm ich es ab, dass er betrunken auf einem Fass, das er seitlich zu Boden gelegt hatte, hin- und herrollte und dabei nicht die Balance verlor.

Meine Mutter hatte es sich herausgenommen, nachzuhaken, weshalb wir dieses unsinniges Fest veranstalteten.

Makoto hatte dazu nur folgende Worte übrig: »Wir freuen uns, dass wir in ein bis zwei Tagen von hier wegkommen, und ehren die Toten.«

Das war für mich ein riesiger Widerspruch, weswegen ich die Feierlichkeiten auch begutachtete, als säße ich in der stillstehenden Geisterbahn des Grauens.

»Hunger hätte ich ja schon«, sagte Hannah kleinlaut.

»Ich habe dir gesagt, du kannst dir etwas zu essen holen«, wiederholte ich mal wieder.

»Aber ich komme mir vor wie eine Verräterin. Fabienne, Dean und Theo bekommen auch nichts und ...«

»Und sie bekommen auch nichts, wenn du verhungert bist. Wir holen uns jetzt alle etwas«, beschloss ich.

Hannahs Schultern sackten erleichtert herunter. Sie schien erleichtert, weil wir uns zusammen bedienten.

Josh und sie schritten zum Buffet und wurden von den anderen jubelnd empfangen, als würden sie sich freuen, dass wir uns darauf besönnen, vernünftig zu sein. Ich rollte die Augen und ließ das unkommentiert stehen.

»Ich bin so stolz auf dich, Fleur. Du bist stark, selbstbewusst und erwachsen geworden, obwohl dein Vater und ich ...« Moms Ton klang mal stolzerfüllt, mal traurig.

»Ihr wolltet«, sprach ich mehr zu mir selbst als zu ihr, »nur das Beste für mich und habt keinen anderen Ausweg gefunden. Ich weiß gar nicht, ob ich bei meinen Kindern nicht auch so handeln würde. Die Enchanter sind so starrköpfig und vor allem so viele. Wie sollte man sein Kind sonst vor dieser magischen Welt schützen?«

»Ich muss mich natürlich zwingen meine alten Angewohnheiten abzulegen, um dich dein Ding machen zu lassen«, erwiderte sie. »Das fällt mir unheimlich schwer, aber ich mache das mit mir selbst aus. Im Stillen. Trotzdem hast du recht gehabt damit, wütend zu sein. Lügen bringt nichts! Behüte deine Kinder, wie du es irgendwann für richtig halten wirst, aber lüge sie nicht an.«

Mom fühlte sich nach diesen Worten tausendfach erleichtert, als hätte sie das schon ewig belastet. Das konnte ich ihr ansehen. So als hätte sie sich seit ihrer Schwangerschaft vorgeworfen, mich vor der magischen Welt beschützen zu wollen.

Das war doch so falsch! Ich hakte mich bei ihr ein und legte für einige Sekunden meinen Kopf auf ihre Schulter.

»Du bist die beste Mutter, die ich mir vorstellen könnte«, tröstete ich sie nicht nur, ich meinte es auch so.

Ihre Augen verrieten mir, wie gerührt sie darüber war. Der Blick schweifte ab, ehe sich ihre Züge verhärteten. Ich zog die Spitzen ihrer dunkelbraunen Haare nach, die ihr bis zum Schlüsselbein reichten.

»Und genau deshalb gehst du zu Theo. Ich halte dir den Rücken frei. Genieß die Zeit mit ihm, bis es Taran auffällt.«

Noch bevor sie zu Ende gesprochen hatte, fiel ich ihr um den Hals und drückte sie. Sie roch nach Mom: nach Pfirsich und Zimt.

Während ich über ihre Schulter schaute, erkannte ich, dass gerade niemand auf uns achtete, sondern auf Hector, der mit seinem Fass umgekippt war. Ich ergriff die Chance, huschte nach rechts weg und lief zur Hütte, in der sie meinen Freund verschanzt hatten. Die beiden Wandler wurden getrennt aufbewahrt wie jeweils ein Stück Fleisch.

Als ich die Tür öffnete, kontrollierte ich, ob mir niemand gefolgt war, und schloss sie hinter mir. Mit einem Wink löste ich zur Hälfte eines der Tücher, mit denen sie die Fenster verbarrikadiert hatten, damit kein Sonnenlicht in die Hütte fiel.

»Theo?«

»Fleur?«

Er sprang hoch. Das Rascheln seiner Ketten ließ mein Herz schwer werden. Kurz vor mir erreichten die Fesseln ihren weitesten Punkt und zogen ihn zurück. Ich schloss die letzten Meter zwischen uns und nahm sein verschwitztes Gesicht zwischen meine Hände. Die Luft stand im Raum, es stank nach salzigem Fleisch und Suppe, aber das störte mich in diesem Augenblick nicht.

»Sie werden dich finden«, zischte er mit zittriger, heißerer Stimme.

Ich hasste mich dafür, Wasser vergessen zu haben.

»Das weiß ich, aber das stört mich nicht«, wisperte ich und küsste die Stelle zwischen seinen Augenbrauen.

»Wofür war der?«

»Für den Silberpuma in dir. Er ist ein Teil von dir. Er ist du und deshalb liebe ich ihn auch.«

Er grinste, als versuchte er zu verbergen, wie sehr es ihn freute, dass ich sein Tier in ihm annahm. Vor allem da ihm sein ganzes Leben lang eingeredet wurde, den Puma in ihm akzeptierten weder Enchanter noch Menschen.

»Wie oft werden wir uns noch gegenseitig retten müssen, bis wir ein bisschen Ruhe haben?«, hauchte Theo mir entgegen.

»Ohne deine Besuche im Juwel hätte ich nicht die Kraft gehabt, zu überleben dort drinnen«, fügte er hinzu.

Also doch! Es waren nie Träume gewesen. Ich war bei Theo gewesen. Wie hatte das funktioniert? Aber vermutlich würde man die Magie niemals vollkommen verstehen können.

»Und du«, antwortete ich endlich, »hast mich den ganzen Weg vom Berg bis hierher etliche Male beschützt. Aber vermutlich werden wir uns noch oft retten müssen.«

»Wir werden uns auf ewig retten«, schwor er mir und ich nickte.

Theo legte seine Stirn auf meine und beinahe wären wir aneinander abgerutscht, weil sich ein Schweißfilm gebildet hatte. Ich schnaubte belustigt und wünschte mir, dass diese Sekunden sich stets wiederholen und damit niemals enden würden.

»Ob wir jemals ein normales Date haben werden?« Als ich diese Frage in den Raum gestellt hatte, strich Theo eine dunkelblonde Strähne aus meinem Gesicht hinter mein Ohr.

»Wir sind ja auch nicht normal«, antwortete er breit grinsend.

Sein leicht schiefes Lächeln hatte mir unglaublich gefehlt und mir fiel erst jetzt auf, wie sehr.

Wie wahr, Theo.

Augenringe verdeutlichten seine Erschöpfung. Wie lange er wohl schon nicht mehr geschlafen hatte? Theo hob meine Hand hoch, direkt neben meinem Gesicht. Zuerst spielte er mit seinen Fingerkuppen an meinen, ehe wir unsere Hände ineinander verhakten wie Zahnräder.

»Ich habe dich vermisst.«

»Ich dich auch.«

Er ergriff die Initiative, legte seinen Arm und meine Hüfte und drückte mich an sich. Mit der anderen Hand löste er sich von meiner und legte sie auf meinen Nacken. Unsere Lippen fanden sich, als gehörten sie seit vielen Leben zueinander.

Unsere Küsse übertrumpften jede Leidenschaft und jedes Synonym dafür. Sie wurden länger, die Pausen kürzer. Ich spürte, wie sehr wir uns wollten.

Warum können wir nicht jeden Tag so miteinander verbringen? Weshalb müssen wir das unmögliche Paar sein, das nicht sein darf?

»Was ist, wenn ...«

»Sht, Fleur. Nicht jetzt.«

Unüberlegt und dumm, wie ich es nie sein durfte, weil mein Leben lang kontrolliert, stürzte ich mich in diesen Liebesakt, denn es erschien mir vollkommen sinnlos, diese Minuten nicht zu nutzen.

Außerdem gab es keinen Plan, wie wir hier herauskommen konnten, egal, wie lange wir überlegten. Wir waren nicht stark genug gegen Taran, Makoto und Co.

Also vielleicht, nein, ganz bestimmt war es die beste Entscheidung, diesen Augenblick für uns zu nutzen, um *auf ewig* in Stein zu meißeln. Was auch passieren würde, das hier konnte uns keiner mehr nehmen.

Jeder seiner Muskeln, die ich berührte, ehe ich mich an sein verstrubbeltes Haar festgekrallt hatte, ließ mich alles um mich vergessen.

Theo presste mich stärker mitsamt meiner Hüfte an sich. Nach einem sanften Aufstöhnen legte ich den Kopf in den Nacken und biss mir auf die Unterlippe bei jedem Kuss von ihm auf mir.

Bei jeder Bewegung drängte sich das Rascheln seiner Fesseln in den Hintergrund. Jeweils ein Stück Metall an jedem Handgelenk mit Ketten am Boden befestigt. Sie gehörten dazu und verstummten mehr und mehr, bis es nur noch uns gab.

Einige Schritte schlich ich zurück. Nach und nach legte ich ein Kleidungsstück nach dem anderen ab. Dabei hielt ich seinem Blick stand, da ich merkte, dass ihm gefiel, was er sah. Obwohl es mir schwerfiel, da ich mich selbst unwohl fühlte. Nicht unwohl, weil ich es nicht wollte, sondern, weil ich mir meiner Wirkung, die ich offenbar auf Theo hatte, nicht bewusst gewesen war. Für mich war ich das unscheinbare Mädchen gewesen, eingesperrt in einer Seifenblase, behütet und langweilig. Keine Spur von Sexyness.

Ruckartig bewegte sich Theo zu mir, so weit es seine Fesseln zuließen. Ich lächelte unschuldig, bis die letzte Hülle gefallen war.

Immer wieder versuchte Theo sich mir zu nähern. Er riss an den Fesseln und knurrte wütend. Irgendwie schmeichelte es mir und unbewusst wurde meine Haltung aufrechter. Mit meinem Finger bedeutete ich ihm näher zu kommen, wenngleich ich wusste, es klappte nicht.

»Fleur«, flüsterte er verbissen und schlug mit den Metallketten um sich.

Um ihn weiterhin zu reizen, kam ich nur zögerlich zu Theo. Bei ihm schmiegte ich mich an ihn. Er packte mich und keuchte erleichtert.

»Gemein«, nuschelte er zwischen einem Kuss.

Mit einem verspielten Grinsen löste er sich. Er zog sich die Hose aus, die ihm jemand angezogen hatte, damit er nach seiner Rückverwandlung nicht nackt hier drinnen saß. Mit großer Geste reichte er mir seine Hand und ich legte meine darauf. Zusammen gaben wir uns schutzlos und dumm dem hin, was wir so lange vermisst hatten: Zweisamkeit.

***

Staub flimmerte in dem sperrigen Sonnenlicht, das in die Hütte trat, und ich wollte gar nicht wissen, wie stehend die Luft für jemand sein musste, der neu in die Hütte kommen würde.

Ich hörte Theos Herzschlag, da mein Ohr darüberlag. Mit langsamen Bewegungen zeichnete ich mit meinem Zeigefinger Kreise rund um seinen Bauchnabel.

Warum können wir nicht ewig hier so liegen bleiben?

»Weil wir sterben würden«, sagte Theo plötzlich.

Ich erhob mich und musterte ihn verwirrt.

Können Wandler Gedanken lesen?

»Ich kann keine Gedanken lesen.« Theo kicherte mit rauer Stimme, ehe er sich räusperte.

»Du verarschst mich!« Ich schlug ihm sanft auf die Brust und unterdrückte ein Lachen.

»Ich konnte mir nur vorstellen, was du gerade denkst, weil ich dasselbe gedacht habe«, antwortete er schließlich.

»Gedankenlesen wäre auch eine echt doofe Fähigkeit«, witzelte ich.

»Du musst nicht alles wissen, Mr«

Er grinste, ehe er mit seinen Gedanken abdriftete. Vermutlich hinaus in die Wildnis.

»Aber, wenn wir für immer hierbleiben würden, würden wir verhungern und verdursten«, sagte er und löste sich damit aus seinen Gedanken.

Theo widmete sich wieder mir und rümpfte die Nase, als er bemerkte, dass ich mich wieder anzog. Er sagte nichts, tat es mir aber gleich.

»Ich muss gehen«, sprach ich es endlich aus.

Theos Gesicht legte sich in Trauer. Ich fühlte das Gleiche wie er. Natürlich wollte ich nicht gehen und die Enttäuschung in seinen Augen schmerzte mich.

»Ich weiß, aber ich will nicht, dass du gehst.«

Bevor ich etwas erwidern konnte, hob Theo die Hand.

»Aber ich weiß, du musst. Sie dürfen dich hier nicht sehen. Du darfst nicht mit deinem Leben spielen.«

»Werden wir uns hier das letzte Mal gesehen haben?« Ich musste die Frage aussprechen. Sie drückte mir die Kehle zu und ließ mich nicht mehr atmen.

»Nein. Versprochen!«

Sagt er das, damit ich nicht traurig bin und um mich für den Moment zu beruhigen oder meint er das ernst?

Seine Augen unterstrichen, was er mir versprach. Sie strahlten wilden Mut aus und dennoch hatte ich Angst davor, mit unausgesprochenen Worten im Gepäck diese Hütte zu verlassen.

»Ich liebe dich, Theo.«

»Fang nicht damit an dich zu verabschieden, bitte.«

Brauchte er die Hoffnung, dass wir uns wiedersehen würden mehr als ich?

»Ich verabschiede mich nicht, weil ich ...«

Mitten im Satz explodierte die Tür der Hütte. Die Druckwelle schmiss die Tücher von den Fenstern. Sonne platzte in die Hütte wie Wasser, das sich seinen Weg gebahnt hatte. Ich schrie auf und Theo zog mich beschützend an sich.

Ohne es zu wollen, sog ich seinen Duft ein. Wahrscheinlich zum letzten Mal.

Sie haben uns erwischt.

Taran würde auch für mich nicht ewig Ausnahmen machen, wenn er sich von mir veräppelt fühlte. Schließlich hatte ich mich hier zum Feind gebettet, und das direkt in seinem Gefängnis.

»Ich liebe dich auch, Fleur«, flüsterte Theo mir ins Ohr.

Wir begannen also doch uns zu verabschieden.

Marmelade an der Front

Stavros peitschte Theo mit seinen eigenen Fesseln aus. Mitten am Lagerfeuerplatz. Keine Ahnung, wo er zuvor gesteckt hatte, aber er hätte dort verrotten sollen! Hunter hielt mich fest und drängte mich dazu, mir alles anzusehen. Schaute ich weg, nutzte Makoto ihre Gabe, um meine Lider aufzuziehen.

Warum, Stavros? Du hast mich doch dazu angehalten, auf mein Herz zu hören? Jetzt befolgst du Tarans Befehle, um ihm weiter in den Arsch zu kriechen und keine Probleme zu bekommen?

»Hört auf!« Mein Geschrei endete in einem hohen Ton der Verzweiflung, während ich auf den Boden sank.

Zumindest, so gut es ging, da Hunter mich ja fest umklammert hielt. Seitdem ich von seinen Ansichten erfahren hatte, stellten sich mir die Nackenhärchen in seiner Gegenwart auf. Mein Gefühl hatte sich also nicht getäuscht. Hunter hatte sich zwar als der nette, liebe Gentleman von nebenan ausgegeben, aber instinktiv hatte ich mich dagegen gesträubt, mich in ihn zu verlieben. Umso deutlicher war stets mein angenehmes Gefühl Theo gegenüber gewesen, weswegen ich mich deutlich rascher in ihn verliebt hatte, als es die Logik zuließ. Aber Liebe und Logik vertrugen sich ohnehin noch nie. Werden sie vermutlich auch niemals.

»Bitte!«

Völlig hilflos suchte ich mit flehendem Blick nach jemandem, der mir Beistand leisten konnte. Ich fand niemanden. Selbst Hannah, meine Mutter und Josh hatten sie eingesperrt, um mir eine Lehre zu erteilen, was mit Verrätern geschieht. Mittlerweile betrachtete ich meine Sorgen vor diesem Sommer als wahre Luxusprobleme. Was würde ich jetzt dafür geben, wenn meine einzige Angst die wäre, wie ich meine Mutter überreden könnte mit meinen Freunden ins Schwimmbad gehen zu dürfen.

Jeder Hieb dröhnte noch Sekunden danach in meinen Ohren. Während mir jeder Schlag selbst wehtat, ertrug Theo die Qualen ohne Geräusche. Er zuckte, biss sich auf die Lippen, krallte seine Hände und Füße in die Erde, aber Schreie erstickte er sofort in seiner Kehle, sodass es klang, als würgte er mit geschlossenem Mund.

Die roten Stellen nach den ersten Schlägen wurden zu Striemen und verwandelten sich in Blutergüsse, bis sein Rücken wirkte wie ein Mienenfeld, auf dem rote Erdbeermarmelade verteilt wurde.

»Hört ...«, brüllte ich los, sodass meine Stimme sich überschlug und es mich selbst schmerzte sie zu hören. Eine enorme Welle der Magie, die ihren Ursprung in meinem Herzen hatte, vermischte sich mit meiner Gabe zu einer übermächtigen Ladung Energie. Und sie stieß ich nun aus jeder Pore meines Körpers. »... auf!«

Hunters Griff spürte ich nicht mehr. Dafür fühlte ich deutlich die Präsenz des Spirits in mir. Ich streckte meine Arme neben mir aus.

Die Welle zog sich weiter. Nahm sich alles, was sie erfasste. Riss die restlichen Camper von ihren Füßen, schmetterte Stavros mit Makoto durch das lodernde Lagerfeuer, das sie angezündet hatten, entfernte alle Dächer von den Hütten und zwang Taran dazu, sich gegen meine Telekinese zu stellen.

Nach und nach brachen die Holzstämme, die als Wände der Hütten dienten, in sich zusammen und offenbarten mir die Sicht auf Hannah, Fabienne, Josh, meine Mom und Dean.

Ich keuchte wie ein verdurstender Hund, der siebenhundert Kilometer hinter sich gebracht hatte.

Als nach und nach die Stille über das Camp rauschte, schaute ich nicht nach den anderen und verdrängte jeden aufkeimenden Gedanken, woher meine neue Kraft kam, sondern schritt mit zitterndem Kinn zu meinem Freund. Ihn hatte meine unfreiwillige Attacke verschont.

Ich kniete neben Theo auf der aufgeweichten Erde. Aufgeweicht von seinem Blut und Schweiß. Er setzte sich hin und schaute mich an. Er bebte und machte den Anschein, weggetreten zu sein.

Behutsam, ohne etwas zu berühren, hielt ich meine Hand über seine Wunden. Er zuckte zusammen, da er Angst davor hatte, dass ich diese schmerzenden Stellen berührte. Sein gesamter Rücken glühte wie Lava.

Theo würgte. Dann spannte sich sein Gesicht auf einmal an und er übergab sich, nur um gleich danach zum Puma zu werden. Wahrscheinlich ertrug er in dieser Gestalt die Schmerzen besser oder die Wunden heilten schneller. Erschöpft legte er sich hin. Selbst für einen Puma war die Wunde übel.

Mein Blick schwenkte durch das gesamte Camp. Ich sah Leute reden, hörte allerdings nichts. Sofort fixierte ich Hunter und tat mit meiner Hand so, als erwürgte ich ihn – mit faktischen Folgen.

Hunter röchelte und wurde rot. Seine Augen weiteten sich so sehr, dass ich dachte, sie fielen ihm gleich aus dem Kopf. Ich zwang ihn zu mir, drückte ihn nieder und schaute ihm in die Augen.

»Heil ihn.«

Taran, Makoto und Stavros näherten sich. Reflexartig schoss ihnen meine freie Hand entgegen, die sie festhielt, als wären sie Federn.

Hunter schüttelte den Kopf. Unwillkürlich wurde er unsichtbar, dann wieder sichtbar. Seine Gabe spielte angesichts meiner Kraft verrückt. Und ich würde ihn töten, rettete er Theo nicht.

Die Rufe meiner Freunde und meiner Mutter ignorierte ich. Wenn es etwas gab, das ich nicht brauchte, war es Belehrungen darüber, was richtig und was falsch war. In diesem Moment spielte es für mich keine Rolle.

»Heil ihn! Sofort!« Ich quetschte die Worte durch meine zusammengebissenen Zähne.

Die kleinen Äderchen in seinen Augen schwollen an, also drückte ich mit meiner unsichtbaren Hand an seiner Kehle fester zu. Endlich nickte er und ich öffnete meinen Griff.

Noch während er die Luft förmlich fraß, um zu überleben, stolperte er zu Theo und heilte ihn binnen Sekunden vollständig.

Mit meinen Tränen verschwand die Stille. Ich weinte bitterlich los. Traurig darüber, was sie Theo angetan hatten. Darüber, wie meine Freunde und Familie behandelt worden war, und frustriert über den Fakt, dass ein friedliches Leben in Zukunft nicht möglich war – auch nicht meinerseits. Ich wollte nie jemanden verletzen, aber zuzusehen, wie sie mich oder geliebte Menschen töteten, brachte mir doch auch nichts, oder? Musste ich zum heiligen Messias, zur Märtyrerin und Mutter Theresa werden, um ein bisschen Frieden zu verdienen?

James hatte indessen alle befreit. Fabienne zauberte Klamotten über den nun wieder nackten menschlichen Körper meines Freundes. Meine Mutter nahm mich und Theo in den Arm und Hannah zauberte jeweils eine eigene, separate Barriere über Taran, Stavros, Makoto und Hunter. Mom versuchte mich mit einer Arie von »Sht, alles wird gut« zu besänftigen. Ich legte den Kopf in den Nacken.

Aus dem Augenwinkel erkannte ich Leyla, die sich mit den wenigen der restlichen Enchanter im Camp hinter dem Lagerfeuer versteckte. Was ich über die denken sollte, wusste ich nicht.

Was ich aber mit voller Gewissheit sagen konnte, war, dass die Barriere über uns mit Rissen übersäht war. Die Geschichte schien sich zu wiederholen. Mein Angriff musste diese Schäden verursacht haben, aber wie?

»Mo…«, ich hustete, da es mir die Stimme verschlagen hatte, ehe ich weitersprach. »Mom!«

»Sht, Liebes!«

»Nein, Mom! Die Barriere!«

Theo und sie hoben ihre Häupter zum Himmel. Ein Splitter löste sich, glänzte und schimmerte wie ein Diamant. Er legte sich wie eine Schneeflocke auf meine Wange und schmolz zu Magie.

»Lasst uns hier raus! Wir müssen etwas unternehmen«, meldete sich Taran mit seiner überheblichen Stimme, die ich nicht mehr hören konnte, zu Wort.

Spiel nur ruhig weiterhin den toleranten, offenen, lieben Opa, der allen und jedem hilft. Du bist nicht besser als Piper!

»Fleur, du weißt, warum die Barriere dir nicht standhielt! Erinnere dich an die Geschichte der Gaben«, kam es von Stavros.

Die Geschichte der Gaben? Die Erkenntnis traf mich wie ein Blitz. Mein Wunsch, meinem Freund und all meinen Freunden und meiner Mutter zu helfen. Dieses sehnliche Drängen, ihr Leid zu beenden. Hatte das dazu geführt, dass meine Gabe ihr wahres Potenzial ausschöpfte? Stieg die Macht der Gaben nicht mit unserer Erfahrung und unserer Energie, sondern mit unserem wahrhaftigen Wunsch, zu helfen?

»Leute, wir sind im Arsch!«, riss Josh mich aus meinen Gedanken, sodass niemand auf Tarans Angebot einging.

»Sie kommen!«, ergänzte sein Freund Dean lautstark.

Theo, Mom und ich standen auf. Mit meiner zur Faust geballten Hand sorgte ich dafür, dass Hannahs Barriere rundum Taran und Co. verstärkt wurde. Nichts wäre weniger hilfreich als Taran, der sein und ihr Gefängnis zerstörte und uns in den Rücken fiel.

Ich lehnte mich gegen meinen Freund, der seinen Arm auf meine Hüfte legte. Meine Mutter tat es ihm auf der anderen Seite gleich. Fabienne gesellte sich mit Hannah neben Theo, während Josh und Dean ihren Platz neben meiner Mutter fanden.

Dann erkannte ich sie in der Ferne auf uns zukommen. In einer Reihe aufgestellt, blickten wir als siebenköpfige Armee dem Untergang entgegen. Ich verlor keinen Gedanken daran, zu flüchten. Es hätte nichts gebracht.

Eingehüllt in einen blauen Schneesturm aus Barrierestücken, schritten sie uns im gleißenden Licht der untergehenden Sonne entgegen.

»Die Gestaltwandler.« Dean sprach das Offensichtliche aus, aber ohne Ehrfurcht, sondern mit Respekt vor der bevorstehenden Schlacht.

Sie beeilten sich nicht. Nach und nach machten sie einen Schritt nach dem anderen auf uns zu. Als Menschen grinsten sie uns an, weil sie wussten, dass der finale Kampf angebrochen war. Es würde keine Ausflüchte mehr geben. Keine Rückschläge und Verschiebungen. Diese Schlacht würde darüber entscheiden, ob wir oder sie überleben würden.

Die Hoffnung, dass Hector sich mit uns für einen gemeinsamen Plan zusammentat, wie Enchanter, Gestaltwandler und Menschen zusammenleben konnten, hatte ich spätestens im Wald nach unserer Flucht aufgegeben.

»Ich habe doch gesagt, wir haben uns in der Hütte nicht zum letzten Mal gesehen«, witzelte Theo, so unpassend es auch war.

Ich sah zu ihm auf.

»Habe ich doch auch gesagt zum Schluss.«

Theos verschmitztes Lächeln schenkte mir den restlichen Mut, den ich brauchte, um über meinen Schatten zu springen. Denn jetzt war mir klar, dass wir gemeinsam in diesen Kampf ziehen würden.

»Ich schlage vor, wir kommen ihnen etwas entgegen, was meint ihr?« Fabienne zwinkerte uns allen Mut machend zu und seltsamerweise konnte ich spüren, dass wir alle wussten, was sie meinte.

»Gute Idee«, stimmte Hannah ihr zu, der ich nicht zugetraut hätte, so forsch vorzugehen.

Dean drückte Josh fest an sich und nickte für beide. Meine Mutter küsste mich auf die Schläfe und ließ sich für ihre Entscheidung lange Zeit.

»Dann treten wir ihnen in den Arsch!« Mom lachte hinter vorgehaltener Hand über ihre ausfallende Sprache. »Ich helfe euch auch.«

Wir neigten uns nach links, wo James und Leyla aus der Menge der Enchanter hervortraten.

Die anderen, die vorhin noch bei Leyla gewesen waren, rannten vermutlich gerade in ihren Tod. Bei der Flucht nach hinten vergaßen sie die Wandler, die irgendwo im Wald herumstreiften und auf diese Torheit warteten.

»Ich auch«, schloss sich Leyla an.

»Danke«, sagte ich.

Jetzt begriff ich, wie sehr wir uns alle verändert hatten. Leyla trat aus dem Schatten ihrer Schwester, die sie beschützt hatte, und stand für sich selbst ein. James wurde vom Theoretiker zum Kämpfer, der sich der Praxis stellte. Dean akzeptierte sich selbst und legte seine Schüchternheit ab. Josh ließ seine Selbstzweifel hinter sich. Hannah hörte auf daran zu glauben, dass sie so klein war, wie andere sie machten. Fabienne nahm ihre Maske ab und somit ihren inneren Clown. Die ständigen Witze, um sich zu schützen. Sie zeigte uns, wer sie wirklich war. Eine junge Frau mit Ängsten und Mut. Meine Mutter, die mich endlich losließ und selbst aus sich herauskam. Theo, der endlich ausbrechen konnte und nicht mehr der perfekte Sohn sein musste. Mein Freund. Mein Freund! Und ich. Das Mädchen in der Seifenblase, deren schmierige Hülle geplatzt und das erwachsen geworden war.

Bald schon könnten wir alle tot sein.

Der Lärm vor dem Sturm

Wie eine Sanduhr fielen die letzten Körner der Barriere, tanzten mit dem Wind durch mein Haar und verabschiedeten sich in die Unendlichkeit. Die Gestaltwandler warteten geduldig darauf, dass sich unsere Schutzmauer in Luft auflöste. Statt darüberzuspringen oder zu -fliegen, entschieden sie sich zu warten, bis der Startschuss gefallen war.

Mein Herz raste und mit meinen schwitzigen Händen klammerte ich mich an Theo. Alles drehte sich um die Frage, ob ich Taran befreien sollte oder nicht. Mit ihnen hätten wir auf jeden Fall eine größere Chance, zu überleben. Nur, wer sagte mir, dass sie uns danach oder währenddessen nicht ebenfalls vernichteten? Nach allem, was passiert war, vertraute ich niemandem mehr grundlos. Verschenkte meinen Glauben nur noch wie seltene Päckchen an ausgewählte Leute.

»Warum liebst du mich noch mal?«, kam es plötzlich von Theo.

Verabschiedete er sich gerade?

»Weil ich es tue. Ein Gefühl, das plötzlich da gewesen ist wie eine Knospe während eines kalten Winters. Und nach jeder Sekunde, die ich mit dir verbracht habe, ist sie mehr und mehr erblüht. Und warum du mich?« Wenn man vielleicht bald stirbt, konnte ich auch eine Schippe schnulzigen Kitsches drauflegen, oder nicht?

»Du hast mich fasziniert mit deinen Ansichten. Ich kannte nur das Schwarz-Weiß-Denken meiner Familie und der Enchanter wie Hunter. Du bist interessanter und actionreicher als jede Geschichte, hübscher als jeder Einband und hast mich mit deiner Art und deinem Humor dazu gebracht, ich selbst zu sein«, antwortete er, als hätte er sich diese Ansage bereits seit Tagen überlegt.

»O Mann, ihr seid schlimmer als Bella und Edward«, kommentierte Fabienne. »Ihr wisst schon, dass wir gleich sterben können?«, fügte sie hinzu.

»Zerstör diesen schönen Moment doch nicht«, kommentierte Hannah kichernd.

James lachte ebenfalls und als Hannah das bemerkte, stoppte er sofort, als müsste er sich selbst daran erinnern, sie nicht mögen zu dürfen, weil sie das Geschlecht gewechselt hatte.

»Glaubt mir«, schob meine Mutter ihre letzte Weisheit hinterher, »in meinem Alter habt ihr gelernt, dass man jede noch so schlimme Situation nur mit Humor nehmen kann, sonst geht man unter«, und blickte Hector dabei tief in die Augen.

Es fehlte nur noch, dass Hector mit seinen Füßen am Boden scharte, weil er es nicht erwarten konnte, uns zu zerfleischen.

»Ich glaube, für deinen Schwiegervater wirst du nicht mehr die perfekte Schwiegertochter«, meinte mein bester Freund und sah mich dabei grinsend an.

»Danke, Josh! Lach nicht, Dean!«

»Es sind aber nicht so viele, wie es sein müssten. Wo sind die anderen?«, warf Leyla ein.

»Hinter meiner Mutter«, antwortete ihr Theo.

»Riesenspinnen-Mama?«, hakte Fabienne nach.

»Ja, *Riesenspinnen-Mama*«, Theo schaute Fabienne böse an. »Die Wandler mögen sie lieber als meinen Vater. Ich glaube, sie hat sich öffentlich auf meine Seite geschlagen und viele sind ihr gefolgt und greifen uns nicht an. Das hier«, er breitete seine Arme aus und setzte eine angewiderte Miene auf, »sind die letzten Unterstützer meines Vaters.«

Ich studierte sein Gesicht, doch ich erkannte darin nur Kummer, aber keine Scheu davor, sich seinem eigenen Vater zu stellen.

»Lasst uns hier raus! Alleine schafft ihr es nicht«, mahnte uns Taran.

»Sie werden euch bei lebendigem Leibe zerfleischen wie Seths Bruder«, erinnerte uns Hunter an die schlimmsten Stunden im Camp.

Damit dachte ich wieder an Seth, von dem ich gar keine Ahnung hatte, wo er sich befand.

»Wo ist Seth überhaupt?«, fragte Hannah an Leyla gewandt. Sie erwartete sich wohl von ihr eine glaubwürdigere Antwort als von Taran, Hunter, Makoto und Stavros.

»Er«, antwortete ihr James, »wurde vorgeschickt, um die Enchanter abzuholen, die uns endlich von hier wegbringen sollen. Wir hätten schon längst Hilfe bekommen sollen, aber man musste mit Bedacht die Enchanter aus den Städten und den Dörfern, die ja eigentlich in erster Linie die Menschen dort beschützen sollen, abziehen.« James neigte sich vor zu Hannah, was sie verwundert gucken ließ. »Jeder, der hierherkommt, um uns zu helfen, wird gebraucht. Also dauerte es tagelang, jene zu finden. Die Wandler aus diesen Gebieten durften auch nicht mitbekommen, dass die Städte weniger beschützt wurden, und dann musste man noch alle unbemerkt nach Griechenland einfliegen. Außerdem müssen sie ja noch heil ankommen. Das zu planen dauerte ewig.«

»So hat es uns zumindest Taran erklärt, damit wir nicht ständig nachfragen, warum niemand kommt«, streute Leyla noch ein.

Ob das der Wahrheit entsprach oder nicht, war dahingestellt. Dazu hatte ich vermutlich zu wenig Einblick in diese Welt. Sowieso zählte es nur zu überleben. Danach konnten wir uns Gedanken machen, wie wir nach Hause kommen würden.

Die Barriere bröckelte vor sich hin. Mittlerweile stand sie bereits unter Hectors Hals und würde sich bald vollständig aufgelöst haben. Es galt zwanzig Wandler auszuschalten. Zwar zählten wir selbst zwei Gestaltwandler, die mehr Feinde gleichzeitig angreifen konnten, doch es galt auch Josh zu beschützen.

»Irgendwelche Pläne, Bailey?«

»Wir überleben, Roux.«

Mom umfasste meinen Oberarm so fest, dass ich das Gefühl hatte, eine Würgeschlange erdrosselte ihn.

Hector legte seine Hand auf den Schutzschild. Erst schrumpfte die Barriere bis unter seine Fingerkuppe, dann unter die Finger, bis sie schließlich auch unterhalb der Handfläche verschwand.

Was auch passieren möge, ich würde nicht durch Hectors Hand sterben. Das versprach ich mir selbst.

Grins nur, Hector. Das wird dir bald vergehen.

»Ich knöpfe mir Hector vor.«

»Nein, Fleur. Das ist mein Vater, ich …«, erwiderte Theo.

»Genau. Es ist dein Vater und wir können uns keinen Anflug von *Das-ist-mein-Vater* leisten. Will er Frieden, legen wir sofort das Kriegsbeil nieder, aber wir lassen uns nicht von ihm umbringen.« Mich wunderte die Härte meiner Worte selbst, aber ich war nicht bereit, irgendeinen dieser Menschen hier zu verlieren, koste es, was es wolle.

»Okay, du hast vermutlich recht. Dann schaffe ich fünf.« Ob Theo sich da übernahm?

»Ich drei«

»Dean, nein!«, protestierte Josh.

Doch Dean ließ nicht mit sich diskutieren.

»Ich nehme die zwei ganz außen«, meldete sich Hannah.

»Drei packe ich auch locker«, mutete sich meine Mom zu. Ich wollte etwas sagen, aber ich vertraute ihr.

»Ich auch! Aber noch lockerer als Baileys Mom.« Etwas anderes erwartete ich auch nicht von meiner Fabienne.

»Eventuell gehen zwei, oder, nein, zwei!« Leyla hatte eindeutig an Stärke gewonnen.

»Wenn ich mir nur Hector vornehme, schaffst du dann auch einen, James?«

»Muss ich ja irgendwie. Ansonsten passe ich auf deinen Freund da auf«, ließ er mich wissen und deutete auf Josh.

Würde das alles so klappen, könnten wir gewinnen. Mir hätte es auch gereicht, sie einzusperren, aber das würde nicht klappen. Das Juwel und den Diamanten hatte ich auch zerstört, sie waren Geschichte.

Generell hatte ich es satt, zu töten. Ich würde mich dafür mein ganzes Leben verabscheuen, auch nur einem Lebewesen das Licht ausgelöscht zu haben, aber was sollte ich sonst machen? Wie könnte ich dafür sorgen, dass niemand starb, ohne auf Angriffe zu reagieren? Eine einfallslose Antwort, um mich selbst zu beruhigen und mir einzureden, es war in Ordnung, doch das war es nicht. Ich würde meine Strafe dafür bekommen, getötet zu haben, aber Hector und seine Crew ebenfalls.

Die Barriere schwankte an Hectors Knöchel. Sekunden später war sie vollkommen verschwunden und die Wandler hatten tatsächlich bis zum Schluss gewartet. Eventuell handelte es sich um eine Taktik von ihnen. Sie wollten, dass wir so lange warteten und ihnen in die Augen blicken mussten, um uns zu verunsichern.

Plötzlich löste sich Hannah aus der Reihe, trat zu James, packte ihn, zog ihn harsch zu sich und verpasste ihm den dicksten spontanen Kuss, den ich jemals erlebt hatte.

Sein Gesicht verriet seine Überraschung und als sie sich von ihm löste, gefolgt von einem lauten, schmatzenden Geräusch, schien er schwindelig zu sein.

»Wenn das hier vorbei ist, gibt's mehr davon«, sagte Hannah und ging zurück in die Reihe.

Fabienne schaute ihr mit offenem Mund entgegen.

Das hat sie nicht wirklich gerade gemacht, oder?

»Okay«, murmelte James lediglich.

Okay?! Wuhu!

»Ich feiere dich, Hannah Rosaschopf!«, brachte Fabienne endlich hervor, die ich selten sprachlos vorfand.

Das letzte Stück des Schutzschildes wirbelte an uns vorbei. Hielt bei jedem von uns einen Moment lang an, als wünschte es uns Glück, bevor es bei Leyla verpuffte.

Es gibt kein Zurück mehr. Der finale Kampf beginnt.

Wir nahmen uns alle bei den Händen.

»Strengt euch an, gebt nicht auf!«, feuerte meine Mutter uns alle an.

»Ich danke euch, dass ich euch kennengelernt habe und ich endlich ich selbst sein darf.«

»Wie poetisch, Sohnemann«, meldete sich Hector zu Wort.

Theo zuckte. Es machte ihm etwas aus. Natürlich tat es das. Sein Vater akzeptierte ihn nicht und einer der beiden würde die nächsten Stunden nicht überleben. Mittlerweile zeichnete sich das in seinem Gesicht ab. Er war nur ein Junge, der wollte, dass sein Vater auf ihn stolz war.

»Schnappt sie euch!«, brüllte Hector dazwischen und dann rannten alle auf einmal los.

Es knallte.

Den Fokus verloren

Mit dem Kopf Richtung Boden katapultierte Hector mich gegen das unsichtbare Gefängnis von Taran, Hunter, Stavros und Makoto. Man sah es zwar nicht, trotzdem fühlte es sich verdammt hart und präsent an.

Ich rutschte hinunter und drückte mich mit den Händen vom Boden ab. Als ich mich vorfallen ließ und aufrichtete, bat mich Makoto um Einsicht.

»Komm schon, ihr packt das nicht.«

Hector raste als Bär auf mich zu.

»Niemals fallt ihr mir in den Rücken!«

»Ich sehe gerne zu, vielleicht siehst du endlich ein, was für Tiere diese Wandler sind«, hetzte Hunter.

Unkommentiert sprang ich zur Seite, als Hector zuschlug. Er traf den Käfig der vier und Hunter zuckte zurück. Sofort hechtete Hector zur mir. Ich entgegnete ihm mit meiner Gabe und parierte seinen Angriff.

Eine Hand nutzte ich, um ein Fass zu mir zu feuern. Es traf Hector und er verlor die Konzentration. Ohne Umschweife tat ich so, als höbe ich ihn empor. Die Telepathie setzte das in die Realität um. Ich biss die Zähne zusammen, um ihn oben zu halten. Meine Arme gaben ein Stück weit nach, sodass ich sie erneut durchstrecken musste.

»Könnt ihr den Zauber nicht ausschalten? Ihr seid doch sonst so mächtig«, hörte ich Hunter seine Frage an Taran richten.

Seine Antwort interessierte mich – leider zu sehr.

Ich verlor meinen Fokus auf Hector. Meine Gabe wirkte nicht mehr und er stürzte ungebremst auf mich. Als ich am Boden mit ihm auf mir aufschlug, wich sämtliche Luft aus mir. Sie wurde hinausgepresst und ich fühlte mich leer.

Hector wippte auf mir hin und her und ich kreischte auf. Sein Gewicht drohte alles in mir zu brechen und zu zerreißen.

Bitte, Freunde, helft mir nicht! Kümmert euch um eure Gegner.

Ohne etwas zu bewegen, nutzte ich meine Gabe, um ihn runterzuwerfen. Ich drehte beinahe durch vor Schmerzen. Sie befanden sich überall in mir und ich wurde sie einfach nicht los. Als kämen die Schmerzen wie Mauern auf mich zugeschoben, um mich zu ersticken.

James erschien im richtigen Augenblick und heilte mich ein bisschen. Es reichte, um mich wieder kampfbereit zu fühlen. Mehr Zeit blieb ihm auch nicht, da ihn ein Fuchs verfolgte. James suchte das Weite.

»Danke!«, schrie ich ihm hinterher und richtete mich auf.

Hector konnte sich entweder gut verstellen oder ich hatte ihm bisher kaum Schaden zugefügt.

»Ich kann uns hier nicht hinaushelfen, denn die Kraft, die ich bräuchte, um den Käfig zu sprengen, würde mich töten«, sagte Taran, als wollte er, dass ich es hörte.

»Wie meinst du das?«, fragte Makoto überrascht.

»So viel Lebensenergie werdet ihr doch wohl haben?«, kam es von Stavros.

»Erstens hat Hannah dieses Gefängnis hergezaubert mit dem Wunsch, ihre Freunde vor uns zu beschützen, was sie mächtiger werden lässt. Zweitens«, als ich merkte, dass Hector sich selbst Taran widmete, schaute ich ebenfalls hin, »verliere ich beständig an Lebenskraft.«

Taran hatte seine Kluft gehoben, die mich immer an eine hellblaue Mönchskutte erinnerte, und darunter breitete sich eine rote Blutspur auf dem hellblauen Stoff aus, als würde der Himmel bluten.

»Taran!«, riefen Stavros und Makoto besorgt im Chor.

Dadurch, dass jeder in einem eigenen Gefängnis war, konnte Hunter ihn auch nicht heilen. Stavros und Makoto schienen generell zu schwach, denn die beiden hatten es bestimmt versucht sich zu befreien. Vor allem Stavros fasste sich permanent an sein Herz. Vermutlich schwächte ihn seine für einen Halbwandler typische Herzkrankheit.

Wer hat das getan?

Mich beschlich eine Ahnung und ich wandte mich zur einzigen Person, der ich es zutraute, Taran zu schwächen.

»Ich mache das alles schon ein bisschen länger, mein Schatz«, stimmte meine Mutter meinen Gedanken zu. Mom war es!

»Ihr seid alle zusammen ein räudiges Pack an Verrätern!«, fauchte Hunter.

Ich erkannte nichts von seiner liebevollen Art wieder. Seine Gesichtszüge wirkten verhärtet, aber auch wie diejenigen einer anderen Person, als hätte er eine Gehirnwäsche bekommen. Nichts wäre mir lieber, als den alten Hunter von damals zurückzubekommen, und noch gab ich die Hoffnung nicht auf. Irgendwann würde er erkennen, dass Frieden besser war als Krieg.

Mom denkt wirklich an alles.

Als hätte jemand die Pause mit einer Tröte aufgehoben, stürzten sich wieder alle aufeinander. Ich hatte keine Zeit mehr, mich zu erkundigen, wie es Theo und meinen Freunden ging. Aber ich glaubte an sie alle.

Ich drehte meine Arme rückwärts, um mich mit meiner Gabe schneller nach hinten zu bewegen. Der Schweiß lief in Strömen von mir. Hector konnte sich als Bär unheimlich flink fortbewegen, was mir große Sorgen bereitete. Sein aufgerissenes Maul starrte mir bei jedem Schnappen nach mir entgegen.

Ich stieß gegen eine Wand und hüpfte zur Seite, bevor Theos Vater mich erwischen konnte. Als ich nach hinten sah, erkannte ich, dass da keine Mauer stand, die mich aufhielt, sondern etwas anderes. *Jemand* anderes.

»Harry«, flüsterte ich seinen Namen wie einen Fluch, an den ich nicht glauben wollte.

Das einst so verhasste Mitglied der Campleitung stand aber nicht alleine vor mir. Das rote Haar war ihnen gemeinsam geblieben und es leuchtete im Feuer.

»Seth.«

Hinter mir kämpften sie weiter. Ihnen schenkten die Angreifer keine Pause, obwohl ich ahnte, dass sie es mitbekommen hatten.

»Überraschung!«, grölte Harry freudig.

»Du verdammtes Arschloch!«, brüllte Leyla ihn an, die sich an die Zeit erinnerte, als Harry sie schikaniert hatte und ihre Schwester Dilara sie retten musste.

»Wir dachten, wir positionieren Harry hinter dem Camp. Als eine Art Mitternachtseinlage, auch wenn es noch nicht Mitternacht ist«, witzelte Hector, der sich wieder als nackter Mann eine Decke schnappte, die vor nicht allzu langer Zeit seinen Sohn gewärmt hatte.

»Ich habe mir gewünscht, du wärst längst tot«, sprach ich zu Harry.

Wie konnte er so überzeugt Hector dienen, wenn er ihnen doch nur half, weil sie seine Kinder versklavt hielten?

»Was für ein Zufall! Ich habe mir dasselbe gewünscht«, entgegnete er und drückte Seth fest an ihn.

Das ließ meine Hoffnung schwinden, dass Hilfe eintreffen würde. Ich hatte geplant, die Wandler so lange hinzuhalten, bis Seth mit der Verstärkung eingetroffen war. Tja, diese Verstärkung würde nun ebenso Realität werden wie heißes Eis am Stiel.

»Hast du unserem Rotschopf erzählt, was wir für ihn geplant haben?«

Was meinte Hector?

»Selbstverständlich! Also, Kleiner, du hast gehört, dein Auftritt!«, wies Harry Seth an.

Er schüttelte den Kopf. Wovon, zum Teufel, sprachen die? Was sollte Seth für Hector machen?

»Sag es!« Harry zog einen Dolch aus seinen Stoffgürtel und hielt ihn an Seths Kehle. Ein anderes Messer fiel dabei aus dem Gürtel zu Boden.

Abermals verneinte Seth mit Tränen in den Augen.

»Sag es!«

Ich wurde unruhig. Traute mich auch nichts unternehmen. Sie würden ihn bestimmt töten, versuchte ich auch nur ihm zu helfen. Noch bevor ich Seth oder Harry weggeschleudert hätte, würde der Dolch in ihm stecken. Würde ich den Dolch anvisieren, würde Harry ihm mit bloßen Händen das Genick brechen. Und Harrys Gesicht zeigte, dass er dazu bereit war. Es sprach Bände. Wut glänzte wie ein Scheinwerfer daraus. Vermutlich würde ich auch alles machen, um meine Kinder in Sicherheit zu wissen.

»Sag es oder du wirst bald mit deinen kleinen Brüdern in der Hölle schmoren!« Nun schien auch Hector ungeduldig zu werden.

»Es tut mir«, Seth schluchzte, »leid, Fleur.«

»Schlingen sollen sich ziehen durch euch wie Wunden, damit seid ihr alle festgebunden«, reimte Seth.

Er ließ den Kopf hängen. Schleim tropfte aus seiner Nase und sein Schluchzen läutete den Zauber des Spellmakers ein.

Harry schmiss Seth wie ein benutztes Tuch hin und spuckte ihn an.

Nein!

Ich verstand sofort, was passieren würde, und schaute auf mich. Doch nichts geschah. Hector lachte mich an. Er wollte mich für sich. Ich machte auf der Stelle kehrt. Die Erde wirbelte auf.

Ein handbreites Seil platzte aus dem Boden wie eine Schlange. Zuerst zog sie sich um die Hände, Beine, Mund und Augen meiner Mutter.

»Mom!« Mit voller Wucht fiel sie zu Boden.

Als Nächste fielen Dean und Theo, nachdem sich das Seil auch um ihre Beine geschlungen hatte.

»Bitte nicht, hört auf!«, winselte ich.

Hannah und Fabienne zog es als Nächste, noch bevor sie etwas zaubern konnten, nach unten.

»Nehmt mich statt ihrer!«, flehte ich.

James war dem auch nicht lange gefeit, egal, wie oft er sich unsichtbar machte. Als ich etwas aufschlagen hörte, wurde er wieder sichtbar. Er schien auch nicht mehr genügend Lebensenergie zu besitzen, um sich so lange und so stark unsichtbar zu machen, damit er durch das Seil als Geist durchkam.

»Dieser Speer, sei dir gewiss, ich ramme ihn dir für meine Schwester durchs Gebiss«, reimte Leyla voller Wut.

Ihre Augen gierten weit aufgerissen nach Rache und Heimzahlung. Ein riesiger, dicker Metallspeer schwebte über ihr. Sie warf ihre Arme vor und der Speer flog über Harrys Kopf hinweg. Dann schlängelten sich die Seile auch um Leyla.

Harry lachte zusammen mit Hector, die nebeneinanderstanden. Sie hatte Harry nicht erwischt. Da lagen sie vor mir. Mein Freund, meine Mom und meine Freunde. Gefesselt mit Seilen, festgenagelt am Boden.

Ich drehte mich zu Harry und Hector.

»Das soll ein fairer Kampf sein, ich …?« Ich verstummte.

Viel zu spät schaltete ich. Ich war von dem, was ich sah, zu überrumpelt, um meine Überraschung zu verbergen. Hector erkannte an meinem Gesichtsausdruck, dass etwas nicht stimmte.

Sofort reagierte er und sprang zur Seite. Harry war nicht schnell genug und entkam dem Hinterhalt nicht.

»Nimm das!«, schrie Josh, den die Schlingen vergessen hatten, weil er sich versteckt hatte und Seth ihn somit nicht fixieren konnte.

Ein furchtbares Geräusch zog sie durch die Luft, als mein bester Freund den fetten Metallspeer von hinten durch Harry rammte.

Josh fiel hinter Harry auf den Hintern und starrte schockiert auf das, was er getan hatte. Sein erster Mord. War klar, dass das etwas in ihm auslöste. Aber auch bei Harry.

Der Riese betastete ungläubig das blutrote Metall, das aus seinem Bauch schaute. Mit offenem Mund schaute er mich an und dann zu Theos Vater.

»Jetzt brauchst du deine Kinder ja nicht mehr«, sagte Hector überlegend und streichelte mit dem Daumen sein Kinn.

Harry wollte etwas sagen. Anstelle von Worten sprudelte Blut aus seinem Mund. Seine Augen verdrehten sich und sein Kopf schwankte, ehe seine Beine nachgaben und er wie eine leblose Puppe umfiel.

Ich konnte ihn einfach nicht so sterben lassen, egal, wie fies er gewesen war. Nachdem ich zu ihm gerannt war, kniete ich neben ihm in seinem Blut.

»Harry?«

Seine Augen schauten mich zumindest noch an.

»Deine Kinder können nichts für dich. Ich verspreche dir, sie werden nicht sterben, okay?«

Harrys Kinn zitterte. Vielleicht vor Trauer, Reue, Schuldbewusstsein, Erleichterung oder Freude. Er konnte es mir nicht mehr sagen, denn wenige Sekunden später verlor sein Blick jegliches Leben.

Bevor ich aufstand, schaute ich nach rechts. Dort standen noch vier Wandler. Mit Hector fünf. Die restlichen hatten sie ausgeschaltet. Sie waren nicht tot, zumindest nicht alle, aber kampfunfähig.

Gut gemacht, Mom, Fabienne, Hannah, Leyla, James, Theo, Dean!

Während ich mich aufrichtete, feuerte ich den Dolch in Harrys Hand, der sich als Kojote verwandelt hatte. Gleich darauf lag er als nackte Frau am Boden. Das lenkte sie alle so lange ab, dass ich Zeit hatte, mich umzudrehen, mit meiner Gabe den Speer aus Harry zu ziehen und die Waffe hochzuheben.

»Wir werden …«, begann ich und stoppte, um den Speer hochzuhieven wie Theos Vater zuvor.

Hector schaute wieder zu mir.

»Achtung!«, warnte er seine Leute.

»… hier nicht sterben«, beendete ich meinen Satz und tat es Leyla gleich.

In meinen Gedanken steuerte ich den Speer zu den restlichen drei Wandlern. Einem Wolf, einem Panther und einem Gepard. Alle zusammen kamen sie zu Fall. Der Wolf war ausgewichen.

»Jetzt gibt es nur noch dich und mich, Hector.«

Schuldwahrer

Hector, der auf Theos Kopf stand, wiederholte seine Worte.

»Ihr beide verschwindet in den Wald.«

Josh und Seth schauten verbissen zu mir.

»Geht. Ich schaff das.«

»Aber ihre Fesseln?«, hakte Seth nach.

»Wenn du die Seile wieder verschwinden lässt, tötet sie.«

»Bist du dir sicher?«, wandte sich Josh an mich.

Ich bejahte.

»Viel Glück, Floretta.« Ich schmunzelte über den wohl letzten falschen Namen, den Seth mir gegeben hatte, und tat es ihm gleich.

»Danke, Siegmund.«

»Halt durch«, verabschiedete sich Josh, der neben sich stand, weil er Harry getötet hatte.

Kreidebleich im Gesicht sah er zu Seth. Die beiden rannten los und in den Wald. Entfernten sich weiter und weiter. Sie wurden zu kleinen Figuren am Horizont, bis sie hinter einem Baum verschwanden.

»Was würde Mutter sagen, wenn sie dich so sehen würde?«, wandte sich Theo an seinen Vater.

»Wen interessiert schon, was deine Mutter denkt.«

Wie konnte er nur sprichwörtlich über Leichen für seine Prinzipien gehen?

Mom, James, Fabienne, Hannah und Leyla richteten ihre Blicke besorgt auf mich. Wegen der Seile im Mund konnten sie nicht sprechen. Deans und Theos Lippen waren nicht bedeckt, da die Seile von dort abgerutscht waren, nachdem die beiden wieder ihre menschliche Gestalt angenommen hatten.

»Du gehst zu weit, Hector. Was hat dich nur so verbittert gemacht?«, fragte Dean ihn.

Ich vergaß ständig, dass auch er als Wandler unter der Führung von Hector aufgewachsen war.

»Wenn sich einer von ihnen bewegt oder versucht die Seile abzumachen, friss ihn, du böses, böses Tier!«, befahl er dem übrig gebliebenem Wolf.

Anstelle einer Antwort auf Deans Frage lief Hector auf mich zu. Im Gehen legte er den Menschen ab und kam als Bär näher. Hier waren wir also und traten unseren letzten Kampf an.

Brüllend legte Hector einen wahnsinnig schnellen Sprint hin. Ich peitschte meine Arme vor und entfesselte meine Gabe gegen ihn. Es dauerte nicht lange, bis er auf sie traf und sich dagegen lehnte.

»Streng dich an, Fleur! Bald ist es geschafft«, feuerte mich Dean an.

»Ich glaube an dich mit jeder Faser meines Ichs.« Theos Worte rührten mich und auch Dean gab mir Kraft, an mich zu glauben.

Leider reichte Glauben alleine nicht aus, um den vermutlich mächtigsten Gestaltwandler in ganz Griechenland auszuschalten. Rasch merkte ich, dass mir all das unendlich viel Energie geraubt hatte, sodass in jeder Sekunde, in der ich meine Gabe einsetzte, mein Lebenslicht aus mir wich wie der Dampf aus einem Teekessel.

Hector bleckte und fletschte seine Zähne und drängte sich vorwärts. Die Telekinese umschlang mein Herz und wrang es aus bis auf den letzten Tropfen meiner Energie.

Bitte, bitte ich brauche mehr Kraft, um meine Familie und Freunde zu beschützen! Nimm dir so viel Lebensenergie von mir, bis ich sterbe, aber lass sie leben!

Ob mein Flehen an meine Gabe hilfreich war? Ich hatte keine Ahnung, aber ich hörte nicht auf, es mir zu wünschen.

Meine Arme riss es immer öfter zurück und Hector sah so aus, als verringerte er mit Leichtigkeit den Abstand zwischen uns. Die Luft vibrierte und roch nach Feuer. Meine Nagelhaut platzte auf und Blut rann in feinen Bahnen hoch bis zu meinen Ellbogen.

Ich muss jetzt etwas machen!

Mit beiden Händen wischte ich nach rechts. Hector landete in einem der eingestürzten Holzhäuser. Winzige Holzsplitter schwebten in der stickigen Luft, die alles nur noch unangenehmer machte.

Ich wischte mir über das Gesicht und hatte mehr Schmutz als vorher auf den Händen. Vermutlich hatte ich jetzt auch noch die Erde in meinem Gesicht mit Blut vermischt.

Ehe ich mich fangen und wenigstens einen Teil meiner Kraftreserven füllen konnte, galoppierte Hector auf mich zu und verpasste mir einen Hieb mit seiner Pranke, der mich in ein Fass krachen ließ.

Meine Ohren sausten. Ich richtete mich auf und sah Theos Mund, der sich bewegte. Alles, was ich hörte, war ein langes Piepsen in Dauerschleife.

Enchanter-Körper hielten tatsächlich mehr aus. Zügiger als ein Mensch das hätte schaffen können, war ich wieder auf den Beinen. Trotzdem dachte es in mir: *Ich kann nicht mehr.*

Hector und ich umkreisten uns und röchelten um die Wette. Trotzdem ließen wir uns nicht aus den Augen. Es störte mich, dass meine Mutter all das mit ansehen musste.

»Vertraue auf die Wurzeln der Gaben, Fleur«, meldete sich Taran nach einer gefühlten Ewigkeit wieder zu Wort.

»Sei nicht dumm, Fleur«, beschwor mich Stavros, und auch Makoto wiederholte seine Worte.

»Lasst sie doch verrecken! Wir nehmen sie als Zeichen für unsere Rebellion gegen die Wandler, wenn wir hier raus sind«, beschwerte sich Hunter.

Seine Worte trafen mich. Ich konnte es nicht fassen, wie seine Haltung sich mir gegenüber geändert hatte.

»Bevor ich euch freilasse, hacke ich mir selbst beide Arme ab«, reagierte ich auf Tarans Süßholzgeraspel.

Ich fühlte es in meinem Herzen. Er war nicht ehrlich und sein Armer-Opa-Gerede würde mich nicht umstimmen. Er würde mich, uns alle, hintergehen, nachdem er mir geholfen hätte, Hector zu töten. Unsere Hinrichtung als Verräter würde sich nur verzögern.

Wütend schlug Taran gegen die von Hannah errichtete unsichtbare Wand. Erst einmal, dann mehrmals.

»Du verzogenes Gör!«

»Jetzt zeigst du uns dein wahres Gesicht, was?«, verkündete ich nach Tarans Ausrasten.

Nachdem er die Blicke von Makoto und Stavros erspäht hatte, bemerkte er, dass er sich verraten hatte. Seine ewige Ruhe war gebrochen. Es ging ihm nur darum, selbst gut dazustehen, und um Macht. Wie Piper. Wie Hector. Ich war es leid. Es war alles ihre Schuld. Die Schuld jener, die nach Selbstgerechtigkeit stanken und dabei nur logen.

»Hattest du jemals vor, mehr für den Frieden zu tun?«, hakte Stavros nach.

»Natürlich nicht, du verdammtes Mischwesen. Du bist nur stark und wir haben dich gut abgerichtet«, sprudelte es aus Taran heraus, der selbst über seine Worte erschrak.

»Wie bitte?«, fauchte Makoto aus ihrem Gefängnis und spuckte gegen die unsichtbare Magie.

»Ach, du halt dein Maul, du Roboterweib, das jeden Befehl ausführt, den man ihr gibt.« Er schien Gefallen daran zu finden, endlich zu sagen, was er über alle dachte.

»Und du unterstehe dich erst recht mich zu verurteilen. Du bist noch weniger wert als deine Versagerfamilie, die ständig versucht den Schein der protzigen Helfer zu wahren«, schimpfte er zu Hunter.

»Argh.« Durch die Aufregung tat Tarans Wunde mehr weh und er hielt sich den Bauch.

Irgendwie belustigt, konzentrierte ich mich wieder auf Hector und schoss mit einigen Fingerübungen alles, was ich sah, auf Hector. Wie ein tanzender Zirkusbär wich er den Gegenständen aus. Einige trafen ihn, doch es schien ihm nichts auszumachen. Woher nahm er bloß all diese Kraft?

Jammernd stöhnte ich auf und massierte mit zusammengebissenen Zähnen mein Gesicht viel zu harsch. Die Wut, gegen ihn zu kämpfen, ohne von der Stelle zu kommen und ohne Fortschritte, ließ mich verzweifeln.

»Ich kann nicht mehr«, hauchte ich erschöpfte und kratzte mich an meiner Kopfhaut.

Mein Schädel schmerzte wie nach Hunderten Hammerschlägen und ein leichtes Summen hallte noch in meinen Ohren nach. Für die Gabe der Spirits zahlte ich meinen Tribut. Ich vermutete, dass Theos Vater das auch bemerkte, weswegen er siegessicher näher kam. Langsam, weil von mir keine Gefahr mehr ausging.

Helfendes Metall

Der Wolf umkreiste meine Verbündeten, die mir alle zuschauten und ihr Leben in meine Hände gelegt hatten. Ihre Mienen verrieten eine Mischung aus Sorge, Hoffnung und Zustimmung.

»Gib nicht auf, Fleur! In dir wohnt das Tausendfache an Energie. Vertrau mir!«, rief mir Theo zu.

»Hector ist auch nicht unbesiegbar«, stimmte Dean mit ein.

Der Wolf knurrte und sie hörten sofort auf, mir Mut machen zu wollen.

Ihr Zuspruch erreichte mich dennoch. Er gab mir die Ausdauer, die ich brauchte, um den Kampf fortzuführen. Wenn nicht für mich, dann um ihnen zu helfen.

»Ich bin bereit, Hector«, forderte ich ihn auf.

Er schlug demonstrativ mit seinen Pranken auf die Erde und wirbelte Staub auf. Ein lautes Aufheulen sollte seine Kraft unterstreichen, bevor er losstürmte.

Als hätte er darauf gewartet, dass ich mich wehrte wie zuvor, rollte er sich zu einer braunen Fellkugel und hechtete zur Seite. Genau in diesem Moment stieß ich meine Telekinese aus, um seinen Angriff zu kontern.

Noch ehe ich es schaffte, meine Gegenwehr zu ändern, sprang er direkt auf mich und drückte mich nieder, sodass mein Kopf aufschlug und das Klingeln in meinem Kopf zu einem Donnern wurde. Alles in mir pulsierte und das Blut strömte wie ein reißender Fluss durch mich hindurch.

Hector würgte mich, indem er mir eine Pranke auf den Hals drückte. Ich schluckte, doch es ging nicht. Ich krächzte und zwang mich ruhig zu bleiben, doch es gelang mir nicht. Panik stieg in mir hoch wie ein Thermometer in der Sonne.

»Vater! Lass sie leben! Bitte! Ich flehe dich an!«, lärmte Theo und wandte sich wie ein Fisch im Trockenen. Mein Freund schlug um sich, bis der Wolf sich mahnend auf seinen Brustkorb stellte, um ihn daran zu erinnern, wer der Stärkere war. »Fleur!«, schrie er besorgt wieder und wieder.

Auch die anderen brüllten, so gut es ging, mit dem Seil in ihren Mündern. Doch Beschimpfungen reichten nicht, damit Hector von meiner Gurgel abließ.

Ich hob meinen Arm, den Hector sofort mit einer Pranke zu Boden drückte. Daraufhin hob ich meinen anderen Arm, wogegen er nichts tun konnte, weil ich seine zweite Pranke mit meinen Augen und meiner Gabe festhielt, und formte meine Hand zu einem Würgegriff. Der Bär sog die Luft ein und brüllte auf.

Bunte Punkte flimmerten vor meinem Sichtfeld umher und manchmal huschte ein schwarzer Schleier für wenige Sekunden zusätzlich an mir vorbei. Lange würde ich das nicht aushalten, aber auch ich setzte Hector zu.

Jetzt hieß es, abzuwarten, wer zuerst erstickte. Es fiel mir schwer, meine Lider offen zu halten. Ohne es zu merken, schlossen sie sich. Hektisch öffnete ich sie wieder, doch bald würde ich sie auf ewig schließen müssen.

»Fleur!«, nahm ich dumpf war, diesmal von Dean. Er sagte noch etwas, aber ich verstand es nicht.

Ich betete dafür, dass Hector von mir abließ, um sich selbst zu retten. Er tat nichts dergleichen. Mittlerweile nahm ich nur noch mein eigenes Sterben und die gurgelnden Geräusche aus meinem Mund wahr. Der Himmel färbte sich rosa und Hector wirkte weit, weit weg.

Reflexartig drückte ich meine Hände zusammen und verstärkte somit den Würgegriff. Die Finger der anderen Hand grub ich in den Boden und krallte mich fest – fest an meinem Leben. Der Dreck schob sich in meine Nägel und setzte sich darin fest. Die Beine strampelten ohne mein wissentliches Zutun. Irgendetwas in mir wollte sich befreien, während mein Verstand hingegen akzeptierte hatte, dass Hector niemals von mir absteigen würde.

Irgendwo in mir fand ich ein wenig Energie, die ich nutzte, um Hector von mir zu werfen. Es reichte aber lediglich dafür, dass wir uns drehten. Wir lagen nebeneinander im Schmutz. Ich hatte ihn im Würgegriff meiner Gabe und er wurde zum Menschen, was mich wenige Sekunden hektisch einatmen ließ, ehe er mich mit seinen Händen umfasste.

»Du nichtsnutzige Schlampe, die meinen Sohn mit ihren Parolen das Gehirn gewaschen hat«, würgte er hervor.

Jetzt erkannte auch ich endlich seine Blessuren, die ich ihm als Bär nicht angesehen hatte. Rotblaue Augen vom Würgen, Kratzer, Schürfwunden, Risse und blutende Wunden.

Obwohl er mich jetzt als Mensch im Griff hatte, behielt er die enorme Kraft eines Tieres bei und ich merkte rasch, dass ich ihm unterlag.

»Der Metallspeer«, verkündete Taran, der unweit von uns weg stand und arrogant auf mich hinabblickte.

Ich bohrte meine Fersen in die Erde und drehte beinahe durch, so fast ganz ohne Sauerstoff. Deshalb dauerte es, bis ich die beiden Worte verstanden hatte.

Was meint er mit Metallspeer?

»Du bist eine Spirit«, fügte er kühl hinzu und verschränkte seelenruhig die Arme, als würde um ihn herum nichts passieren und als hätte er keine blutende Wunde.

Da machte es Klick. Bei Hector anscheinend nicht, falls er überhaupt zugehört hatte. Dem Schaum an seinen Mundwinkeln und seinem aggressiven Knurren nach, eher nicht. Adern schimmerten durch seine weiße, bläuliche Haut und ich stellte mir vor, dass ich ähnlich aussehen musste.

Kochende Verzweiflung ließ mich verwirrt danach suchen. Da erkannte ich seine Spitze. Neben den Opfern, die er gebracht hatte. Direkt hinter Hector. Meine Augen rollten vor Schmerzen.

»Nein!«, wetterte Dean, der registrierte, was Taran von mir verlangte.

»Tu es. Es hilft dir, deinen Freunden und mir«, drängte mich Taran.

Mein komplexes Denken schaltete ab. Ich konnte nicht mehr. Logik verabschiedete sich und suchte ebenfalls nach Sauerstoff.

»Fleur, bitte, versuch es auf anderem Wege!«, zischte Theo außer sich vor Wut und Angst.

Sein lautes Schluchzen durchdrang alles andere, gefolgt von einem Wimmern.

»Rette deine Familie und Freunde«, versuchte Taran mich zu manipulieren.

Egal, was ich von ihm halten mochte, sein Vorschlag war möglicherweise die einzige Lösung, um uns alle zu retten. Wichtiger waren mir meine Freunde. Wichtiger als mein Leben.

Nach all den Qualen, dem mehrfachen Verrat, den Schmerzen und in Anbetracht der Tatsache, dass mir die Luft ausging, nahm ich den Tod sogar als erlösenden Retter an.

Entschieden schaute ich Hector in seine Augen. In einer anderen Welt, mit denselben Augen wie Theo, hätten wir uns vielleicht verstanden.

Ich löste meinen Würgegriff und Hector zuckte. Irritiert schaute er um sich, ließ aber nicht von mir ab. Sofort nutzte ich meine Chance und dachte an den Metallspeer, der hinter Hector ruhte.

Obwohl ich wusste, was mich erwartete, schloss ich meine Augen nicht. Meine dunkelblauen Augen, *die dem Meer bei Nacht glichen,* wie Theo gesagt hatte.

Ich behielt meinen Rivalen im Blick und stellte mir vor, wie der Metallspeer losschnellte.

Auf uns zu.

Das tat er dann auch. Ich hörte nur das Geräusch. Spätestens in diesem Moment ging Hector ein Licht auf, aber ihm blieb keine Zeit zur Flucht.

Ungebremst und ohne dass ich seine Geschwindigkeit hätte regulieren können, schoss der Speer erst durch Hectors Rücken, nur um sofort danach durch meinen Bauch zu gleiten. Dahinter kam das Metall zum Stillstand.

Laute Schreie überdeckten alles. Hector und ich schauten uns an, wie dem jeweils anderen das Leben aus den Augen wich. Die Würgegriffe von uns beiden hatten sich längst gelöst. Trotzdem besaß ich keine Kraft mehr, nach Luft zu ringen.

Über mir lagen Glasscherben.

Lebt, meine Freunde! Lebt für mich!

Mit meiner letzten Kraft bewegte ich einen Finger. Ein Splitter huschte über das Seil und riss meine Mutter los. Mit gutem Gewissen schlief ich ein. Sie würde den letzten Wolf ausschalten und meine Freunde retten.

Danke, Mom.

Todessterne

Schwärze lag über mir. Doch umso genauer ich sie inspizierte, desto klarer erkannte ich, dass es sich nicht um Schwarz handelte, sondern um Dunkelblau. Gemischt mit weißen Punkten. Kurz schimmerte die Finsternis hindurch, aber das Blau kehrte stets zurück.

Wie schnelle Trommelschläge kamen auch die Erinnerungen. Mein Herz pochte erst langsam, wurde aber mit der Erkenntnis zusammen schneller. Immerhin schlug es. Die Luft, die in meine Lungen strömte, erfüllte mich mit mehr und mehr Leben, von dem ich dachte es verloren zu haben.

Vor die Dunkelheit schob sich Haut. Haut mit Augen. Ich blinzelte einige Male. Als ich mir den Befehl gab, zu sprechen, beließ ich es bei einem Röcheln. Zu faul war ich zunächst noch, um die Zunge zu heben.

»Du lebst«, seufzte jemand und kam näher.

Dieser Jemand drückte mir seine Lippen auf und küsste mich so lange, dass ich dachte wieder ersticken zu müssen, weswegen mich kurz Panik überfiel.

»Lang nicht mehr, wenn ich nicht atmen kann«, entgegnete ich und richtete mich qualvoll auf.

Gelächter mehrerer Menschen empfing mich. Sie lebten alle. Mom, Theo, Dean, Josh, Hannah, Fabienne, James und Leyla. Ich legte meinen Kopf nach links und nach rechts. Beide Male knackte mein Nacken laut. Ich griff auf meinen Bauch.

»Ich habe tatsächlich noch so lange gelebt, dass du mich heilen konntest?«, fragte ich James, der der einzige Cura hier war.

»Gerade noch. Es hat ewig gedauert, dich halbwegs aufzupäppeln, und hat mich einiges an Kraft gekostet, aber du lebst, wie du siehst.«

Ich fächerte mir mit meinen Händen Luft zu und schaute in das Feuer, das neben mir prasselte. Ich kämpfte mit den Tränen.

»Danke, James.« Er hatte mir das Leben gerettet. Zweimal während des Kampfes.

»Ich bin es dir schuldig gewesen. Ich hätte nicht vor Angst und Demut anfangs Taran helfen sollen.«

»James hat recht. Ich auch nicht. Da bin ich einfach wieder in meine Feigheit abgerutscht«, stimmte Leyla zu.

Ich schüttelte den Kopf.

»Jeder schlägt mal einen falschen Weg ein. Wichtig ist es nur, ihn zu erkennen, daraus zu lernen und auf den richtigen zu wechseln«, sagte ich und klang dabei wie ein Spruch in einem Glückskeks.

Meine Mom streichelte sanft meine Waden, die auf ihren Oberschenkeln lagen, und lächelte, ohne etwas zu sagen. Ich spürte ihr altes Ich hochkochen, aber sie unterdrückte es. Am liebsten hätte sie mich wohl in einen gepolsterten Ganzkörperanzug gepackt und nach Hause geschleift.

»Danke, Mom. Für alles! Ich würde nicht mehr leben ohne dich. Du bist so mutig und stark und ich habe das all die Jahre nicht gesehen. Ich brauche dich, immer!«

Sie warf meine Beine nach unten, zog mich mit ihrer Gabe und einem Fingerschwenk hoch und schloss mich in die Arme. Ihre Tränen benetzten meine Wange.

»Ich dachte, ich hätte dich verloren«, flüsterte sie mir ins Ohr.

»Unkraut vergeht nicht«, kam es von Fabienne, die alles verstanden hatte.

»Sie will damit nur sagen, wir sind froh, dass du noch unter uns weilst«, fügte Hannah hinzu.

»Ohne dich wäre es nur halb so witzig«, sagte Josh, während ich mich von meiner Mom löste. »Ich bin so froh, dass wir alle wohlauf sind.«

»Sicher?«, fragte Dean.

»Was meinst du?«, wollte sein Freund wissen.

»Froh über *alle?*« Dean deutete hinter mich. Als ich mich umdrehte, hockte dort, an einen Baum gelehnt, der Grund, weswegen ich wohl auf ewig eine Bärenphobie haben würde. »Hector.«

»Er lebt?«, ergänzte ich.

»Ich habe ihn nicht geheilt, aber tot ist er nicht. Hab nur sein Loch vom Speerangriff verschlossen«, kam es von James.

Da erst dachte ich wieder an Taran und suchte das Gefängnis, aber fand nichts.

»Hannah und ich haben sie weit voneinander in neue, mächtigere Gefängnis gepackt.« Fabienne deutete meinen Blick richtig.

»Seth ist noch nicht da?« Anscheinend ja nicht, sonst würde ich ihn sehen.

»Nein. Wir warten hier auf ihn«, erklärte meine Mutter. »Theos Mutter scheint zwar die restlichen Wandler auf ihrer Seite zu haben – sie lassen uns in Ruhe –, aber provozieren sollten wir sie nicht und alleine durch den Wald wandern.« Ich bestätigte ihren Plan mit einem kurzen Nicken.

Besser war es, nichts mehr dem Zufall zu überlassen oder neue Gefahren herauszufordern.

»Theo.« Ich reichte ihm meine Hand.

Mein Freund nahm sie und es tat so gut, seine warme Haut zu fühlen, als ich ihn hochzog.

»Ja?«

»Du entscheidest, was wir mit Hector machen. Er ist dein Vater. Niemand«, ich strafte die anderen, besonders Fabienne, mit einem bösen Blick, »niemand nimmt es dir übel, wenn du ihn am Leben lassen willst.«

Theo biss sich auf die Innenseite seiner Wange und kaute darauf rum. Als ich den Duft von geräuchertem Fleisch auf dem Lagerfeuer roch, hoffte ich, mein Bauch würde nicht knurren. Glücklicherweise tat er es nicht. Er schlenderte zu seinem Vater und ging vor ihm in die Hocke. Ich stellte mich hinter ihn.

»Kannst du ihn so weit heilen, dass wir sprechen können?«

James ging zu ihm und bejahte seine Frage, wenngleich ich ihm im Gesicht ansah, dass er es nicht gerne tat. Ein kurzes Aufleuchten seiner Curagabe und er zog sich zurück.

»Vater?«

Hector röchelte zunächst und spuckte Blut auf den Boden. Als er mich und dann seinen Sohn erspähte, wurde er hektisch und versuchte aufzustehen.

Theo unterband das mit seiner Hand auf ihm. Er war zu schwach, um dagegen anzukommen.

»Was willst du? Lass mich verrecken.«

»Warum kannst du nicht verstehen, dass es auch Enchanter gibt wie Fleur und ihre Freunde, die nichts gegen uns haben. Sie wollen uns sogar helfen und sie stimmt dir doch zu, wenn du nur zuhören würdest. Fleur will selbst, dass die Menschen die Magie annehmen und keine Angst vor uns haben, damit wir bei ihnen leben können«, quasselte er los, als hätte er sich diese Worte bereits vor Jahren zurechtgelegt.

Seine Stimme wirkte höher, jünger. Wie ein kleines Kind, das wollte, dass der Vater es liebte. Es rührte mich und brach mir gleichzeitig das Herz.

»Ich scheiß auf deine neue Braut und was sie will«, antwortete Hector.

Ich schnaubte genervt. Warum wunderte mich seine Ansage überhaupt noch?

»Theo, er ...«, begann Dean.

Mein Freund hob die Hand und bat ihn damit, still zu sein.

»Was willst du dann?«

»Alles soll so bleiben, wie es früher war. Früher, da war noch alles besser. Da gab es keine Diskussionen, ob wir mit denen«, er schaute mich missbilligend an, »gemeinsame Sache machen.«

Theo ließ von seinem Vater ab und setzte sich auf den Hosenboden. Verzweifelt strich er sich durch sein Haar und antwortete nichts. Er schaute seinem Vater lediglich ins Gesicht, als suchte er darin irgendeine Form von Liebe und Familie.

»Warum noch, Vater?«, vermutete Theo.

»Weil«, antwortete er seinem Sohn, »wir viel besser leben ohne diesen Schnickschnack und diese Technik-Kinkerlitzchen. Alle gehorchen mir hier. Hier bin ich jemand.«

Hector schien müde, aber gleichzeitig huschte auch Bedauern durch seinen Blick. Vermutlich bedauerte er es, keinen besseren Draht zu seinem Sohn aufgebaut zu haben. Das lodernde Feuer spiegelte sich in Hectors Augen wider.

Theo packte mich am Oberarm und entfernte sich einige Schritte von ihm. Wir kehrten ihm den Rücken zu und steckten die Köpfe zusammen.

»Was sagst du?« Die innere Zerrissenheit war meinem Freund ins Gesicht gezeichnet.

Er wollte meine Meinung haben, weswegen ich mir ein *Das musst du entscheiden* verkniff.

»Dein Vater wird sich nicht mehr ändern, aber wenn du es versuchen willst, helfe ich dir dabei.« Ich nahm seine Hände und hielt sie fest.

»Wir könnten ihn einsperren?« Fragte er mich das oder entschied er das für sich?

»Ähm. Wenn du magst?«

Er legte seine Stirn auf meine Schulter und seufzte.

»Ich weiß nicht, was ich will.«

»Das war schon immer dein Problem«, sagte sein Vater.

Theo reagierte nicht, sondern verharrte in seiner Pose.

»Weißt du noch, was ich dir gesagt habe, als du noch ein junger Puma warst?« Hector machte eine Pause.

Beide antworteten gleichzeitig.

»Verlass dich nicht nur auf das Tier in dir. Man kann auch anders töten, das unterscheidet uns von Tieren.«

Als Theo den Satz zu Ende gesprochen hatte, schreckte er hoch. Tief verstört, als hätte er gerade erfahren, dass er eine schreckliche Krankheit hatte.

Was als Nächstes geschah, konnte ich erst nicht richtig fassen. Theo umklammerte meine Oberarme, bis sie schmerzten. Kurz danach lag ich auf dem Boden. Meine Handflächen schürften ein wenig durch das Abbremsen auf.

»Bist du bescheuert?«, rief ich meinem Freund entgegen.

Er sagte erst nichts, bis auch ich verstummte.

»Th… Theo!«, schrie ich, sprang auf, schaute zu James sowie zu den anderen und hechtete zu meinem Liebsten.

Tief in seiner Brust steckte ein Wurfstern. Blut trat hervor. Er wirkte völlig fassungslos, als glaubte er nicht, was er sah. Theos Finger kreisten geschickt darüber, als wollte er die Waffe nicht berühren, weil die Wunde sonst Realität werden würde.

»Schade!«, vernahm ich Hectors sarkastische Stimme. »Ich hätte gedacht, du bist so lahmarschig wie sonst auch, aber ein wenig steckt doch noch die Reaktionsfähigkeit eines Tieres in dir ... wenn schon sonst nichts.«

»Hätte ich die Enchanter-Schlampe getroffen, wäre sie weg wie ein Stück Dreck. War doch ein guter Reim, oder?«, richtete Hector das Wort an Fabienne.

»Weg schreibt man mit G und Dreck mit CK, du Arsch!«, brüllte Fabienne. »Und selbst wenn, reimt es sich genauso schlecht, wie dein Gesicht aussieht.«

James half Theo sich auf den Boden zu legen und holte den Wurfstern heraus. Zusammen mit dem Aufleuchten der Wunde unter James' Hand begann auch der Heilungsprozess für meinen Freund.

»Ein Seil aus Stahl, damit bleibt dir keine Wahl«, zauberte Hannah und versicherte uns damit, dass Hector festgebunden war, ohne die Möglichkeit, ein Seil mit einem versteckten Wurfstern durchzuschneiden.

»Wo hatte er das Ding überhaupt versteckt, wenn er bei der Verwandlung doch seine Klamotten verloren hat? Im Arsch?«, mutmaßte James außer sich und schaute verzweifelt zu Leyla, die nur unwissend die Arme hob.

»Ich glaube«, erklärte Dean mit schlechtem Gewissen im Ton, »Hector, also, er hatte ein Bändchen mit einem Wurfstern am Fuß, das sich bei seiner Verwandlung dehnt. Deshalb bleibt es immer dran.« Er schaute traurig zu Boden, wo er Kreise in die Erde zeichnete.

»Schon okay, du kannst nicht an alles denken«, beruhigte ihn meine Mutter, die meinen Rücken streichelte.

»Beruhig dich, mein Schatz«, flüsterte sie mir ins Ohr.

Hektisch atmete ich ein und stieß die Luft wieder aus. *Nicht jetzt! Bitte! Er darf nicht sterben!*

»Fleur, ich«, James schluckt laut, »ich kann ihn nicht heilen.«

»Nein«, wisperte ich.

Unüberlegt stand ich auf und musterte Hector mit brennender Wut im Bauch.

»Ohhh, huhu, böser Hector«, veräppelte er mich und zog eine Schnute.

»Ich habe es verstanden, dass du wütend darüber bist, nicht bei den Menschen leben zu dürfen, und habe dir zugestimmt, dass ihr nicht wie Tiere in den Wäldern leben müsst. Ich habe verstanden, dass das dein Antrieb, dein Ziel ist. Außerdem bist du der Vater meines Freundes. Aber jetzt«, ich hielt kurz dem Anblick von Theos blutendem Herzen stand, ehe ich mich wieder Hector widmete, »schmore in der Hölle, du widerliches Schwein!«, schimpfte ich ihn.

Ich streckte meinen Zeige- und Mittelfinger aus, zeigte auf den Wurfstern und sandte ihn per Wischbewegung hinüber zu Theos Vater. Der Wurfstern zischte ohne Halt los, als könnte er es selbst nicht erwarten, sein Ziel zu erreichen. Einen Augenaufschlag später fand er Genugtuung in Hectors Hals.

Ich sah ihm an, dass er damit nicht gerechnet hatte. Durch seine gefesselten Arme konnte er die Blutung nicht stoppen. Dabei hielt ich seinem Blick stand. Ich schaute ihm direkt in die Augen und genoss jede Sekunde, in der ich das Leben aus ihm weichen sah. Jede Sekunde, in der er mehr und mehr verstand, dass es für ihn zu Ende ging.

Niemals hätte ich gedacht, dass ich zu einer derart barbarischen Aktion fähig wäre, aber ich wollte mich selbst vergewissern, dass er dieses Mal nicht wieder kurz vor dem Reich der Toten umkehren würde. Irgendwann fiel sein Kopf nach vorne und es endete hier und jetzt mit Theos Vater.

Erleichterung überkam mich und traf mich kalt wie ein Regenschauer. Sofort kniete ich mich zu Theo, der mittlerweile nicht mehr bei Bewusstsein war.

»James, was ist los?«, winselte Leyla.

»Ich habe keine Kraft mehr und sein Herz wurde zu schwer beschädigt. Ich«, er schluchzte, »ich kann nicht, Fleur, ich kann ihn nicht heilen.«

Tränen ertränkten mein Gesicht und ich sah nur noch verschwommen den leblosen Körper meines Freundes am Boden liegen.

Wozu all diese Gaben, wenn sie nichts nützten? Ich schluchzte aus Reflex. Ich konnte gar nicht mehr aufhören und schrie wütend auf. Meine Gefühle wussten nicht wohin. Es gab kein Ventil für sie, also stauten sie sich irgendwo in meinem Herzen. Dort drüben starb der Vater und hier der Sohn.

Der Herbst naht

Ich existierte mitten im Orkan des Chaos. Überall herrschte Gewusel und ich fühlte mich überfahren.

»Es tut sich einfach nichts.« James' heilendes Licht blinkte nur noch wie ein abbiegendes Auto.

»Vielleicht braucht er nur noch ein bisschen«, mutmaßte Leyla, als könnte sie das Ruder auf diese Weise noch herumreißen.

Sie redeten alle durcheinander, bis für mich ihre Stimmen in weite Ferne rückten.

Seine Haut war noch ganz warm, als ich mit dem Finger darüber streichelte, als schliefe er nur. In seinen Zügen lag die Liebe meines Lebens versteckt und ich war nicht bereit, sie zu verlieren.

Seine Haare, die eine Mischung aus wirren Strähnen, kleinen Locken, abstehenden Knäuel und einer wilden Frisur war. Das markante Kinn, das hervorstach, wenn er laut lachte, und all die unzähligen Feinheiten, die ihn zu meinem Theo machten. Ich strich ihm einige verschwitzte Härchen von der Stirn, als Hannah ihre Hand auf James' legte.

Verlegen schaute er sie kurz an, als er sich wieder Theo widmete. Doch plötzlich blinkte das Licht seiner heilenden Hände nicht mehr, sondern wirkte greller.

»Leute! Legt eure Hand auf James'«, wies Hannah uns alle an.

Einen Moment lang dauerte es, bis wir ihren Gedanken nachvollziehen konnten.

Meine Mom legte ihre Hand auf die andere Hand von James. Fabienne ihre auf die von Hannah. Josh und Dean ihre auf die meiner Mom. Leyla auf Fabiennes und ich legte jeweils eine Hand auf Dean und eine auf die von Fabienne.

Ich dachte an meine Gabe. Die Telekinese des Spirits in mir und wie die

Kraft wuchs, sobald ich helfen wollte. Ich konnte nicht heilen, aber es gab nichts, das ich mir mehr wünschte, als Theo helfen zu können.

Fabiennes Magie war zunächst scheu wie ein schüchternes Reh, so jedenfalls nahm ich sie wahr. Und dann die Magie der anderen … unsere Gaben verknoteten sich wie ein tief reichendes Wurzelwerk eines Baumes. Wir verliehen unseren Gaben den Grund, sich gegenseitig zu stärken, nämlich den, jemanden, den wir mochten, den ich liebte, zu retten.

Über unseren Händen formte sich eine winzige blaue Energiekugel. Schleier loderten darum wie feiner Atem an einem kalten Wintertag. Sie sauste zu jedem von uns, als wollte sie in unseren Augen erkennen, ob wir es ernst meinten, als sie geschwind durch unsere Hände hindurch, gemeinsam mit James Heilkräfte in Theo eindrang.

Was dann geschah, war der schönste Moment meines bisherigen Lebens. Theos Körper richtete sich schlagartig auf, drückte unsere Arme weg und atmete so laut ein, dass ich dachte, meine Ohren platzten.

»Theo!«, schrie ich voller Freude und umarmte ihn so überstürzt, dass wir umkippten.

Ich hörte meine Mom schluchzen.

»Achtung, Achtung, sonst könnt ihr mich gleich noch mal heilen!«, witzelte Theo.

Jeder lachte erleichtert auf.

»Ziemlich kalt geworden, während ich halbtot war.« Ich küsste Theo auf die Nasenspitze und untersuchte seine Nachtaugen, um sicherzugehen, dass er wirklich wieder da war.

»Der Sommer ist fast zu Ende«, sagte Fabienne neben mir.

»Und der Herbst naht!«, fügte ich verschwörerisch hinzu.

Wir setzten uns auf und die anderen neben uns. Theo blickte hinter mich und entdeckte vermutlich seinen Vater.

»Ist er?«, hakte er nach.

Ich hatte Angst, er würde mich hassen, aber ich nickte.

»Gut«, sagte er ebenfalls nickend, um sich selbst einzureden, dass es gut war.

»Äh, Leute«, alarmierte Leyla uns und zerrte an meinem Shirt.

Ich konnte das Wort *Leute* schon nicht mehr hören. Darauf folgte immer etwas Schreckliches. Wie auch dieses Mal. Meine Augen zu Schlitzen verzogen, schaute ich in die Nacht vor den Wald.

Es raschelte und schemenhaft erkannte ich Menschen. Die Konturen bewegten sich auf uns zu. Die restliche Armee der Wandler kam. Ich hatte befürchtet, dass sie sich gegen Theos Mutter stellen würden. Doch, dass das so rasch passieren würde, hätte ich nicht gedacht.

»Wir sind nicht bereit für einen neuen Angriff«, sprach Dean aus, was sich alle dachten.

Schneller, als wir bis zwei zählen konnten, waren wir alle auf den Beinen.

»Wir müssen Taran holen, egal, was mit uns passiert, aber sie werden uns zerfleischen«, wandte sich Mom an mich und ich ahnte, dass sie recht hatte. »Niemand von uns hat noch genügend Kraft für eine erneute Schlacht.«

»Okay. Hannah, Fabienne, holt ihr die vier? Wir werden sie brauchen«, wies ich sie an.

»Selbstverständlich«, stimmte Hannah zu.

»Wie ein immer wiederkehrendes Geschwür, diese Biester!«, schimpfte ich verzweifelt.

»Nichts gegen dich«, wandte ich mich an Dean, »und an dich«, sagte ich dann zu meinem Freund.

Sie brüllten uns etwas zu, aber ich verstand es nicht.

»Hast du etwas verstanden, Schatz?«, fragte Josh Dean.

»Hey«, gab Dean wieder.

»Hey?«, wiederholte James.

Wollten die uns verarschen? Sie wurden mehr und sie kamen näher. Bedrohlich und unaufhaltsam näher. Ich schlang meine Arme um mich, da die Nacht tatsächlich ziemlich kalt wurde. Der Wind machte das nicht besser.

Wann ist das endlich alles vorbei?

Jemand winkte uns und das Gejohle wurde stetig lauter. Anfangs handelte es sich um einen, dann um zwei und mittlerweile stimmten die meisten, wenn nicht sogar alle, ein.

»Ist das euer Kampfschrei?«, informierte sich Hannah.

»Davon hätte ich nichts gehört«, verneinte Theo.

»Holt Taran noch nicht!« Hatte James eine andere Idee?

»Wir werden ihn nicht brauchen.« Gab meine Mom jetzt auch schon auf?

Ich verzog mein Gesicht zu einer Grimasse, um irgendwie die Gruppe in der Ferne scharfzustellen, als ich den Mann an vorderster Front sah.

»Fabienne, hast du irgendeinen Lichtzauber, um die zu erhellen?«

»Warum, Bailey?«

»Mach einfach«, drängte Hannah, die checkte, worauf ich hinauswollte.

»Ein Feuerwerk, um zu erkennen, damit wir nicht mehr müssen rennen«, reimte Fabienne auf die Schnelle.

Aus ihrer Handfläche stiegen kleine Kügelchen wie Glühwürmchen auf. In allen möglichen Regenbogenfarben flatterten sie zu den Leuten, die aus dem Wald zu uns kamen. Über ihnen explodierten sie und ich stand unter dem wohl gigantischsten und buntesten Feuerwerk, das ich jemals gesehen hatte.

Durch die Farben wurde der Tag zur Nacht und die Lichter legten offen, was James, Hannah, meine Mom und ich bereits erkannt hatten.

»Das ist Seth!«, quiekte Fabienne wie ein kleines Mädchen und sprang auf der Stelle auf und ab.

Ich umklammerte ihre Hände und wir hüpften gemeinsam wie Idioten unterm Feuerwerk hin und her.

»Und dein Vater!«, lärmte meine Mutter und schlug ihre Hände vor sich zusammen.

»Greta!«, tönten Josh und Dean gleichzeitig.

Ich konnte es nicht fassen. Es musste sich um mindestens dreißig Enchanter handeln – und Greta.

Gerettet. Wir sind gerettet!

Wir neun fassten uns alle an den Händen und rannten ihnen entgegen. Als Seth erkannte, dass keine Gefahr drohte, bedeutete er den anderen, dass sie in Sicherheit waren. Dad, Greta und Seth nahmen die Beine in die Hand und eilten zu uns. Ich weinte vor Freude, Erleichterung und vor Erschöpfung. Mein Vater erreichte mich zuerst. Ich sprang ihm entgegen und er nahm mich in seine starken Arme. Ich fühlte mich unendlich geborgen. Meine Mutter kam hinzu und umarmte uns beide.

»Du bist da«, murmelte ich.

»Immer.« Ich hatte seine Stimme so vermisst und sein Karamellparfüm, das er sich ständig in seine feinen Haare sprühte.

Er setzte mich ab und dann erkannte ich Greta. Mit verschmierten *Smokey Eyes* stellte sie sich vor mich in alter Greta-Drama-Manier.

»Ich hasse dich«, sagte sie und schlug mir gegen den Oberarm, ehe sie mich überfiel und ansprang.

Ihre Beine schlang sie um meine Hüfte. Ich hielt sie mit viel Mühe und einer kleinen Prise Telekinese fest.

»Dein Vater hat mir alles erzählt«, schluchzte sie mir zu laut ins Ohr, »und wir haben alles getan, um euch zu retten. Es tut mir leid, dass es nicht schneller ging.«

»Und wie!«, erzählte mein Vater. »Sie hat in jeder Stadt bei jedem Enchanter so lange herumgebrüllt, um sich geschlagen und gekratzt, bis jeder einzelne mitgekommen ist.«

Meine Augen füllten sich wieder mit Tränen. Ich konnte gar nicht fassen, was sie getan hatte.

»Einem habe ich sogar ins Ohr gebissen«, offenbarte sie mir.

Greta – verrückt und durchgeknallt wie eh und je.

Als Theo sich unbeholfen neben mich gesellte, ließ Greta von mir ab.

»Ähm, Dad. Das ist mein Freund, Theo«, stellte ich die beiden einander vor.

Die Haltung meines Vaters wurde steif und die Miene undurchdringlich.

»Er ist ein Wandler«, brachte ich es über mich.

»Und der Sohn des Clananführers in Griechenland«, fügte meine Mutter wenig hilfreich hinzu. Dad räusperte sich und hustete mindestens zwanzig unangenehme Sekunden lang. »Aber er ist ein guter Junge und hat uns allen das Leben gerettet. Er gehört zu der Generation, die wir uns immer gewünscht haben. Er will Frieden«, erklärte Mom.

Ich nahm eine Lockerung seitens Dad wahr.

Hinter ihm stand Greta, die obszöne Bewegungen nachmachte, und dabei auf mich und Theo deutete.

»Ich mag sie«, sagte Fabienne, die zu uns kam und auf Greta deutete.

Das war klar! So ähnlich, wie die beiden sich waren.

»Können wir das peinliche Eltern-Freund-Gespräch auf später verschieben?«, bat ich.

Dankbar stimmten Theo und Dad zu. Über uns knallte noch immer ein Feuerwerk nach dem anderen, weswegen wir zu den anderen Enchantern schlenderten und es beobachteten. Nicht als Enchanter oder Wandler oder Menschen, sondern als Freunde.

James und Hannah hielten Händchen, während Fabienne und Seth sich über ihr gelungenes Feuerwerk unterhielten, Dean und Josh tanzten, Leyla Gretas Hand schüttelte und Mom unauffällig eine Träne von Dads Auge wischte.

»Es sind Unzählige gestorben, aber keiner von ihnen soll umsonst gegangen sein. Wir werden alles in unserer Macht Stehende versuchen, um eine Einigkeit zwischen Enchantern, Menschen und Wandlern herzustellen. Hilfst du mir dabei?« Ich legte meine Hände auf Theos Brust und er umarmte mich.

Seine weichen Lippen presste er auf meine Stirn.

»Und selbst, wenn du vorhast auf den Mond zu springen, werde ich dir helfen«, antwortete er mit all der Güte des Jungen im Gesicht, den ich liebte.

Endlich küssten wir uns – ohne Heimlichkeiten, weil unsere Liebe verboten wäre, und ohne Eile. Wir küssten uns, während der verbrannte Rauch des roten Feuerwerks in meine Nase stieg, und an genau diesen Augenblick würde ich mich für immer und ewig erinnern. Denn genau jetzt waren wir alle unendlich.

Epilog

»Ich muss mal«, deutete Theo an, was ich hörte, obwohl er es Greta ins Ohr flüsterte.

Kichernd tat ich so, als hätte ich nichts mitbekommen, und zog die Decke enger um mich. Der Herbstwind vor dem See von Rowan Hills war trotz des Spätsommers ziemlich kühl.

»Oh, nee, Mann!«, jammerte Greta genervt und legte das berühmte Kirsch-Honig-Rum-Butter-Sandwich von Theo auf die Picknickdecke.

»Bailey, dein Hund muss Gassi« richtete Greta an mich.

»*Bailey* ist mein Spruch, wie oft noch? Das habe ich dir, seitdem wir die Prüfungen wiederholt haben, bestimmt zwanzig Mal gesagt«, beschwerte sich Fabienne.

»Sooft du willst. Vielleicht heute das letzte Mal, weil ich deinen Sekt mit Arsen vergiftet habe«, konterte Greta.

»Und ich eventuell deinen mit giftigem ...« Fabienne blinzelte einige Male, »Gift!«

Die beiden könnten getrennte Zwillinge sein, wobei ich froh war, dass Fabienne ihre Geschwister heil zurückbekommen hatte. Noch besser war, dass sie mit ihrer vereinten Familie zu uns gezogen war. Selbst Harrys Kinder hatten wir mithilfe der Enchanter befreien können.

»Ich bin kein Hund, sondern ein Puma! Außerdem muss ich nicht Gassi, sondern mich verwandeln«, keifte Theo zurück, der sich in meinen irren Freundeskreis gut eingelebt hatte.

»Nicht zu nah ans Wasser!«, schrie Fabienne zu ihren kleineren Geschwistern wie die Mutter einer Großfamilie.

»So viele Enkel brauchen wir nicht, okay?«, wisperte mein Dad mir ins Ohr, woraufhin meine Mom laut loslachte und ihm gegen die Brust schlug.

»Musst du auch?«, fragte Josh Dean.

»Hmmmmm, nö.«

»Sicher? Sonst müssen wir später wieder irgendwo vom Bus aussteigen?« Josh verengte die Augen.

»Okay, dann gehe ich eben auch«, sagte Dean genervt und streckte ihm die Zunge entgegen.

»Kannst du mir die Ersatzklamotten geben, Hannah? Oder James?« Ich bekam keine Antwort und schnalzte mit der Zunge.

»Könnt ihr euch mal voneinander lösen?«, rief Theo durch seine Hände, zu einem Trichter geformt.

»Sorry«, James wischte sich Hannahs pinken Lippenstift vom Mund und setzte sich auf, »klar, hier.«

Ich schüttelte den Kopf und nahm die Tüte entgegen. Hannah zwinkerte mir zu und zog James wieder zu sich.

»Gehen wir?« Ich reichte Theo meine Hand.

»Aber schnell!«, drängte er.

Josh, Dean, Theo und ich huschten in den kleinen, künstlich angelegten Wald des Seeparks, wo sie sich verwandelten und herumsprangen.

»Mama, ein Wolf und ein Reh!«, schrie ein kleiner Junge, den wir übersehen hatten und eine viel zu große Mütze trug, ehe er zu seiner Mutter lief.

Wieder Menschen geworden, schlüpften sie rasch in ihre neuen Klamotten und als die Mutter an uns vorbeiging, musterte sie uns missbilligend.

»Ich bin ein Puma!«, sagte Theo beleidigt.

»Und ich ein Hirsch!«, stimmte Dean mit ein.

Josh und ich prusteten los, bis Theo und Dean mitmachten. Es war einer dieser perfekten Septembertage, an denen man ahnte, dass sie einem Energie für bevorstehende Ereignisse geben würden.

Beim Zurückgehen blieben Theo und ich für uns.

»Hast du etwas gehört von Hunter?«

Ich schüttelte den Kopf.

»Taran und Makoto sind noch immer eingesperrt. Stavros verhandelt mit den Wandlern und von Hunter kam bis jetzt nie etwas.«

»Undankbarer Wicht. Seth ist mittlerweile erfolgreich in die Politik eingestiegen.«

Theo hatte recht. Ich hatte immer noch die Hoffnung, wir würden wieder Freunde werden, weswegen ich Hunter nicht verpfiffen hatte. Statt uns zu danken, verschanzte er sich irgendwo und meldete sich nie mehr wieder.

»Und weißt du schon, ob du jetzt zur neuen Präsidentenwahl gehen wirst oder nicht?«, wollte Theo wissen.

»Ich werde gehen, auch wenn ich keine Ahnung habe, wie Kandidaten wirklich sind und wie viel an ihnen einfach nur Show ist. Aber zumindest wollen sie unsere, Joshs und Deans Hilfe, um zu zeigen, dass Frieden klappen kann, ohne dass sie uns verbrennen.«

Wir gingen an unserer Decke vorbei zum See, der mich an den See im *Agony Grove Camp* erinnerte.

»Du weißt, dass es noch lange nicht vorbei ist, oder? Die ganzen Wandler weltweit werden ein Problem werden«, er überlegte mit dem Finger an der Unterlippe, »und die Enchanter ... und die Menschen«, fügte er hinzu.

Ich schnaubte belustigt und küsste ihn auf die Wange. Einfach so, weil wir es jetzt durften.

»Das werden nicht unsere letzten Abenteuer gewesen sein und wer weiß, wie viele uns angreifen bei unserer Tour, in der wir zeigen sollen, dass wir alle zusammenleben können.« Aber er kannte meine Bedenken. Wir sprachen jeden Tag darüber.

»Wir müssen das nicht machen, Fleur.«

»Doch müssen wir, aber zusammen«, ich warf einen Blick über meine Schulter zu meinen Freunden und meiner Familie, »aber gemeinsam schaffen wir das.«

»Und jetzt sollten wir zu den anderen gehen, bevor meine Kirsch-Sandwiches alle sind. Meinst du nicht, dass das ein guter Food-Trend wäre?«, scherzte Theo.

Ich boxte ihn sanft in die Seite.

»Bestimmt.«

Wir ließen uns auf die Decke fallen und den Tag im Kreise unserer Liebsten ausklingen. Hoffentlich würde es bis zu unserem nächsten Abenteuer noch etliche solche Tage geben.

ENDE

Danksagung

Hallo, Ihr da! Wieder begrüße ich Euch bei einer neuen Danksagung von mir. Wie jedes Mal kann ich es kaum fassen, dass ich es tatsächlich bis zu dieser Seite geschafft habe. Bei Band eins habe ich mich noch auf ein Wiedersehen mit Euch gefreut – und jetzt?

Tja, jetzt sind wir hier. Dieses Buch bedeutet mir sehr viel. Einerseits ist es mein erster zweiter Band und Fortsetzung eines Buches und andererseits habe ich dadurch eine lange Reise mit meinen Charakteren hinter mir. Ich hoffe, Ihr hattet eine tolle Zeit mit Fleur, Theo, Fabienne, Hannah, James, Dean, Josh, Leyla, Taran, Stavros, Makoto, Hunter, Hector, Hope und Fleur-Mom.

Greta: »Und was ist mit mir?«

Und natürlich mit Greta, Fleurs Dad und den vielen anderen Charakteren. Ich werde jeden vermissen und ich hoffe, Ihr auch!

Falls Ihr Euch bis hier gefragt habt, wie eigentlich Fleurs Eltern heißen, für diejenigen unter Euch habe ich hier einen besonderen Fun Fact: Sie haben sich angewöhnt, dass sie ihre Zweitnamen sagen. Quasi damit nur Ihr engsten Vertrauten (und Leute, die ihren Ausweis sehen wollen) wissen, wie sie heißen. Aber sie werden sowieso nur Mom und Dad genannt. Aber! Fleurs Eltern heißen Scarlett und Edwin Bailey. Jetzt seid ihr eingeweiht und gehört zum Inner Circle der Bailey-Familie! Fühlt Euch geehrt, haha.

Aber um zur eigentlich Danksagung zurückzukehren, schwenke ich jetzt in den sentimentalen Modus. Denn auch bei diesem Buch gibt es wieder einige Menschen, denen ich meinen Dank aussprechen muss.

Anna: Danke! Für all die stundenlangen Sprachnachrichten, für dein offenes Ohr und für all die guten Ratschläge. Ich weiß gar nicht, wo ich mit diesem Buch gerade wäre, wenn es Dich nicht gäbe! Tausend Dank! Ich wünsche Dir ... Deinen persönlichen Tyler, äh, Scott. Huch!

Lisa: Danke dafür, dass Du immer für mich da bist und ich mit Dir über alles reden und bei Dir Zuflucht finden kann. Thueszlieh! Wenn andere Leute längst in der Versenkung verschwunden sind, weil ich zu mühsam bin, bist du noch immer da.

Michelle: Du glaubst immer an mich und freust Dich auf jede Geschichte, was mir sehr viel bedeutet. Vor allem, na ja, eben in den Situationen, in denen man denkt, niemand freut sich sonst darauf, haha. Danke!

Stavo: Du bist ja praktisch der Namensgeber eines Charakters und immer für mich da. Bei Dir habe ich viele Stunden am Manuskript gearbeitet und ich bin froh, dass Du in meinem Leben bist, Beat!

Mama: Du glaubst immer an mich, auch wenn Du die Hälfte von dem ganzen Bücherzirkus nicht verstehst. Ich liebe Dich!

Paprika-Tanja: Seit weit über einem Jahrzehnt bist Du für mich da und hast immer Zeit für mich. Deswegen stehst Du nicht nur in dieser Danksagung, sondern deshalb ist Dir auch dieses Buch gewidmet, Bruce!

Debbie und Eli: Danke für das viele Aufbauen der letzten Monate und für die lieben Worte, die mir helfen weiterzumachen! #TeamUnsicherheit!

So, aber neben all diesen Namen und vielen weiteren muss ich meinen Dank auch denjenigen aussprechen, die an diesem Buch beteiligt sind. Meiner Lektorin Asta! Du bist wundervoll, schnell, zuverlässig und erreichbar! Danke, dass es Dich gibt.

Natürlich auch Diana und Pia, die an die Idee geglaubt haben und mich immer unterstützen. Ihr seid so viel mehr als nur Verlagsleute! Und natürlich Nicole, Anke, Ute und alle, die noch beteiligt sind.

Und der wichtigste Dank gilt allen Lesern und Leserinnen, die neu hinzukommen und sich für meine Geschichten begeistern, aber auch denjenigen, die mich seit Monaten und Jahren begleiten. Ohne Euch würde es dieses, kein anderes und sowie kein weiteres Buch geben. Ohne Euch geht wirklich, ohne Witz, gar nichts! Danke! Ich schätze das so sehr!

Alle Leute, die sich für mich interessieren und meine Reise begleiten, egal, ob Ihr es auf YouTube (brividolibro), Instagram, Facebook und Twitter macht. Ihr treibt mich an, mein Leben als Autor mit Euch zu teilen, und es macht so viel Spaß, das mit Euch zu erleben!

Danke an alle Blogger, Bloggerinnen, YouTuber, YouTuberinnen und allen anderen, die sich immer so unglaublich viel Zeit nehmen und sich die Mühe machen, Beiträge und Videos für meine Bücher und über mich zu gestalten. Ich kann das alles nie glauben. Menschen, die ihre kostbare Zeit für mich opfern! Es ist der Wahnsinn! Und glaubt mir, es ist, war und wird mir immer eine Ehre sein, für Euch Bücher zu schreiben, und ich werde das ewig mal drei schätzen!

Auf weitere Bücher und eine lange gemeinsame Reise, die hoffentlich nicht so bald endet! Ich habe noch viele Ideen, muahah!

Danke, OMG!, danke!

Euer Andi, 2017

Camp-der-drei-Gaben-2-Playlist

P!nk – What about us
Lissie – Daughters
Ji Nilsson – Proud
Raw Morris – Under the shadows
Ms Mr – Criminals
Camila Cabello – Havana
Alma – Chasing highs
Kelly Clarkson – Piece by piece
Krystl – Heart's still bleeding
Jennifer Rostock – Wo willst du hin?
Ke$ha – Hunt you down
Jessie J – Do it like a dude
P!nk – Long way to happy
Grace Capristo – Allow me
Halsey – Heaven in hiding
Melanie Martinez – Pacify her
Marina and the diamonds – The outsider
Taylor Swift – Look what you made me do
ZZ Ward – Help me mama
Lena – Lost in you
Vera Blue – Lady power
Zella Day – Hypnotic
Zella Day – Compass
Betty Who – Mama says
Selena Gomez – Love you like a Lovesong
HAIM – Falling
Elijah N – If i follow
P!nk – Nobody knows

Impress
Tauch ein in romantische Geschichten.

Impress
Ein Imprint der CARLSEN Verlag GmbH
Juni 2018

Lektorat: Asta Hemmerlein
Umschlagbild: shutterstock.com / © pyrozhenka /© andreiuc88 / © sergio34 / © Lithiumphoto / © Chaikom
Umschlaggestaltung: formlabor
Satz und Umsetzung: readbox publishing, Dortmund
Druck und Bindung: CPI Books GmbH, Birkach
ISBN 978-3-551-30086-7
Printed in Germany
www.carlsen.de/impress

Alle Bücher im Internet: www.carlsen.de

Tauch ein in
romantische Geschichten.
HOL DIR
BITTERSÜSSE
STIMMUNG
AUF DEINEN
E-READER!
E-BOOKS VON IMPRESS HIER:
CARLSEN.DE/IMPRESS
impress IST DAS DIGITALE LABEL DES CARLSEN VERLAGS FÜR GEFÜHLVOLLE
UND MITREISSENDE GESCHICHTEN AUS DER GEHEIMNISVOLLEN WELT DER FANTASY.